韓国文学の源流

黄《ファン》順元《スノン》
황순원

白川 豊［訳］

木々、坂に立つ

나무들 비탈에 서다

書肆侃侃房

韓国文学の源流

木々、坂に立つ

黄順元

This book is published with the support of the Literature Translation Institute of Korea (LTI Korea).

木々、坂に立つ＊もくじ

昌徳宮
東崇洞
ソウル大学
清涼里→
東大門→
〈4 街〉
〈4 街〉
国都劇場

中東部戦線
1953 年頃
休戦ライン
金城川
鉄原郡
赤根山
注坡嶺
白岩山
←金化
江原道
四方巨里
華川郡
←金化
ソトゴミ(小土古味)
華川
九万里
開戦当時(38 度線)
春川

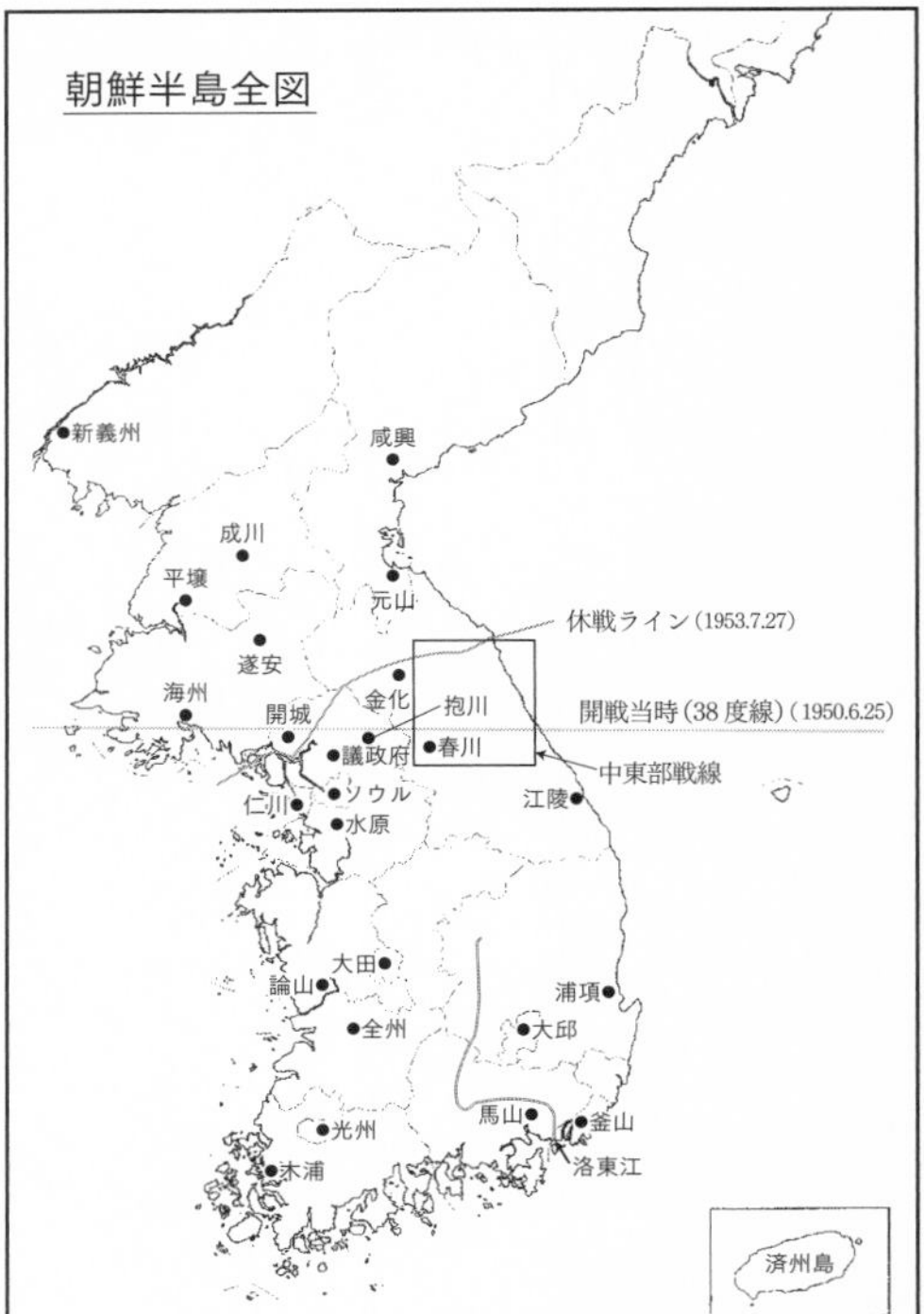
朝鮮半島全図
新義州
咸興
成川
平壌
元山
遂安
海州
開城
金化
抱川
春川
議政府
ソウル
仁川
水原
江陵
休戦ライン(1953.7.27)
開戦当時(38 度線)(1950.6.25)
中東部戦線
大田
論山
全州
浦項
大邱
馬山
釜山
洛東江
光州
木浦
済州島

1950年代のソウル中心図

凡例

1. 翻訳に使用した底本は、次の単行本である。
『黄順元全集7（人間接木／나무들 비탈에 서다）』（文學과知性社、一九八一初版、一九九〇再版、二〇一四、十四刷）。また『黄順元文学全集3（補完版）』（三中堂、一九七八）等を適宜、参照した。

2. 文中、現在では差別的とされる表現があるが、当時の状況を反映した作品内での表現であることから、原文を尊重して大部分、そのまま翻訳した。

3. ［ ］内の説明は、すべて訳者の補足説明や注記である。

4. 人名はハングル表記されているが、日本語読者の理解の便を考慮して、［ ］内に推定される漢字を記した。また、年齢はすべて数え歳である。

5. 地名については、主なものは付図に示した。細かな地名、建物・施設名等についてはできる限り、［ ］内に注記した。なお、ソウル市内の町名などは最近、街路名中心に変更されてもいるが、本作品の内容は一九五〇年代であるため、従来の町名で統一した。

6. 軍人の階級名称は旧・日本陸軍のものとはやや違いがあるが、便宜上、次のように訳した。二等上士→軍曹、一等中士→伍長、二等中士→兵長、下士→上等兵（飯倉江里衣『満洲国軍朝鮮人の植民地解放前後史』有志舎、二〇二一、凡例Xの一覧表参照）

7. 貨幣単位「ファン」は、現在の韓国ウォンになる前、一九五三年二月十五日～一九六二年六月九日の間の呼称である。最高額紙幣は一〇〇〇ファンで、一九五三年当時は現在の日本円で七〇〇〇～一万円程度の貨幣価値があったが、一九五七年頃には多少、下落している。

8. 文中に出てくる旧約聖書の「エレミヤ書」の一部は、該当部分を、『文語訳　旧約聖書Ⅳ 預言』（岩波文庫、二〇一五）をもとに、訳者が表現をやや改めた。

［主な登場人物］

シン・ヒョンテ：漢字では申・辛・愼など。名は鉉泰など。自宅は斎洞。一等中士（伍長級）※語文閣版『黄順元選集』（新韓国文学全集14、一九七八年）では一等上士。父は事業家（会社経営）。大学の社会学科の学生だったが、学徒兵となる。除隊後、倦怠感などから遊民的な生活をしていたが、事件を起こして収監される。

ユン・ドンホ：漢字では尹。名は東浩など。二等中士（兵長級）。父は国語教師。大学の国文科の学生だったが、学徒兵となる。同僚から「詩人」などとからかわれる真面目過ぎる青年で、もともとは恋人もいたが、部隊近くの娼婦を殺して自殺する。

ナム・ユング：漢字では南。名は允求など。二等中士（兵長級）。父母ともに死亡しており、叔父に養われる。大学の商科の学生だったが、学徒兵となる。除隊後、家庭教師宅の娘と関係ができたが、ヒョンテの資金援助などを受けながら、養鶏業で生計を立てる。

ソッキ：姓は明らかではない。名は漢字では錫基・碩基など。自宅は寛勲洞。第二部から登場する。父は司法書士。大学の法科の学生だったが、アマ・ボクシングの選手でもあった。軍隊で片目を怪我し、除隊後には喧嘩で左手が利かなくなる。ヒョンテの中学同窓生。

チャン・スク（スギ）：漢字では張淑など。名を単独で言う場合には、スギと発音。ドンホの小学校から大学までの同窓生で恋人。卒業後はドイツ商社のタイピスト。ドンホの死因を知ろうと、ヒョンテやユングに接近。

オクチュ：漢字では玉珠など。夫は出征して戦死。子供を死産したのち、生計のため、前線部隊近くで娼婦となる。ドンホと馴染みになったが、彼に殺される。

ケヒャン：漢字では桂香など。ソウル市内の平壌屋（飲み屋兼女郎屋）の娼婦。ヒョンテと馴染みになったが、こんな生活を苦にしてヒョンテの渡したナイフで自殺。

ミラン：漢字では美蘭など。ユングの家庭教師先の娘。父は財務部の某局長。ユングと関係するが、ヒョンテとも関係ができ堕胎しようとして手術に失敗し、死亡する。

装幀・カバー写真　毛利一枝

木々、坂に立つ

第一部

1.

　こりゃまるで分厚いガラスの中を突き進んで、一歩ずつやっとこさ歩みを進めている感じだなあ。ドンホはふと、そう思った。山の麓《ふもと》が近づくにつれて、いかにも夏らしい昼間の日差しが容赦なく降り注ぐ。視野はあくまで透明だった。その中に七、八軒の藁《わら》ぶきの家がその藁屋根に押しつぶされそうに重たげにうずくまっていた。全く戦禍を被《こうむ》っていないように見えるのだが、人間どころか生き物は一切いないかのように、あたりはあまりにも静かだった。この静かで淀《よど》みなく透明な空間が、どうしてこんなにも息が詰まるように前に立ち塞《ふさ》がっているのであろうか。これは本当に、とてつもなく分厚いガラスの中を突き進んで、やっとのこと一歩ずつ歩んでいる感じなんだが。ドンホはまたしてもこう思った。銃口を前に向けた銃をしっかり脇に抱えて一歩ずつ様子を窺《うかが》いながら足を踏み出すたびに、この分厚いガラスがドンホ自身の動かした体の分だけきっちり空間をあけ渡してくれるだけで、ずっと体に密着したまま前に立ち塞がっているのだった。ドンホは独りでに息が上がり額からは汗がしたたり落ちた。

二メートルほどの間隔をあけ、やはり銃を脇に抱えて前方に目を凝らしながら歩みを進めていたヒョンテが、こちらを振り向くのが感じられた。何か冗談でも言おうとしているのかもしれない。だがドンホは気づかないふりをした。一瞬でも脇に目をやったりすれば、今、自分がやっとの思いで掻《か》き分けて出ていこうとしているこの稠密《ちょうみつ》なガラスが、このまま完全に固まってしまい、全くビクともしなくなってしまうかのように思われた。

最初の人家に到達するまでたった四十メートルほどの距離なのに、とてつもなく遠い気がした。

捜索が始まるや、関心と注意はそちらに移っていき、ドンホはそれまで感じ続けてきた圧迫感から少なからず解放された。捜索隊長のヒョンテが手振りで三名の隊員に家の周りを警戒させておいて、自分は兵士一人を連れて家に入っていった。いつもはおっとりしているように見えてしょっちゅう駄洒落《だじゃれ》を飛ばしていたヒョンテが、戦闘態勢に入ると動作が一変して、ぬかりなく敏捷《びんしょう》になるのである。いつの間にか壁に背中をピタリとつけ、戸をバタンと開け放って、

「動くな！」

低いながら重々しい声だった。

何年経っている障子なのやら、黄ばんで染みがつき、ところどころ古い布切れで破れを塞いである戸が開け放たれたところに、姿を現した真っ暗な部屋の中。

「手を挙げて出てこい！」

外で警戒していた三人まで一瞬、息をひそめた。だが真っ暗な部屋からは何の反応もない。

ヒョンテが銃口を突き当てて素早く部屋中を見回した。空き家だった。けれども台所と物置まで引っ

掻き回してみた。これまで暮らしていた人たちが、貧しい暮らし向きながら、そそくさと荷物をまとめて出て行ったらしい痕跡だけが残っていた。

その次に捜索した家々も同じことだった。にもかかわらずヒョンテは、ことごとく壁に背中をピタリとつけて戸をバタンと開け放って、動くな！　手を挙げて出てこい！　と必ず叫ぶのだった。その間に外で警戒していたドンホは次第に緊張が解けながら、なぜかヒョンテの今やっていることが、自分とは何の関係もないほかの世界の出来事のように思われた。そして自分自身がどうも非現実的な時間の中に立っているような気がするのだった。一人の兵士が中庭に落ちていた芋《いも》を拾って素早く懐に入れた。これの方が、より身近な現実のようだった。

が、彼ら捜索隊の神経を緊張させる出来事が一つ起こった。無線機を担いで警備していたユングが、ある家の便所脇の灰の山の中から見慣れない履物を一足発見したのだ。底が擦《す》り減って穴が開き、縁《ふち》も擦り減った靴だった。ちょっと見にもそれは村人の物ではないことがわかった。

そうしてみると、あちこちの家の灰置き場から鶏の羽根毛やら豚の毛やら犬の毛などが続々出てきた。それらの骨だけが家々のうち一軒の広い家の中庭に無造作に捨てられていた。大勢の人間が集まって食事をしてから立ち去った場所に違いなかった。その上、村人たちではない外部の人間が短時間に引っ掻き回して立ち去った様子がまだ残っていた。金蠅《ばえ》がたかっている骨の色がそれほど黒く変色していないことからして、あまり時間が経っていないこともわかった。

五名の隊員はまず誰がということなく、四方をぐるりと見まわした。前方は谷に沿ってトウモロコシとジャガイモの畑がある細長い平地を挟んでいろいろな高さの丘陵が横切っており、後方には少し前に自分たちが越えてきた、中腹から上が白っぽい岩で覆われた山が仰ぎ見られた。そういう彼らの眼前には、変わることのない夏の昼間の日差しが降り注いでいた。皆は今更ながら、周りがあまりにも静かだと感じた。この静まり返っている地点で、もしかして誰かが自分たちをじっと監視しているのではないかという気がして、言葉にならないある種の強迫観念に襲われた。ドンホはまたしても、とてつもなく分厚いガラスの中に自分が入り込んでいるという感覚にどうしようもなく捉《とら》われてしまっていた。このガラスがあちら側のどこか隅のところから割れ始めたら、捉えどころもなく一挙に破片になってしまうんだろうな。そして数限りなく降り注ぐガラスの破片が全部、体に突き刺さるんだろうな。ドンホは全身に鳥肌が立って体を震わせた。

　新たなある動きだけがこの手に負えない重圧感から抜け出させてくれるのだと思った。残りの家々をすべて捜索し始めた。と、六番目の家で彼らの緊張を一しきり刺激することが生じた。ヒョンテが同じく壁に背中をピタリとつけて戸を蹴飛ばして開けながら、動くな！　と叫んだ時、部屋の中に人がいる気配がしたのである。

　ギラリと目を怒らせたヒョンテが、頭でこちら側に合図を送ってから断固とした声で、

「手を挙げてこっちに出てこい！」

　外で警戒していた者たちも、戸が開け放たれた真っ暗な穴倉の方に一斉に銃口を向けて左右からにじり寄った。

「さっさと出てこないか！」

　そう言ってから少し経って、青ざめた女の顔が薄暗い戸の脇に現われたかと思うと、サッと奥に消えた。

「何やってる、早く出てこないか」

ヒョンテの声が一層きつくなった。

それでもさらに少し経って、女が怯《おび》えた表情で唇をわなわな震わせながら裸足のまま土間に出てきた。三十過ぎに見えた。

「部屋の中の全員、出てこい！」

女が細長い顎《あご》を小刻みに震わせながら、二、三度首を横に振った。

ヒョンテが素早く部屋の中を見回した。薄暗い部屋の中のアレンモク［オンドル暖房がよく効く上座］に垢《あか》じみたおくるみに包まれた幼子が、寝入っているのか身動きもせずに寝ているだけだった。

「ここに来ていたのはチャンコロ［中国人の卑称］の奴らか？　それとも人民軍の奴らかね？」

「朝鮮人です……」

「いつ来て、いつ出て行ったんだ？」

「夕べ夜中に来て……今朝早くに、まだ暗いうちに出ていきました」

「どこへ？」

女が小刻みに震える顎《あご》で前の方を指した。

「何人ぐらい来たんだね？」

女はしばしためらってから、

「五十人……百人……」

こんな山里の女の、数に対する観念というものは、捉えどころがない。

「村の人間は？」

「若い男衆たちはあの人たちが連れて行って……ほかの人たちは、ここにいたら死ぬというので皆逃げてですね……」

「あんたはどうして一緒に行かなかったのかね？」

ヒョンテの口ぶりは少し柔らかくなったが、視線だけは鋭いまま、女の目を睨《にら》んでいた。

女が何度も目を瞬《しばた》かせてヒョンテの視線を避けながら、震える頭を部屋の中の方に向けた。そこには幼子がおくるみから干からびた腕を出したまま、依然として身動きせずに寝入っていた。その口と鼻と目のまわりには蝿が黒々と群がっていた。

「この子をおぶって出て行ったら……途中で死なせてしまう気がして……」

女の声は喉《のど》の奥に消えていった。

残り二軒の捜索を終えてから、部落の真ん中にある井戸水をめいめい自分の水筒に汲み入れて裏山の方に登っていった。真昼に五人もの人間が山の尾根あたりに見え隠れするのは危険だった。山腹の林を通り過ぎて八割方登った陵線近くの岩陰で休むことにした。

まずは中隊本部に報告をしなければならなかった。休戦会談〔一九五一年七月から開始〕が始まって二年ほども長引いている最近になって、各前線では時折、散発的な探索戦闘があるだけで、これといった大規模戦闘はなかったところへ、このように敵が集落の全員を避難させたということは、それがたとえカムフラージュ戦術に過ぎないとしても、最近では特異な情報でないわけがない。

ヒョンテがユングに中隊本部を呼び出させた。ユングが無線機の受話器を取ってスイッチを押しながら、

「ヒキガエル……ヒキガエル……ヒキガエル……」

単語ごとに一定の間隔をあけて暗号でもって中隊本部を呼び出した。

押していたスイッチから手を放すやいなや、すぐに返事が返ってきた。

「オタマジャクシ……オタマジャクシ……」

ユングがヒョンテの方に目をやった。中隊本部が出たので、報告すべきことを言えということだ。

「東北方面六キロ地点」

それをユングが暗号に置き換えて、

「スルメ、スケトウダラ、六尾」

「藁ぶき家が八軒あり」

「草鞋《わらじ》四足」

そして今朝明け方に人民軍二、三個小隊がここを通過して西方に移動した痕跡があるということを報告してから、

「現在、部落の人間は一人残らず全員、避難中である」

すると、無駄口が漏れないように受話器と口の間に手を被せていたユングが顔を上げてヒョンテを見つめた。女が一人残っているじゃないかということだ。

しかしヒョンテはユングの視線を黙殺したかのように静かに言葉を繰り返した。

「現在、部落民は一人残らず避難中」

ユングはそのまま伝えた。

「草鞋の縦糸、ブラブラ」

中隊本部から指示が来た。現在地に留まって、夜になるまで敵情を探れというものだった。

ヒョンテは兵士たちに左右の山の曲がり角を守らせておいて、タバコを取り出してくわえ、火をつけた。そして何口か深く吸ってから何を思ったか、横に座っていたドンホに、

「おい、詩人よ、さっきのああいう場合の気分をどう表現したらいいんだね?」

と言った。

背嚢《はいのう》［リュック］から乾パンを取り出していたドンホは、こいつまた何を言い出すのやらと思いながら、彼の方に顔を向けなかった。

「おい、詩人よ、こういう時はまずタバコを一服するもんだぜ。こういうひっそりした山の中のきれいな空気の中で吸うタバコの味ってのは、また格別じゃないか。頭の中がどうにもビリビリするもんな」

ドンホが詩人というあだ名をつけられるようになったのは、いつだったか、高い絶壁の上を渡っていた時だった。崖《がけ》下を見やると皆、膝がガクガクするだとか、目の前がクラクラするだとか言う中で、ドンホだけが、ああ寒い、と一言言ったのがそのまま詩人と呼ばれるようになったのだった。

乾パンをかじっているドンホにヒョンテがさらに、

「だけどな、詩人よ、さっきほんとに嫌な感じだったんだが、というか、空っぽの部落の方に降りていくのに、何で前がグッと塞がっている感じだったのかわからんのだよ。横を見たらおまえも深刻な表情で、何かに精一杯抵抗する姿勢だったぜ。ほんとに気持ち悪かったよな」

一旦、戦闘態勢に入ったら常に沈着で大胆な行動をするヒョンテまでがさっきの静かで透明な空間で、何やら奇妙な圧迫感のようなものを感じたのであろうか。ドンホはヒョンテにさっき自分が感じたままに、それは限りなく分厚いガラスの中を突き抜けていくような感じだったということを言いたかった。そしてそういう時はむしろ、視野の中に敵が見える方が神経の負担が少ないような気がしたとも言いた

かった。だが実際にさっき目の前に敵が待機していて、本当に銃撃戦が繰り広げられたとしたら、どうなっただろうかという思いに、何も言わないでしまった。到底ヒョンテの前では戦闘の話はできないありさまだった。それだけドンホは実戦において、自分がとてつもなく苦しみもがくさまを何度となくヒョンテに見せていたのである。

いつだったか注坡嶺《チュパリョン》［江原道華川（ファチョン）郡と鉄原（チョルオン）郡の間にある峠。原音どおりだと楸坡嶺］の前方で敵の砲撃を受けた時のことだった。平地なので身を隠すところがなかった。ただただ、そこに伏せているほかなかった。そうして伏せているドンホは、同じく傍《そば》に伏せているヒョンテの脇の下の方に我知らず、しきりに潜り込もうとした。ヒョンテがサッと身を起こした。反射的に頭を上げてみると、腰をグッと曲げたヒョンテが、今しがた砲弾が落ちて窪《くぼ》みができたところへ駈け込んでいた。ドンホは自分もそこへ行かねばと思った。〈射弾散砲の原理〉によると、砲弾というものはいくら同じ照準に合わせて撃っても、まったく同じ場所には落ちないということを知っているからである。兵士たちも一人、二人とそちらに駆け込んでいるのが見えた。その中にはユングもいた。ところがドンホは膝が言うことをきかなくて、ついていけなかった。ヒョンテがヘルメットの下から目だけを出して、早く来いと手招きする様子が白っぽい埃《ほこり》と煙の中に見えた。それでもドンホは骨が抜けた人間のように体を動かせずにいた。それはヒョンテが伍長で、ドンホは自分が兵長だという戦闘経歴の違いからくるものだけではないようだった。同じ兵長でもユングはどれだけすばしこいやら。結局、この時はヒョンテの方から駆けつけて、ドンホの脇の下を抱えて窪みまで引っ張っていったのだ。爆音で耳がよく聞こえないまま無我夢中で引っ張っていかれるドンホの頭の中には、変な意識だけが鮮明になった。こんなことしていたら、どうなるのかな？　ヒョンテ、お前は大胆無敵な勇士になり、俺はこの上なく卑怯《ひきょう》な愚か者になっちまった。前例のない長時間にわたる砲撃で、少なからぬ人命被害が出た。最初にドンホが伏せていたところにいた兵士たちも砲弾にやられたことがわかった。砲撃がやむと、ヒョンテは赤銅色の顔に泥をたっぷり塗りたくったまま、白い歯を見せながら笑顔を浮かべてドンホに冗談を投げかけた。この野郎、ガリガリに痩《や》せこけた奴が何で尻は重いんだよ？　時々抜くものは抜かないと軽くならないんだぞ。そうしてこそ体もよく言うことをきくんだぜ。何とか最前線から後方に配置交代になった時、ヒョンテとユングはよく慰安所（女郎屋）に足を運んでいたが、ドンホは一度も一緒に行かなかった。そんなドンホをからかって言う冗談だった。慰安所から戻ってきて、ヒョンテはよくドンホにこんなことを言った。おい、詩人よ、そのむかつくような目つきで人を見るな、何やら汚いものでも見るような、そのきつい視線でだな。むしろ俺は今、誰よりも純粋な状態にあるということを知っておけってんだ。誰を愛するとか憎むとかいう薄汚い人間取引からきれいさっぱり抜け出したすっきりした気分でだな、当分の間はどんな美人が傍にいても無関心でおれる、この安らかな休息ということをお前は知らないんだよ。酒に酔ってこうしゃべり散らしては倒れ込んでしまうのだった。ドンホはいつも初めから一切、返事もしないでヒョンテが寝入ってしまうのを待った。しかしこの日、敵の砲撃が終わった後にヒョンテが言った言葉にはドンホも一言返事をした。今日はお前がその薄汚い人間取引から抜け出した状態でなくてよかったよ。そうじゃなければ俺をこの窪みにまで引っ張ってくる気にもならなかったんじゃないのか？　ヒョンテがこれに返事した。そうだ、これは皆ばかばかしいことだ、俺の命と引き換えになるかもしれん、こんな割に合わない蛮勇をだな。ドンホがさらに返事した。そのお蔭で大胆無敵な勇士の称号をもらったんじゃないか。ヒョンテが白い歯を見せてニッと笑った。わかったよ、ちょっと前までブルブル震えながら自分自身の身一つどうにもできなかった奴が口だけは生きていたんだな。事実、俺がお前をここまで引っ張ってきたのは友情とか戦友愛なんかじゃなくてだな、お前の言うとおり、英雄心の発作なのかもしれん、言ってみれば客気というやつだな。

いつだったか金城《クムソン》川地区の戦闘［中東部戦線の一部。江原道の華川郡と鉄原郡一帯で一九五三年六月から七月にあった金城地区戦闘などのこと］時のことだった。敵とこちら側が混戦状態にあった時、味方の飛行機から誤爆されたことがあった。突然のことでどこかに避けようもなく、慌てふためいているドンホをヒョンテが引きずって大木のふもとに行った。そこでヒョンテはドンホを前に抱え込むようにして飛行機がやってくる方向を正面に見すえて木の陰に体をくっつけるのだった。前方から近づいてくる飛行機の爆音とともに、機械的に短い間隔で銃弾が、大豆が弾《はじ》けるように大地に穴を掘り、さらに間隔を狭めて左右に弾を散らしたり木の幹にバンバン当たりもした。その振動はまさにドンホの胸に銃弾が命中する感じだった。あちこちから苦痛に耐えられずに上がる悲鳴が聞こえた。木の後ろにただ立っているわけにはいかない怖さでドンホが身をよじると、ヒョンテが後ろからグッと捉まえて身動きできなくした。こうして一しきり機銃掃射をして遠ざかった飛行機が、また日の光に銀色の翼を光らせながら旋回してくる方向におおよその見当を付けて、また正面になるように場所を移すのだった。そうしながらもヒョンテは余裕綽綽《しゃくしゃく》、ドンホに注意まで与えた。木の幹を抱えると危険だから腕を下ろせと。ドンホはふと、何かに押さえつけられたような不自由さを感じた。幼いころ、路地裏で遊んでいると、町内の餓鬼大将が後ろからやってきて目隠しをして、いくら身をよじっても放してくれなかった、あの時のもどかしくて息の詰まる記憶。しかしこの日、ドンホは自分をコントロールしているヒョンテに不自由さを感じながらも、一方でそれに逆らえないベッタリとした友情を味わっていた。

「ええと、……人間というのは皮膚にどれくらい火傷《やけど》をしたら死ぬのかな?」

ドンホが、食べていた口の中の乾パンを水筒の水を含んで飲み込んでから、誰にともなくポツリとこう言った。

半分にちぎったタバコに紙切れを巻いて吸い口を作っていたユングが、

「三分の一以上だったら死ぬだろうな」

「ガラス片だったら、どのくらい突き刺さったら死ぬのかな？」

「さあな」

ユングはヒョンテのタバコの火を借り、火をつけてくわえ、

「ガラスはちょっと怖いぞ。皮膚に刺さりさえしたら、どんどん中の方に入り込むからな。小さいころに誤ってガラスの筒を踏んでしまったんだが、その痛さといったらナイフで刺されたどころじゃないんだ。で、だな、刺さったガラス片を抜いたのに、やっぱりずっとヒリヒリしてズキズキ痛むじゃないか。その晩は一睡もできなくて明くる朝、病院に行ったら粟粒みたいなのが二個残ってたんだよ。で、そいつが相当深く潜り込んでいるじゃないか。夜通しヒリヒリして痛かったのも、そいつが少しずつ肌の奥の方に入り込もうとしてたからなんだな」

ドンホはさっき山中で自分を取り巻いていた、とてつもなく分厚いガラスが一度に割れて、その無数のかけらが全部自分の体に刺さっていくようだった感じを、もう一度思い浮かべていたところ、ヒョンテが立ち上がりながら、

「おい、また何だかしらんがガラスに関する詩でも構想してるのか？　詩もいいが、まずは場所を移してみようぜ」

日の光が少し弱くなってはきたが、七月初旬の太陽を額にまともに浴びるのは並大抵の暑さではなか

った。岩陰の方に場所を移した。

「さあ、ここならしばらくはお前の思いどおりに詩想を楽しめるだろ。だがな、そのわけのわからんガラスの話はやめにして、もうちょっと洒落た話でもしてみろよ」

　ドンホはヒョンテが自分に洒落た話をしてみろという意味を理解していた。それはほかでもなく、ドンホ自身の恋人の話をしろということだった。ドンホはまだこの連中の誰にも自分には好きな女がいるということを明かしたことはなかった。ただヒョンテやユングがドンホのところに届く手紙を見て、そうじゃないかと感づいているだけだった。手紙を受け取るとドンホは、その場で封を切って読むことがなかった。一旦ポケットの中にグッと突っ込んで、後で離れたところに行って一人で静かに読むのだった。こんなドンホにある時、ヒョンテが一度、いたずらを仕掛けようとしたことがあった。半月ほど前、戦線が小康状態になったある日の昼食時だった。ヒョンテがドンホの背嚢を引き寄せて中を掻き回し始めた。これを見つけたドンホが黙っているわけがなかった。飛びかかって背嚢を奪い返そうとした。こうなるだろうぐらいのことは予想していたヒョンテは、前もって示し合わせておいたとおりに背嚢をユングの方に投げやってからドンホを捉まえた。そうしておいてユングにドンホの恋人から来た手紙を大声で読み上げさせようとした。だがその時、ヒョンテがドンホの腰を抱きかかえようとしてパッと後ろに引き下がった。いつの間にかドンホがヒョンテの手の甲に血のにじむ歯形を付けたのである。そして次の瞬間、それこそ隼《はやぶさ》のごとく、ユングの方へ飛びついたかと思うと、ワアッ！　という叫び声とともにユングが後ろに倒れ込んだ。片方のこめかみあたりをドンホの頭にぶち当たられたのである。彼がある程度、抵抗するだろうと予測はしていたが、こんなに強烈に出てくるとはとても考えられなかった。背嚢を抱え込んで息を弾ませているドンホの目が酔っ払いのように真っ赤に充血していた。ヒョンテが笑いに紛らせながらその場を収めた。この野郎、戦闘の時にはその背嚢を体の前に持っていかなきゃならんな、勇敢になれるぞ。

もちろん今だとて、ドンホが自分の恋人のことを披歴するだろうとは思わないながらも、ヒョンテは話しかけてみたのだった。そんなことでも言って退屈しのぎをしようとしたのだ。

「大体だな、お前がそんなにものすごく大事にする女ってどんな娘《こ》なんだよ？　ちょっと話したって減るものじゃないだろ？　ともかくだな、俺はお前のその純情というものが危なっかしくって見てられないんだよ」

ドンホはヒョンテの言葉が聞こえないふりをして、少し離れた下方にある松林の方に目をやった。まばらに立っている松の大木の間に、若松がそこここにあった。で、その松葉の尖端《せんたん》が赤茶けて見えた。毛虫でもわいているのだろうか。

「お前の好きなその娘というのが、どの程度お前のものになっているのかというのが気になるんだな。純情だけで女を自分のものにしたと考えてた時代はもう過去のものだぞ。何であれ、女の肌から直接受け取った記憶を持ち続けない限り、自分のものだと思うのは誤算だぞ。で、お前はその娘の肌にどんな記憶を残しているんだ？」

「そんなに暇なんだったら昼寝でもしてろよ。どうでもいいことを、いい加減にしろよ」

「この野郎、俺はほんとにお前のためを思って言ってるんだ。一体、その娘とのどんな忘れがたい記憶を持っているのかを一度、話してみろってんだよ。唇か、手のひらか、でなきゃ、あそこか？　なんで唾《つば》を吐くんだ？　俺の言葉が汚らわしいと言うんだろ？　だけどだな、おとなしい犬が真っ先に竈《かまど》に這い上がるっていうぞ。かえってお前のような奴がその娘の背中に爪跡《つめあと》を残すかもしれんってわけだ。こいつのようにな」

紙を巻いたタバコの吸い口がほとんど燃え尽きるまで吸っていたユングが、

「やあ、何でうぶな奴を引きずり回すんだ」

彼は何の意味もない女の話に引きずり込まれたくなかった。

「そんならお前は陰険なところがないってのか？　何に対してもキチキチとやるというところはあるんだが、女を選ぶ時にも抜け目がないってわけか。いつもちょっと年上のを選んで捉まえてきたんじゃないか？　そうしなきゃ愛されないからな。お目が高いな」

三時間ごとに左右の山の角に配置してある歩哨《ほしょう》を交代した。

ドンホが自分の番を終えてヒョンテのところに戻ってきた時には、西に傾いた太陽の光がかなり弱くなり、夕方の風が快く軍服の裾《すそ》にそよいできた。去る三月三十日に雪が山のように積もっていた時、作戦が中断状態に陥ったことまであるこの中東部の山岳地帯だけに、夏場でもあれほど暑く降り注いでいた日の光が弱まると、すぐさま冷気が漂うのだった。

ヒョンテも今は風よけになっている岩の後ろに両腕を持たせかけて、黙って座り込んでいた。

ドンホはその傍に座って、少し前に歩哨に立つために一方の山の角に行っていた時、脳裏に思い浮かべていたスギの姿をもう一度静かに辿ってみた。二年前、入隊する前の晩にボタン雪の降る海雲台《ヘウンデ》［釜山市郊外の海浜行楽地］のあるホテルで夜を明かさんばかりにしたこと。その時、唇の周りがヒリヒリするほど唇をこすりつけてキスをしたのだが、それよりも翌日の朝、夜通し降り注いでいた雪が止んで、窓から差し込む清らかな日差しの中で、彼女の二重瞼の片方が三重瞼になっているのを見て二人が子供のように笑いあった記憶。スギのことを思い起こすたびに夜更けまでキスをしていた唇の感触、頬、うなじ、そして胸のある部分を撫で回した感触よりも、彼女の左右ちぐはぐになった目を見て二人で無邪気に笑いあったそのときのことが、より一層自分たちだけの密かな秘密のように大切に思われるのだった。入隊後に初めて来たスギからの手紙にもその目のことが書かれていた。目が元どおりになるまで二日間は外出しなかったという。それだけでなく家族とも顔を合わさないようにしたという。なぜか左右ちぐはぐになった目を家族に見られてしまうのも自分たちだけの秘密をさらすようで嫌だったという。そしていつでもドンホが戻ってきてもう一度ちぐはぐな目にしてくれる日を待ち望んでいると書いてあった。

スギのちぐはぐの目、それを想像するといつもドンホの口元には独りでに微笑が浮かぶのである。

「お前、何がおかしくて一人でニヤニヤしてるんだ？……おお、薄ら寒いな」

ユングがドンホに一声掛けて立ち上がり、腕を前に伸ばしたり横に伸ばしたりして体操を始めた。

山に夕暮れが迫ってきた。ミカン色の夕焼けが西の山陰に隠れもしないうちに、灰色の影が低い谷間を埋めながら少しずつその色を濃くして山の上の方に上がってきた。その速度はゆっくりと、やがて速くなった。

紫色の空にいつしか星が一つ、二つと現われ始めた。左右の山の角に行っていた歩哨たちが戻ってきた。

さあ帰るぞ、というヒョンテの声掛けだけを待っていた。

「火を焚いてるな」

ある兵士が部落の方を眺めながらつぶやいた。

眼前に現れた薄黒い松林越しに、それよりは薄い色の白っぽい気体が風になびきながら立ち昇っていた。煙突の煙だ。

「熱々の飯が食いてえな」

もう一人の兵士がまたこんなことを呟いた。

先ほどの兵士が、

「今、トウモロコシの粥でも炊いてるんじゃないか。さっき昼間に見たじゃないか。芋一個も残さずに全部引っさらって行ったのを」

「とにかく熱々の白湯《さゆ》でも一口飲めたらなあ」

さっきの兵士が思い出したように、

「そういやあ、さっきの女はスパイじゃなかろうな」

ヒョンテが立ち上がってユングに、

「本部に連絡しろ、引き揚げると」

そう言って銃を担いで、てくてく麓の方に下りていくのだった。

ドンホはヒョンテが今、麓の方に下りていく目的がわかる気がした。女を消してしまいに行くのだった。実のところ、あの女が敵方のスパイではないとしても、後になって我が方の動静が敵に伝わる憂慮がある場合には、中隊本部まで連れて行かねばならないのだった。それが面倒だから、いっそのこと消してしまおうとしているのだろう。だから先ほど昼間に中隊本部に報告した時にも、村人たちは一人も残っていなかったと報告したんだろう。

ドンホはヒョンテがいなくなった後ろ姿の方を見やりながら、今に銃声が聞こえるだろうと思った。

ユングが傍にやってきて、

「何をそんなに深刻そうに見やっているんだ?　余計な心配なんぞせずに、引き揚げる算段でもしろよ」

銃声は聞こえてこず、しばらくしてヒョンテが何かで手をしきりに拭きながら上ってきた。どうしたんだろう。

「さあ、行くぞ」

そしてヒョンテがドンホに向かって、

「何をそんなにぼんやり眺めてるんだ？」

部落の方を眺めやっていたドンホは何も返事しなかった。


翌日、ドンホのいつもと違う視線を感じたヒョンテは、

「何でまたそんな目をして人を見るんだ？　まるで何だか汚いものでも見るようなその忌々しげな目付きでだな」

「きのう、あの女をどうしたんだ？」

「この野郎、そんなことでその目付きかよ。そんなに知りたいんだったら話してやろう。俺が下りていったら、あの女はかえって昼間ほどには驚かなかったさ。それで別に抵抗する様子もなくってな。ところがだな、出ていこうとすると、俺の手をつかむじゃないか。その手が何を意味するのかがわかったさ。怖いから一緒にいてくれと言うのさ。ありえんだろう。片付けちまったさ。昨日のことはそれだけだ」

2

何日か後、休戦協定〔一九五三年七月二十七日に締結〕のちょうど二週間前、一九五三年七月十三日の夜十時。敵は中東部

戦線［付図参照］の三十マイルにわたり十五万人という大兵力を投入し総攻撃を開始した。休戦する前に一歩でもより南側に占領地域を拡張すると同時に、華川《ファチョン》の九万里《クマンリ》発電所を奪取しようという心積もりのようだった。

その時ドンホたちの所属部隊は〈狙撃稜線〉の東方に布陣していた。

最初、敵は米第六軍団管轄下の首都師団の正面を突破して侵攻しようとしていたが、首都師団が撤収し、米第三師団と交代するや、今度はその主力部隊を韓国軍の第二軍団の正面に向きを変え東方に出て、中東部戦線の第六師団と第八師団を包囲しようとしていた。

十四日になってドンホたちの部隊はやむなく金城《クムソン》川の南岸に撤収するほかなかった。

この日は朝から白い夏雲が、かなり強い東南風に吹かれて空高く動いていたが、前例のない敵の激しい攻撃によって巻き起こった砲煙と入り混じって、空は次第に低く垂れ込めてきた。国連軍の戦闘爆撃機が不意に雲と砲煙の合間を縫いながら、敵の突出部に砲弾を浴びせていた。炸裂する砲弾と爆弾が、地殻を揺るがせて耳を聞こえなくさせた。絶え間なく強烈な爆風が砂塵《さじん》と硝煙を載せて戦場を掻き回した。その中を敵は人海戦術で執拗に進撃してきた。

ユングが真っ黒な顔で心配そうに近寄ってきて、

「ゆうべ、夢見が悪かったんだ」

と言った。

夢の中で腹がパンパンに張るので医者に行ってみると、出産の臨月になっているとのことだったとか。

「今日はどうも日柄が悪いみたいなんだ」

ヒョンテが代わりに小隊長に掛け合ってこの日、ユングは戦闘に加わらなくてもいいようにしてやった。戦場でその前日の夢見が非常に悪かった場合、その日の戦闘には加わらなくてもよいとすることができた。前夜の夢見が悪かった者は、なぜか大抵、戦死する例が多かったのだ。だからと言って戦闘に出たくなくて嘘の夢見の話をする者はほとんどいなかった。戦場では直接戦闘に出ないといっても、必ずしも安全性が確保されているわけではない。むしろ嘘の夢見話をしたら、よくないことが起るという観念が叩き込まれていた。それだけ戦場では皆が純粋な気持ちになるのだと言えよう。

　この日は午後から一層厚い雲が全天を覆った。夜になると、星一つ見えない空は墨汁のように真っ暗だった。その中を照明弾と信号弾が絶え間なく打ち出されるのだったが、砲煙と砲塵《じん》にさえぎられてその光が薄ぼんやりと見えるほどだった。そしてついにあちこちで白兵戦が繰り広げられた。

　ドンホたちの部隊も敵と肉弾戦を展開した。

「こうなったら小銃も手榴弾《しゅりゅうだん》も用なしだな」

　深い闇の中でヒョンテが短剣を抜きながら呟いた。

　そうして戦っているうちに、ヒョンテとドンホは互いに離れてしまった。

　ヒョンテから引き離されていくドンホは暫くの間、どうしたらいいかわからなかった。ただただ何でもいいから行動を起こさねばという思いが彼を重苦しくした。そんな折、彼の頭を誰かがつかんだと思うと、首の方に手が回ってきた。ドンホは無意識に短剣を抜いた。そしてどこをどう刺したのかもわからなかった。ただしばらく上になり下になりして取っ組み合っていて、相手方が挑みかかってこなくなったところをみると、死んだようだとわかっただけである。ドンホは自分のどこにそんな力が潜んでいたのかと思った。目をつむったまま体をやたらと振り回していたちょっと前の自分は、本来の自分とは違う何かの力によって動かされているようだった。しかしその次からはドンホの方から暗闇の中でぶち当たった相手方の髪を撫で斬りにしてみてザクザク切れるようなら、何がなんでも刺して蹴飛ばしては抱え込んでぶちのめした。

　夜明け方になって敵はようやく一旦、退却した。

激戦中にはまるで耳に入ってこなかった倒れた兵士たちの悲鳴と呻吟《しんぎん》があちこちから聞こえてきた。ある兵士は誰に対して言うのやら罵声を浴びせながら、痛みを忘れられるように早く殺してくれと叫んでいた。また、ある兵士はお母さん、と言いながら祈りの言葉のようなことをぶつぶつ言っていた。別の兵士はおいおい泣いてばかりいた。このすべては熾烈《しれつ》な戦闘の後のいつもの光景だった。ただ今回だけは敵のあまりにも急な大規模攻勢のために、負傷者をまだ後送もできないでいるのだった。

　ドンホがヒョンテに会うと、彼は両肘に何箇所も怪我をしていた。

「出血がひどいんじゃないのか？」

「いや大丈夫だ。で、お前はどうしたんだ？　別に怪我してないみたいじゃないか。今じゃ戦い方がかなりわかったみたいだな。まあ戦い終わって戻ってきてから、やり方がわかったという者はないだろうさ。いざとなったら誰でもやれるものだぜ」

　そこにユングがやってきた。ヒョンテはユングを見るや、

「タバコを一本くれよ。俺のは吸えなくなっちまったのさ」

　ポケットから取り出したタバコは血まみれで見る影もなくなっていた。

「タバコなんかより包帯が先じゃないか」

「いいや、先にタバコを吸いたいんだ」

ユングが二つにちぎったタバコの片方を取り出してやった。彼はいつも配給の花郎《ファラン》［タバコの銘柄］を二つにちぎって吸っているのだった。それでみんなのタバコが切れた時でも彼だけは持っているのだった。

タバコに火をつけて深く一服吸い込んでは少しずつ吐き出しながら、ヒョンテは冗談めかした口調で、

「なあに、大した傷でもないなあ。タバコの煙が漏れないいんだからな」

そうして赤銅色に焼けた顔に白い歯を剥いて見せながらニッコリして、

「全くきりがないよなあ。一人を始末したら、またどんどん次の奴が飛びかかってくるんだから」

低く垂れこめていた空から雨粒の音が聞こえたと思うと、どしゃ降りになった。そこに持ってきて昨日より激しい東南風が吹いた。鞭のような雨脚が降り注ぎながら霧が立ち込めた。薄ぼんやりと視野が遮られて前方がよく見えなかった。

敵はこの豪雨を利用してまた攻撃してきた。国連軍のＢ－29爆撃機編隊が悪天候をものともせずに敵の補給基地に爆弾を投下する中で、またしても互いの死闘があちこちで繰り広げられた。兵士たちはすぐさま血まみれ、土まみれになった。それを雨が洗い流した。けれども地面はもうこれを吸い込むことができずに、そのまま下方へと流しやるのだった。

ヒョンテはさっき怪我をした腕でもって銃を持ったが、雨水に濡れて化膿し始めたのか、ズキズキと痛くなって後方に下がるしかなかった。

雨脚はしばし弱まるかに見えたが、また激しくなったりした。死をものともせずに人海戦術で出てくる敵と対決するのは、苦痛以外の何物でもなかった。夕方になるころ、敵は我が方の防御ラインを二箇所も突破していた。

夜になって風が静まり、雨が降ったりやんだりになった。すると敵が攻撃してくる方向とは逆の方角から突然、クェングァリ［鳴り物の金属打楽器］とナルラリ［朝鮮のチャルメラ］の音が聞こえてきた。ドンホたちの部隊は慌てた。敵に包囲されたのだ。命令系統が麻痺したドンホたちの部隊は動揺し始めた。てんでに脱出口を探してもがいた。

そんな中、ドンホとヒョンテはユングと別れ別れになった。

二、三時間余り敵の集中射撃を食らいながら、やっとのことで脱出口から逃れ出た二人は、ある小川のほとりに辿り着いた。暗闇の中で見当をつけてみると、幅が五メートルあるかどうかの渓流だった。両岸の土手には敵の第二包囲網が張り巡らされているのか、人の気配がした。

二人は小川に入った。幸い小川は首から上だけを出して中腰の姿勢で歩みを進めるのに好都合だった。川底にはゴロゴロとさまざまな大きさの石敷が続いていた。多分、普通はほとんど川底が干上がっていて、雨が降ると水が覆う小川のようだった。

流れはかなり速かった。二人はアヒル歩きで流れに逆らって上流の方に向かった。地形からすると注坡嶺の方から北へと流れているらしいと推し測ったのである。ヒョンテがドンホに耳打ちした。うまい具合に血まみれの服を手間をかけずに洗濯できたなあ。

しかし両側の土手に敵がいて、川面に頭だけ出してアヒル歩きをするのは短時間ならいざしらず、並大抵の苦役ではなかった。とりわけヒョンテは怪我をした両腕を使えなかった。腕に巻いた包帯が雨に濡れて水ぶくれしてピタッとくっ付いているので、悪化した傷口がヒリヒリ痛くて動きが取れなかった。腕でもって水を掻き分けることもできず、中腰の姿勢で進むので余計にきつかった。

一キロも進まないうちにヒョンテは足がガチガチにこわばってきた。ドンホになかなか追いつけなくなった。

ドンホがヒョンテの背中を押してやったりもした。それもうまく押すのは難しかった。それでドンホは、ヒョンテが言うとおりに彼の革ベルトを捉まえて引っ張ってみた。

歩みがはるかに速くなった。

暗い空からまた雨が降り注ぎ始めた。

ところが一つ、おもしろい現象が起きた。ドンホの手が捉んだヒョンテのベルトの下の一物《いちもつ》がいつの間にかコチコチに膨れてきたのだ。下腹部に他人の手がしょっちゅう触れるためだろうか。ヒョンテ自身も気づかない生理的な発作だった。怪我をして疲れた体で死ぬか生きるかという危機にある時に、七月中旬だとはいえ、冷たい夜の川の中で冷たい雨を頭から浴びながら、その部分だけは溌剌と気を発しているとは、呆れもするが奇異な現象には違いなかった。ドンホがそれに気づいて、捉まえていたベルトから手を離した。するとヒョンテが小声で冗談を言った。いっそ、こいつを握って引っ張ってくれよ、取っ手にはもってこいだろ。

やっとのことで歩きにくい川の中を二キロ近く移動して何とか敵地から抜け出すことができた。

土手に這い上がるや、ヒョンテがベラベラしゃべった。

「こいつがこう元気なうちは、死ぬなんてことは考える必要がないよなあ」

こう言ってジャージャーと小便を垂れるのだった。

3

ヒョンテが華川九万里発電所の野戦病院で三週間の治療を終えて戻ってきた時、彼の所属部隊は〈ソトゴミ〉［小土古味。元々は小土雇米か。華川郡在。当時、韓国軍の第二軍団司令部があった］という所に駐屯していた。このソトゴミというのは華川北方八キロ、休戦ラインの最前方である注坡嶺《チュパリョン》の南方十二キロほどに位置する部落である。

ヒョンテは軍用トラックから降りて周囲を見回した。

今回の戦争前には三十八度線の北側だったここは、去年ヒョンテたちが二度目に押していった時には、すでにこちら側の山麓にあった民家はほとんどが灰燼《かいじん》に帰していた。それが休戦協定が結ばれてから十日も経たずして、あちこちにバラック小屋が建ち、今現在も建築中の家が二、三箇所、目についた。

メインの大通りから右の方に見える所に部隊があった。暑い空気がムラムラと立ち昇る土埃のする道を、背嚢を片手に持ったまま部隊の方に向かって歩いていると、

「おっ、ヒョンテじゃないか？」

という声がかなり遠いところから聞こえてきた。

そちらに向いてみると、あちらの方で幕舎の補修工事をしている兵士たちの中から手を振って見せる人間がいた。ドンホだった。

こちらからも大きめの声で返事をした。

「あれから詩を沢山書いたか？」

連隊本部に行って原隊復帰申告を済ませてから、ドンホのいる所へ行った。

握手をしながらドンホは、

「もうこうやって握って振り回しても大丈夫か?」

「大丈夫だとも」

ヒョンテが手に力を入れてドンホの小さな手を痛いほどに強く握り返した。

「よかったな。腕が曲がらなくなるんじゃないかと心配したぜ。で、最初のうちはしばらく飯も掻っ込めないから、看護将校が食べさせてくれたんだって? 先に退院した誰やらがそう言ってたぜ。そんなざまをいっぺん見たかったな。見ものだったろうな」

「何言ってんだ。ほんとに最初は傷が悪化するんじゃないかと、えらい思いをしたぜ。あ、ところで、ユングの奴はどうなったんだ?」

「どうなったって、ここにいるさ」

「そうか。俺はあの晩、やられちまったんじゃないかと思ってたんだ」

「あの時、捕虜になって連れて行かれてから、逃げ帰ってきたんだ」

「ほう、あいつ、いい経験をしたな。で、今、どこにいるんだ?」

「けさ通信関係で連絡しなければならんことができて、華川に行ったみたいだぜ。今、四時だからもうすぐ帰ってくる時間だな」

ヒョンテを知っている兵士たちが一人、二人とやってきて感激の握手を交わした。

営内には初めて見る兵士が少なくなかった。補充されてきた兵士たちだった。休戦を前にした戦闘で数多くの戦友たちが死んだということをヒョンテは再認識しなければならなかった。死んだ同僚たちの名前を一人一人数え上げる間に、集まっていた戦友たちの顔には暗い陰が漂った。しかしその陰の裏側には、やはり自分は生きているという喜悦の光が射していることを否定することはできなかった。誰がそれを間違っていると言えようか。ただお互い、ほかの人間の目に触れないようにすればいいのである。

華川に行っていたユングが夕食の直前になって帰ってきた。

夕食が終わってから内務班［通常、軍曹以下の士兵の軍営内での居住部屋］に戻って来るや、ヒョンテはユングに、

「俺はお前がやられちまったかと思ってたよ。後からやってきた負傷兵にお前の話をして聞いてみても知らないというじゃないか。それで軽く慰霊祭でもやろうかと思ってこいつを買ってきたんだ」

背嚢から焼酎二瓶とスルメ三、四尾を取り出して、

「生還祝賀宴に変更しなくちゃな。食後だから酒がまずいかもしれんが、一杯ずつやりながら脱走してきた武勇談でも聞こうじゃないか」

瓶の栓を歯で抜いて、ユングの飯盒《はんごう》の蓋にまず酒を注《つ》いだ。

ユングはゆっくり飲みながら、

「あの日の晩、俺は味方の砲声のする南の方にだけ向かって包囲網を突破しようとしたんだ。後で考えるとそれが誤算だったんだよ。むしろ東の方に行かなきゃならなかったのに」

敵が西側から南側に迂回して何重にも包囲網を築いていたんだ。何とか包囲網一箇所を突破したと思ったら、まさに敵陣の中にいたんだ。降ったりやんだりだった雨が再び降り注ぐ中を、ユングは夜明けまでさ迷い歩いた。

夜が明けるや、しかたなくそこに見えた穴の中に入った。水がたっぷり溜まったその中には、先に入り込んでうずくまっている者がいた。同じ中隊にいる事故だらけというあだ名のある金上等兵だった。

二人は言葉をやり取りする気力さえなくて、黙り込んで穴の中でうずくまっていた。しばらくして金上等兵が独り言のようにつぶやいた。午前中に反撃してくれればいいんだが。しばらくして金上等兵がまたしても独り言のように呟いた。どうせ捕虜になるんだったら、チャンコロ連中に捕まる方がいいんだが。ユングもそう思った。今回の動乱がもたらした特異な様相があるとしたら、それは同族どうしが、より残忍だということだった。当然、捕虜扱いをしなければならない者にも、即決処分という名目のもとに銃殺してしまうのが通例になっていた。

幸いだったのかどうか、ユングたちが捕まったのは中共軍［正確には中国の人民志願軍。いわゆる義勇軍］にだった。その足で金城《クムソン》方面の敵の後方に連行された。

破壊された建物のすぐ横に付けて、雨風をしのぐだけの適当に建てたバラックに収容された。床は藁を敷き詰めてあり、雨水が浸み込むのでじめじめ濡れていた。約五十名の捕虜が連れてこられていた。そこで一人ずつ尋問を受けた。

もう一箇所離れたところに、やはり雨風をしのぐべく建てられた小さなバラックの中に古テーブルを前にして人民軍大尉の階級章を付けた男が座っていた。歳が四十を越してみえるこの男が、柔らかな口調で名前と歳を聞いてから、階級は何ですか？　と言った。一等兵です。前もって準備していた嘘なのでスラスラと口をついた。故郷は？　ソウルです。私もソウルです。じゃ父母は？　幼いころ亡くなりました。じゃあ？　叔父のもとで育ちました。その叔父さんは今、どこにいるのかな？　九・二八［ソウルが奪還された一九五〇年九月二十八日のこと］の時に砲撃で皆、死にました。ここで尋問官はユングの家庭事情に少し同情する様子で、叔父さんの職業は何でしたか？　保険会社の勧誘員でした。六・二五［一九五〇年六月二十五日から始まった朝鮮戦争］勃発時に君は何をしていましたか？　大学に通っていました。何科ですか？　商科です。男は頷きながら、そう、保険会社の勧誘員でいながら、どうやって甥っ子を大学に通わせられたのかね？　私が家庭教師をしながら学費を稼ぎました。苦労したんだね。男はまた頷きながら、軍隊にはいつ入隊したのかな？　今年の春です。二十四歳までどうやって軍隊に行かずに済んだの？　逃げ回っていました。男は持っていた鉛筆の頭でテーブルをコツコツと叩いて、この戦争の勃発当時にどうして義勇軍に志願しなかったの？　この問いにユングは答えられなかった。まさか家庭教師に行っている家の板の間の下に隠れていたなどとは到底、言えないわけだった。それで答えあぐねていると、男が口元に微笑を浮かべながら、今からでも義勇軍に志願する気はないかね？　と聞く。これにも答えられずにもじもじしていると彼は、すぐには答えられないだろう、じゃ、このことはゆっくり考えてみることにしたまえよ、と言って話題を変えた。今、ここに捕虜になってきている者の中で君が知っている将校は誰と誰だね？　一人もおりません。ユングは尋問官が将校は誰だと聞く意図がわかった。我が方の将校を探し出して、そこから何か軍事機密でも聞き出そうとするつもりなのだろう。しかし、戦闘時なので階級章をすべて剝がしており、捕虜になる前に身分証だとか各個点呼証［全軍人の番号証］などは破り捨てていたので、誰が将校で誰が兵卒で、また誰が兵卒の中でも古参なのかということは全く区別できないのだった。だからといってユングが捕虜の中に知っている将校がいないと言ったのは、その将校を擁護するためではなかった。事実、知っている将校が一人もいなかったのだ。尋問官はここで初めて顔を曇らせながら、率直でないようだね、本当に知り合いの将校が一人もいないと言うのかね？　と聞いた。はい、おりません。男が声を荒らげた。完全に資本主義の走狗《そうく》になってるな。第一に、君は商科に通っているというが、計算が下手だな。今年の春と二、三年前という数字すら間違ってるぞ。君は今年の春に入隊したと言ったが、軍隊生活を少なくとも二年以上していたのは明らかだぞ。君の目がそれを証明しているぞ。ゆるぎない瞳のようだが、常に動いているその目だよ。一度見たらわかるさ。開戦当時にも君がどこかに隠れて反動の夢を見ていたのは明らかだぞ。

一しきり尋問を受け終わり、握り飯を一個ずつ与えられて食べていると、人民軍兵士が一人やってきて誰やらの名を呼んだ。ほつほつした麦飯をほおばっていた皆の口が一斉にピタリと止まって静まり返った。もう一度名前が呼ばれた。すると呼ばれた者が立ち上がった。小柄な青年だった。人民軍兵士の後についていくこの青年の喉が、食べかけていた麦飯を飲み下そうとするのか、大きく一度膨らんだ。

正午ごろから雨がやんで、はっきりしなかった空は次第に雲が減り、夕方にはすっきり晴れ上がった。ベトベトした服を脱いで太陽のもとで乾かしたかった。バラックの捕虜たちとは関係なく、きれいな夕焼けになった。夕焼けの消える頃、捕虜たちはバラックから出て一列縦隊に整列させられてそこを出発した。その時になっても、先ほど呼ばれて出て行った青年は戻ってこなかった。

捕虜五、六人に一人の割合で小型の軽機関銃を担いだ監視兵が付いた。捕虜たちはどこの目的地に連れて行かれるのか知らずにいた。ただ、星の位置からすると北方に向かって歩かされていることがうかがわれた。

約四キロほど進んだ時のことだった。ある狭い渓谷に入るや、何の号令もなく前の人間から次々に皆が立ち止まった。小休止して行こうということかと思った。しかし座れと言うのでもなく、捕虜たちに所持品を下ろして置けと言うのだった。あちこちからお前らここで隠し物をしたらわかるんだぞ、という声が聞こえた。ユングも万一のことを考えて、作業服の前衽《おくみ》に結び付けて腰のあたりにたくし込んでおいた腕時計も取られてしまった。

行列はまた動き始めた。暗闇の中でユングは越えていく峠の数を数えた。もう四つ目の峠を越えていた。五つ目の峠の奥まったところで一行は小休止した。全員を座らせておいて、監視兵たちは手で火を隠しながらタバコを吸うのだった。

　また歩き始めて二つ目の峠を越えている時だった。突然爆音がしたと思うと、国連軍のジェット機が機銃掃射を始めた。一行が歩いているすぐ横の山に目標物があるようだった。いつの間にかまた雲が掛かり始め、星の光が次第に消えていく空に、まるで流れるかのように飛行機が一機飛んできて機銃掃射をして飛び去るや、次の一機が続くのだった。

　監視兵たちが前と後ろから、身動きせずに座っておれと繰り返し怒鳴った。その時、捕虜たちのうち何人かが山の斜面を走り下った。それに続いてダダダダダという軽機関銃音とともに監視兵二、三人が追いかけて下って行った。その後すぐ、飛行機の機銃掃射が止まり、静まり返ったかなり向こうの斜面下方の暗闇の方から、またダダダダダという軽機関銃音が何度も続いたり止んだりした。そしてこちらに向かって、三人は捕まえたぞ、という声が聞こえてきた。こちらで人数を数えていた監視兵が、もう一人いるはずだぞ、と斜面の下方に向かって叫んだ。下では脱走兵をずっと探し回ったようだったが、断念した様子で上がってきた。捕まえたと言っていた三人の捕虜は一人も連れてこられず、監視兵たちの手には脱走兵たちの履いていた軍靴だけがぶら下げられていた。ユングの傍にいた監視兵も軍靴一足を持って上がってきて、パンパンと土を払って靴紐を結び直して肩に担いだ。

　翌日の明け方、ある山の角に辿り着いた。山すそに何箇所か洞穴を掘り、その入り口に木の枝を立てかけて塞いである所だった。

　一行が到着するや、ある洞窟から何人か軍人が出てきた。ここで監視兵が交代するらしかった。点呼の後、昨夜脱走して射殺された三名と行方不明の一名の名前に印しを付けて、そこの軍人に書類を引き渡した。軍靴を肩に担いでいた監視兵たちは、めいめい自分の履いていたどた靴を脱いで軍靴と履き替えた。

捕虜たちは握り飯一個を食べて二箇所に分かれて洞窟に入った。そこでしばらく寝ろというのである。

地べたに敷いてある草の上に互いの足の上に足を重ねるようにして疲れた体を縦に横にと思い思いの姿勢で横になった。皆すぐに眠ってしまった。ユングは金上等兵が横にいたが、彼が眠っていない気配に気づいてそっと声をかけた。きのうあの収容所から呼ばれて出て行ったのは誰なんだ？ 金上等兵は目をつむったまま、ちょっと前に補充隊から今度ある小銃小隊に配属になった小隊長だ、と言った。警備隊［正式の韓国陸軍の前身］の頃から軍隊生活をしてきた金上等兵は、ユングが知らないほかの部隊所属の軍曹級以上の人間なら大抵顔見知りなのだった。誰が告げ口したのだろうか？ と思いながらユングはふと、そんなことをするのはひょっとしてこの金上等兵ではないのかという気がした。事故だらけというあだ名がついたこの男の過去がそう思わせたのである。去年の夏、彼が伍長から軍曹に昇進する予定日の直前に脱営し、二十日ほども経ってから戻ってきたことがあった。田舎に帰って野良仕事を手伝ってきたともいうのだが、元々ドラ息子で百姓仕事が嫌で警備隊の頃から軍に入隊した彼なので、そんなはずはないと思われた。本来なら営倉［軍隊で、規則違反の兵士を閉じ込める部屋］を食らって階級を下げられるはずのところを、警備隊時代からの経歴を勘案して昇進だけを保留にするのに留まった。ところがこの前の冬に後方部隊と交代する時に、補給物資を盗み出すという事件をまた起こしたのである。盗んだ物で女を買ったという噂が広がった。この時は一カ月の営倉になって出てきたが、二階級降等を食らってしまっていたのである。しかしこの後、彼は大抵の伍長が命ずるどうでもいい命令には従いもせず、お互い対等にため口を使った。そんな金上等兵だけに、ことによってはきのう、例の小隊長を尋問官に告げ口したのではないかという疑いが持たれることもあり得た。しかし金上等兵は目を閉じたまま、無感動な口ぶりで、うちの小隊にいる誰か気の利かない新兵のしわざだろうよ、最初は何か特別待遇でもしてくれると思って告げ口したんだろうが、今頃は後悔しているだろうさ。たぶん我々と一緒に連行されてるだろうよ。こう言われてみると、ユングは自分も、もしその小隊長を知っていて尋問官が自分に何かいい条件でも示されたら、彼のことを告げ口しない、と自信を持っては言えないだろうという気が猛烈にして、むしろ金上等兵を疑った自分が恥ずかしくなった。すると金上等兵がそっと目をあけながらこっちを向いたと思うと、低い声で言った。今、そんなことをああだこうだと言ってみて何になるんだ？ 当座の自分たちのことだけ考えても一杯いっぱいなのに。今夜が大事だぞ。今夜を逃すとかなり北の方に行ってしまうから難しくなるんだ。昨夜の脱走兵を見ただろ。三人は死んで一人だけ助かったこと。あの三人はあまりにも急いで遠くまで逃げようとしてあんなことになったんだ。五間《けん》［十m弱］ぐらいがいいんだ。そうしておいて奴らが出発した後で逃げりゃいいんだ。じゃ今晩のことを考えてちょっと寝ておくか。金上等兵は頭を引っ込めて少し間隔をあけて向こう向きに横になった。

「その時に俺も決心したんだ。金上等兵と行動を共にしようと」

日が暮れてから握り飯一個ずつを食べて出発した。ユングは金上等兵から三、四人後ろのところに入り込んで歩いた。隊列のほとんど最後尾の方の位置だった。

梅雨に入ったのか、空にはこの日の夜も雨を呼び込む低い雲が垂れこめていた。

ユングは歩きながら五間という長さを歩数で測ってみた。五間といえば五、六、三十、三十尺だ。出発前にこっそり一足の長さを指尺で測ってみた。一尺［約三十㎝］余りだ。だとすると、五間というのは二十歩以内［六mほどになり、上述の十m弱とは矛盾］ということだ。

この日の夜は六つ目の峠を越してから休憩になった。

ユングは暗闇の中でも右の方は山で、左の方は険しい斜面だということを確かめた。ここだ、と確信した。三、四人前にいる金上等兵の方を暗闇の中で目を凝らして見た。

ユングの傍にいた監視兵がタバコの火をもらいに、前方にいる監視兵の方に行った。そこにいたある捕虜の男が監視兵に、この軍靴をどた靴と交換してあげるからタバコを一本だけくれませんか、と言うのが聞こえた。それに対して監視兵は、さあ夜が明けてその靴がまともなのか見極めてからだな、という答えとともに笑い飛ばすのだった。

金上等兵が、座り込んでいた場所からそのまま丸っこい風呂敷包みのようにして斜面を転がり下るのが目に入るや、膝を抱いていたユングも、胸に膝を押し付けたまま身を転ばせた。監視兵たちも最初は誰かが自分たちを笑わせようと大きな石でも転がしているのかと思ったのか、いたずらはやめろ、と大声で言ってから事態に気づいた様子だった。けたたましい軽機関銃の音が、低く雲が垂れ込めた空と谷間の間のひっそりしていた空気を鋭く引き裂いた。

ユングはその銃声をそこから五間ぐらいだと思われる場所で小さな木の幹を捉まえながら聞いた。やや離れた左の方に金上等兵が伏せている気配が直感で分かった。ところがこの金上等兵が突然、伏せっていた場所から下の方に滑り降りるのだった。捉まっていたものが崩れたようだった。すぐ後から監視兵が二人、あたり構わず草むらを蹴散らしながら追いかけて下ってきた。

ややあって向こうの方からダダダダというという銃声が山あいに響いたかと思うと、一人は捕まえたぞ、という声が聞こえた。少し間をおいて、もう一人いるぞ、という声。

下の方では金上等兵の軍靴を脱がせたようだった。ほう、この野郎、足首に時計を巻き付けているじゃないか、とつぶやく声。

監視兵たちは金上等兵が射殺された付近と、それより遠いところだけを探し回る様子だったが、とうとう諦めてブツブツ言いながら上の方に引き揚げていった。

一行が行ってしまったのを確認してからユングは斜面の下の方に下って行った。そこでこれから自分が行くべき方向を探っていたところ、それほど離れていない草むらからこちらに呼びかける声がした。死んだとばかり思っていた金上等兵だった。下腹部を撃たれて倒れはしたのだが、生きているというふうに見せないようにグッと我慢していたというのである。そして彼は死にかけた人間らしくもなく、こんなことを言った。勝ちまくっていた博打《ばくち》が急に終わりになった気分だな、しかたないさ。金上等兵の言い方はむしろ淡々としていた。彼は、最後に頼みがある、これをうちに届けてくれ、と言うのだった。そして握った手の中のものをユングに差し出した。一握りの土だった。こいつを必ずうちに届けてくれ、ほかのことは一切書かずにこいつだけを俺の名前で頼む。

「それがまさに、これなんだ」

ユングが隅に置いてあった自分の背嚢を引き寄せて、その中から乾パンの紙袋に包んだものを取り出して広げた。これまで大事に取っておこうとしたが、何だかんだで減ったのだろう、今では一握りの半分にもならない赤土が広げた乾パンの紙袋から現れた。

「で、この土はどういう意味なんだろうな？」

酔いが回って眼の縁が赤くなった一人の兵士が、

「まさか金粉の混じった土じゃなかろうな？」

「バカ言え、これが全部金粉だったとしても大したことねえよ」

横にいたほかの兵士が剣突《けんつく》を食わせてから、

「俺は思うんだが、金上等兵が死にかけて、うわ言を言ったんじゃないか」

ドンホが乾パンの紙袋の土くれに目をやったまま、

「いや、自分の死を親に知らせる通知だろ。私はこうやって土に還りますという」

それに対してヒョンテは、

「貧乏たらしいぞ……捨てちまえよ。何でこれまでずっと持ってたんだ？」

ユングが、

「いや、ともかくこれを伝えてみなくちゃ。でないと俺の責任は果たせないんだ」

「ともかく死んだ人間の願いがそうなんだから、俺が明日人事課に行って住所を調べて送ってやるよ」

ドンホの言葉である。

「みんな好きにしろよ。さあ、じゃあ、ユング、お前の生還を祝うとともに、金上等兵の魂魄《こんぱく》、それから前回の戦闘で戦死した連中の冥福《めいふく》を祈る意味で……」

ヒョンテが車座になった同僚たちの飯盒《はんごう》の蓋にあらためて酒をついだ。

4

生き残った人間が死んだ戦友に対してしんみりとした雰囲気を醸して、そのもとで繰り広げられる自分たちの生に対する喜悦の情を慎み隠すというのは、人情からくる一つの礼儀だった。しかし、それはあくまで生き残った人間が編み出した礼儀であるからには、生きている人間によっていつでも破られかねない性質のものだった。男たちの世界においては、しばしば酒というものが媒介となってこれを破ってしまうことが多かった。

ソトゴミ部隊は最前線からわずか十一、二キロしか離れていない地域なので、午前中には内務教育と野外教場実習［軍事訓練］、そして午後には幕舎補修だとか環境整理だとかで日曜もなかった。それが休戦協定に従って捕虜の交換が終わった九月中旬頃からは、日曜日には希望者には外出許可が出るようになった。

外出許可の出た連中が向かうのは、懐具合次第だが大抵、飲み屋か慰安所だった。

休戦協定が結ばれるや、早速、軍人相手の如才ない商売人たちが集まり始めたのだが、最近になると、若い女のいる飲み屋が増え、公認の慰安所以外にも娼婦を何人か抱えた売春宿の主人たちが何人もやってきた。

ほとんどつまみなしで焼酎やマッコリをあおって酔っぱらうと、誰彼なく何でもないことでいさかいを起こしては、慰安所か売春宿に繰り込むのが常だった。アルコールの興奮と女の体臭から、彼らは自分たちの生に対する喜悦を確認しているわけだった。

「さあ、行こうぜ。親父がくれた金がまだちょっとあるんだ」

日曜ごとに抜け目なくドンホとユングの外出証までもらってくるヒョンテが、この日もこう言いながら外出の支度をするのだった。

ヒョンテが野戦病院にいた時、父親から小遣い銭が送られてきていたのだ。ヒョンテの父は、今回の動乱の前には石鹸の原料である牛脂を輸入して、かなり大きな会社を立ち上げていたのだが、戦争ですべてなくしてしまい、今度は避難地の釜山で砂糖で事業を再建していた。

あるバラックの飲み屋に立ち寄って、酒にかなり酔っぱらったヒョンテは、懐から金を取り出して鼻

に当て、匂いを嗅ぐ仕草をしながら、

「どうしてもこの金からは砂糖の匂いがするんだな。こいつで苦い酒ばかり飲むというのは似合わない気がするんだ」

そしてユングに向かって、

「さあ、俺たちは点呼を受けに行かなきゃな」

それからドンホの方に目をやって、

「お前はまたこいつでキャラメルでも買って帰って舐めながら、甘ったるい詩でも書けよ」

一〇〇ファン［現在の貨幣価値では約千円程度のイメージ］札を何枚かドンホの前に置いてユングと一緒に飲み屋を出るのだった。

こういう場合、ユングはいつも何も言わずに、ヒョンテがやろうということに従うのだった。自分の金を使わずに適当に得られる快楽をやめる必要はないという態度だった。

ドンホは、自分の女性に対する潔癖さをヒョンテが冷やかしはするけれども、自分たちがいく所へ無理やり引っ張っていこうとはしないのをありがたく思った。

彼はタバコを一箱買って吸いながら、大隊の裏の尾根の方に登っていった。幕舎の補修に使う材木と、冬支度の薪《まき》用に切り出した松の切り株に、松脂《やに》よけに草をむしって被せてから腰掛けると、自分だけの世界に浸ることができた。その中で彼はこの日もスギの面影を辿《たど》っていた。

尾根の下方にある部隊の横に畑の畦《あぜ》の跡だけが残っている荒地があった。三年もの間、手入れと鍬入れがされていない農地は、ところどころに荒れた赤土を剥き出しにして雑草が生い茂っていた。その雑草が前回に来た時よりさらに黄色っぽくなっていた。その上にはありとあらゆる実の種を育てるかのように十月十日前後の日差しがあまねく照り付けていた。

こんな実りの秋を目の前にしたからだろうか。ヒョンテやユングと比べると、二杯に一杯ほども飲んでいない酒だったが、カッカと火照る耳元を峠越しの風が気持ちよく撫でていき、ドンホはスギの姿をある一つの実として浮かび上がらせていた。

それは桃だった。桃の中でも皮に毛の生えていない僧桃《スンド》［首都圏でよく栽培される桃の一種。スンド・ポクスンア］や、毛はあるが果肉がとても柔らかな水蜜桃ではない桃だった。その桃の名前を彼は知らなかったが、その形だけは描けた。皮が白くて毛は短く、ちょっと噛《か》み応えのある桃。

ある時、ドンホはスギのいつも見慣れていない横顔を眺めようとして、わざと自分の座っている場所を変えてみたりしたことがあった。正面から見ると目につかない面が視線の角度と光が照らす方向によって現れたりするのである。光が斜め後ろや斜め上から射すと、彼女の顔のほかの部分はすべて陰になり、よく通った鼻筋だけが鼻先に向かって穏やかに少しずつ高くなりながら、鼻頭と小鼻のまわりにうっすら白い暈《かさ》が掛かるのである。普段は目につかなかった小さな綿毛の調和なのである。ブドウや柿の表面に浮かびあがる粉とでも言おうか。しかし、その粉吹きよりももっとやさしく柔らかな感じで、手で触るよりは息を吹きかけて溶かしてしまいたい衝動にかられるような、そんなものだった。二年前にドンホが入隊する前日の夜、スギが前々から考えていたことだと言いながら、一度ちゃんとした内輪の歓送をしてあげたいとの提案で、二人が財布をはたいて海雲台ホテルに行った時もそうだった。ホテルのひっそりした部屋でボタン雪の降る一晩を、ほとんど寝ないで夜明かししながら彼女と長い口づけを交わした後で、鼻頭と小鼻のまわりを唇で撫でまわしたりしていた翌朝のことだった。もともと二重瞼だった彼女の片方の目が夜のうちに三重瞼になり、左右ちぐはぐになったのを二人して子供のように笑いあった。その時ちょうど横の窓から差し込む、雪が降り止んで澄み切った朝の日差しを真横に浴びながら、彼女の鼻の周りに浮かんだ白っぽい暈《かさ》が目に入るや、ドンホは心の中でこう呟いていた。この上なくやさしくて柔らかな綿毛だけど、ずっと消えないんだなあ。

この日ドンホは尾根から下って、部隊の前にあるかなり大きな食料品の店に入った。

四十前後にみえる店の主人の男が叩《はた》きで商品の埃を払っていたが、ドンホの応対に出てきた。

「いらっしゃい」

ドンホはたくさん積んであるリンゴだとか梨や柿を一通り見て回ってから、

「あのう、桃にもいろいろ種類があるんでしょ？」

物を買いに来たとばかり思っていた店の主人は、この意外な質問にしばしまごついて、ドンホの顔ばかりを見つめた。

「ちょっと確かめたいことがあってですね、水蜜桃や僧桃じゃなくて、桃にはほかのもあるんでしょ？」

主人は、

「さあねえ……」

と曖昧な返事をしたが、純然たる軍人相手の商売であるだけに、ドンホの質問を無視するわけにもいかないとでもいうように、

「桃の種類はリンゴよりも多いとは言いますがね」

「水蜜桃のように柔らかくはなくて、僧桃みたいに皮に毛が生えてないのじゃない桃があるだろう？」

「さあて……果肉がコリコリしている桃だったら天桃《チョンド》というのがありますわな。そいつは皮と果肉が両方とも赤いですよ。見かけも先が尖がっていて、溝がありますな」

「水蜜桃みたいなやつで……皮が白くて少し毛の生えているのは？」

「たぶん白桃がそうじゃないですかね。そいつは毛が短くて果肉がコリコリしていて、まったく白いですからな。おいしいですよ。あ、そうだ、ここにその缶詰がありますよ」

店の主人が棚から缶詰を一つ下ろして、叩《はた》きで埃を払ってドンホに差し出した。

「これがまさに白桃で作ったやつです」

缶の腹の部分には不自然なまで真ん丸に描かれた二個の桃が、やや黄色っぽく塗られて半分ほど重なっている絵とともに、白桃と赤く書いたラベルが張られていた。

ドンホは缶詰を主人の方に返した。それを買う金がないというよりも、中の桃の皮が剥かれて半分に切ってあると思うと、興味がなくなった。それよりこの主人が説明してくれた白桃の姿形を、さっき尾根で自分で思い描いてみた桃と重ねてみる方が実感が持てた。来年の桃の季節には白桃の姿形をはっきりと目に焼き付けておこう。

部隊に戻ってみると、ヒョンテとユングが先に帰ってきていた。

ユングは無言で、自分の下着と靴下を持って井戸の方に行こうとしていたが、長々と寝そべっていたヒョンテがドンホを見つけて、

「おっ、詩人よ、今まで一人でどこをうろついていたんだ？　何か悩み事でもあるのかよ？　もうちょっとの辛抱だぜ。もうすぐ除隊して愛する人に会える日も遠くないんだからな」

そして寝そべったまま、両腕を持ち上げてドンホに見せながら、

「ちょっと俺の話を聞けよ。いやどうも、例の女の奴がだな、この傷痕を見て大騒ぎするじゃないか。傷口に新しい肉が盛り上がってきて赤みがさしてだな、ほかの皮膚よりすべすべしてて、えらく綺麗だ

って言うんだ。そう言って舐め回して吸って、はしゃぐんだ。俺も黙ってられなくて、こう言ってやったよ。そんなにこの傷痕がいいんだったら、お前に切ってやろうかってな。と、そいつがとんでもないことを言うんだ。自分はもう数えきれない傷を負っているんだとか。一生消えない傷をだな。そして言うには、こうやって傷を負った人間どうしで楽しく暮らしていければ後悔しないんだとさ。全く、あのくそったれ女の奴、口だけは達者で、言いたい放題をしゃべり散らしてたな。気分悪くなったじゃないか。もうあの女のところには行かないようにしなくちゃな」

ヒョンテが寝入るのを待って、ドンホはスギに手紙を書いた。桃の話だった。その中で彼は、来年、桃の季節になって白桃が出回る前に、スギという桃に先に会えることを願いたいとも付け加えた。

5

曇りがちで薄ら寒い風の吹く次の日曜にも三人は外出した。

酔いつぶれたヒョンテとユングが女を買いに出て行ってからも、ドンホはそのまま飲み屋に残っていた。陰鬱《いんうつ》な天候だったので、外を歩いたり尾根の方に登ってみたい気にはならなかった。軍に入隊して覚えた酒だったし、それほど酒好きでもない彼は、連れもなしに一人酒することはほとんどなかったが、この日は外に出るよりここで何となく時間を過ごしたくて、新たに注ぎ足した酒をゆっくりとチビチビやっていた。

飲み屋の広間の片隅ではピンデットク［緑豆のお好み焼き］が焼けるようになっていて、こちらの側には松の板を粗削りしたテーブルが三つ一列に並べられていた。一度に十人余りが座って飲める感じだった。

ドンホが座っていたすぐ横のテーブルには、さっきから兵士が四人、向かい合って飲んでいた。その中の一人がスペア缶［予備用の五ℓ入りなどの石油缶］の中に他人の毛布を二枚盗んで入れて売ったという話をしていた。毛布は押し込む時より、狭い取り出し口から引っ張り出す時の方がもっと難しかったという話もしていた。だってそうじゃないか、そうでもしないと酒代の出どころがないじゃないか？　酔っているので、横にいる人間を気にすることもなく喋りまくっていた。自分の行為が営倉行きになるかもしれないということは考えもしないかのようだった。むしろ自分のやったことが自慢であるかのような口調だった。そこには戦場で死線を潜り抜けた人間だけが味わうことのできる生の喜悦のようなものが滲《にじ》んでいた。

ドンホはゆっくりと盃《さかずき》を傾けながら、ふと横で喋っている話の中に滲んでいる生の喜悦のようなものが、自分の胸にも広がってくるのを感じた。こうして広がり始めた喜悦感は、瞬く間に胸いっぱいに溜まって溢れ出し、全身に回った。まるで血液のように。そんな中でこの日は、いつもよりたくさん飲んだ酒の生気のせいか、これまで思い浮かべていたスギの面影とは少し違った面が目の前に現れ出てくるのだった。

海雲台ホテルの静かな部屋でドンホは布団の中に横になっている彼女の顔を両手で包み込んでいた。あら熱いわ。彼女が彼の手の上に自分の手を重ねていた。唇を重ねた。その触感が植物のようにひんやりしていた。息だけが熱かった。この熱を帯びた息をお互いやり取りしているうちに、彼女の唇が熱くなり、頬と手のひらも熱くなってきた。あら、息が詰まりそう。彼女が顔を横に反らしながら囁《ささや》いた。熱い息が彼の耳元をくすぐった。ドンホは燃え上がるこの熱気を彼女の体のほかの部分に移してみたいという衝動にかられた。手で彼女の胸をまさぐった。けれどもいつの間にか胸に掛かっていた布団を彼女がグッとつかんで抑えていた。そして哀願するように、もうここまでにしましょう、これ以上はね。ドンホはたまらず、もうちょっと、もうちょっと。だめよ、ここまでにしましょう。今日はこのまま過ごしたいのよ。ドンホさんはバカね。どうしてそんなことを言うのよ。ドンホさんらしくないわよ。私は全部、ドンホさんのものじゃない？　で、ドンホは今の自分の欲求が事実、何か不純物によって燃え上がっているのじゃないかと思い、体を元に戻した。もともとスギが二人の寝床を並べて敷いて、こう提案していた。私たち今日はこの寝床から布団を動かさないで寝ましょうね。私はただドンホさんの傍で過ごせれば、それで満足なのよ。ドンホもそうしようと快諾したのだった。しかしいざ、じゃお休みと言いながら、彼女にキスをしたのが、あちこちに口づけしてしまって熱い息をやり取りする間に、自然とドンホの欲求はほかのところに移っていったのである。ドンホは自分の布団のところに戻って暗闇の中で目を見開いたまま静かにしていた。外では南の地には珍しく、ボタン雪がまだ降っているのか、ガラス窓にカサカサと雪が当たって砕ける音が聞こえた。彼は努めてこの雪の砕ける音に神経を集中させていた。そうしているうちに、次第に頭の中がはっきりしてきて、少し前の欲望もだんだん砕けていくのが感じられた。何か心残りがあるようでありながらも、一方では心が平穏になっていた。暗闇の中でスギが静かにこう言った。怒った？　ドンホは答えなかった。その時、彼はふと鎮まっていく心の片隅で、本当に自分は少し腹を立てたのかもしれないという気がしてきた。どうして愛し合う二人が一つ部屋に並んで寝ていて、その行為を不純なものとしなければならないというのか。怒っちゃいやよ。暗闇の中でスギがまたこう言った。しかしドンホはそのまま何も言わずにいた。彼はそうすることで自分が腹を立てているということを彼女にわからせるのに効果的だという計算があった。そんな自分は潔くないかもしれないが、なぜかそれが卑劣なことだとは思えなかった。ほんとに怒ったのね？　スギが暗い中でもう一度こう言いながら、こちらの方に向き直る気配がした。そしてこちらの方に手を差し伸べて、彼の手をたぐり寄せて握るのだった。そっと握られた彼女の手は暖かかった。彼はむしろ彼女とは違って、自分の手がこの間に冷たくなっていることにある種の変な快感を感じた。もう少し冷然とした様子を見せて彼女の心を揺さぶってみよう。次はこちらの要求をすんなり受け入れてくれるように。彼は彼女に手を握られたまま、わざと何の反応もせずにいた。彼女の脈拍が手のひらを通して伝わってきた。彼はそれ以上我慢できなくて、彼女の手をそっと引き寄せた。上半身を起こした彼女の顔が暗い中に浮き上がった。彼は自分も身を起こして彼女の頬を両手で包んだ。その頬も熱いままだった。唇も熱かった。瞬く間にこちらの手のひらと唇も彼女の熱気と同じように熱くなった。彼女が彼の下唇を軽く噛むようにして顔を横にそらした。彼女の弾んだ息づかいが彼の耳元を熱くかすめた。もう横になったら。風邪引いたらどうするの？　彼女が彼の肩を捉まえて寝かせようとした。彼は彼女の手を無視して勝手にドンと身を横たえてしまった。彼女が掛布団を顎のあたりまで引き寄せて被《かぶ》せてやりながら、また怒ったの？　ドンホさんはバカだわ。私がこんなに愛しているのに。彼女の上半身が前のめりになったかと思うと、彼の唇に自分の唇を押し当てた。ドンホさんがつらそうなのを見ると、私もつらいのよ。でも今日だけはこうやって過ごしたいのよ。私、いつまでもドンホさんを待ち続ける人間なんだから。擦《こす》りつけあっている二人の唇の隙間からしょっぱい液体が漏れて出た。そうしてやっと彼女は上半身を起こして自分の布団の方に戻った。再びドンホは自分の気持ちが鎮まっていくのを感じた。そうでありながら、彼はそのままじっと横になっていることができなかった。彼女の方に身を寄せて、そっと瞼にキスをした。濡れた睫毛《まつげ》がピクピクと震えた。彼は濡れた睫毛を静かに吸って飲み込んだ。もう一方の睫毛もそうしてやった。そうして頬まで流れた涙の跡を唇の方まで辿った。唇だけは濡れていないが、すべすべしていた。彼は唇で彼女の唇を押し広げた。そこにはいつもよりずっと熱くてみずみずしい口の中の感触を感じた。その中に彼は自分の唇を埋めてしまった。そうしながら彼は、彼女がさっきから少しも身動きしないでじっと横になっていることに気づいた。今では何も言わずに応じてあげようというような姿勢だった。片手で彼女のうなじを撫でながら、その手が下の方に下りて行った。彼女の両手は胸を覆っている掛布団の上に集めるようにして置かれていた。彼はその布団の下に手を滑り込ませた。そして彼女の下着の中へ。布団の上に出していた彼女の手は少し下の方を抑えた。けれどもそれは、どうしても彼の手を止めようという意思を示したようには見えなかった。少しずつ少しずつ指先は中の方に掻き分けて入っていった。柔らかな肌が手のひらにピタリとくっついて、肌の匂いがドンホの神経を強烈にくすぐった。布団の上から押しつけている彼女の手の圧力が少しずつ減ってきたと感じられた。その時、彼女が独り言のようにつぶやいた。私、間違ってたわ。今晩ここに来ようと言ったのは……こんなにお互い苦しまなくちゃならないなんて、わからなかったのよ。ただただドンホさんの傍で一晩過ごせたらどんなに幸せだろうかと思っただけで……それは夢に過ぎないのね。いいわ、夢を捨てるわ。この呻《うめ》きにも似た言葉とともに布団の上で抑えていた手の力を完全に抜いてしまった。すると両側にこんもり盛り上がった乳房が感じられる胸の谷間にまで分け入っていた彼の手が、そこで止まってしまった。そして彼の口からは、いや、いかん、いかん、という言葉が何度も出た。そうして彼は自分に言い聞かせた。こんなざまで彼女の夢を壊してはいけない。今晩は愛する彼女の夢を遂げさせてやろう。胸の奥深く淀んでいたものが溶けていく感じだった。それからは額と目に軽くキスするだけにした。そして暗くてよくは見えないが、彼女の鼻先と小鼻のまわりに生えている干し柿の白い粉よりも柔らかな綿毛を消そうとでもするように、そっと唇を擦りつけた。しかしそうするうちにも男の欲望が、不意にまた頭をもたげてきた。そのたびごとに彼は、自分の布団の方に戻って腕枕をして、窓ガラスに打ちつける雪の音に神経を集中して気持ちを鎮めた。そうしながらもこの日の夜、スギの夢を壊さないように自分が男としての欲望を抑えているということに対して、ある種の快感まで味わっていた。夜明けに眠りにつくまで何度も繰り返されたこの抑制がどの程度の価値を持つのかどうかは問題ではなかった。ただただ自分はスギのすべてを慈しまねばならないこと、そしてそんな彼女は永遠に自分のものだという思いだけだった。

　この思いは今でも変わりがなかった。ドンホは独りごちた。いつだったかヒョンテがこう言ってたなあ。女を自分のものにするには、まずもってその体を独り占めするしかないのだと。しかしお前は全く無茶な野郎だよ。そうさ、お前は今、いろんな奴の指紋が滅多やたらについてる女の体からお前なりの感触をどれだけ楽しんでいるのかは知らんが、それでも俺の唇と頬と手のひらの跡が残ったスギの感触ぐらい純粋できれいなものはあり得ないんだぞ。

　急に入り口の扉の方から大声が聞こえてきた。酔っぱらった誰かが戻ってきたようだ。

「この野郎、ついてくるなってんだ！」

　ドンホはちょっとそちらの方に目をやってから、置いていた盃《さかずき》を手に取った。今度会う時も彼女の目は、また左右ちぐはぐになるんだろうか。そしてあの時のように、お互い苦しむことなく、抱き合えるようになるんだろうか。

「おっ、ここが空いてるな」

　大声でこう言いながら入ってきた顔を知らない男が、千鳥足でドンホの前にどっかり腰を下ろした。軍曹の階級章を付けた兵士だった。

　彼は赤く充血した目でドンホをちょっと見やってから、顔を向こうに向けて、

「酒を持ってこい！」

と大声を上げた。

「おい、鮮于《ソヌ》軍曹、もう飲まずに帰ろうぜ」

後から入ってきた兵士が宥《なだ》めるようにこう言った。彼は一見して全く酒を飲んでいないようだった。

「お前は好きなところに勝手に行っちまえよ！」

「そんなこと言わずに、さあ、立てよ」

名札からすると姓は安《アン》で、階級は兵長であるこの兵士が、片方の手では鮮于軍曹の背中をつかみ、もう一方の手で手首をつかんで立たせようとすると、

「このくそ野郎が、どけってんだ！」

と言いながらサッと振りほどいて、酔っぱらって赤くなった首をまた向こうに向けて大声を出した。

「酒を持ってこないか！」

ドンホは席を外した方がいいと思い、立ち上がった。

「おっ、何で立ち上がるんだ？」

鮮于軍曹が今度は血走った目玉をドンホの方に向けながら、

「俺に何か嫌なことでもあるのかよ、……ええ？　兵長よ……」

そして焦点の定まらない視線でもってドンホの名札を辿ってみて、

「おい、尹《ユン》兵長、座れよ……命令だ、軍曹の命令だぞ」

安兵長が困ったような顔をしながら、

「今日はほんとに酔っぱらったな。さあ、立てよ」

「うるせえ……飲めないお前みたいな奴より、この男の方がいいぞ。……おい、尹《ユン》兵長、座れってんだ」

安兵長がドンホに、こんなに酔っぱらった人間だから許してほしいというような顔をした。ドンホはまずいのに引っ掛かってしまったなと思いながら、座り直した。

その時、飲み屋の主《あるじ》が一杯飲みの盃と酒の入ったヤカンを持ってきて、酒を注《つ》ぎながら、

「つまみは何になさいます？　ピンデットクか、干し明太《めんたい》［スケトウダラ］か……」

「つまみはいらねえ。つまみの金があったら、そいつでもっと飲まにゃあ。……そっちにも一杯注いでやれよ……」

鮮于軍曹がドンホの前の盃を指さした。

「私はいいです。もともと酒はあまり飲めないんです」

ドンホは手で盃を塞いだ。

「俺の何が気に入らねえんだ？　お前に酒代を出せなんて言わないんだから、安心して飲めよ」

しかたなくドンホが盃から手を離そうとすると、朦朧《もうろう》とした目をこちらに向けていた鮮于軍曹が、

「手がきれいだな。鉄砲を握るような手じゃないな。……だがな、鉄砲を握る手というのが別にあるわけがないよな。さあ、見てみろ、この手を……」

テーブルの上に広げて表裏とひっくり返して見せた両手は、細長くてとても小さかった。

「どうだ、これまでに荒れはしたけれども、多分、女の手でもこんなに小さくはなかろう。……俺は物心がついてからこの手が恥ずかしくてだな、他人が見ているところでは手を出さなかったんだ。いつもポケットに突っ込んでだな。……一度こんなことがあった、中学の時だが、ある先生が俺の手を見て、産婦人科の医者になるのがおあつらえだと言うじゃないか。その言葉がどんなに嫌だったか。……それ

でもこんな手でも、いくらでも引き金を引けるんだな。こうやって……」

　左手で銃座を支える真似をして、右手では引き金を連続して引く真似をしながら、

「こうやってほかの連中に負けないようにだな……いや、他人よりもっと上手に引き金が引けたのかもしれん」

　ここで彼は盃を手にして二、三度口に含んでから、また血走った視線をゆっくりとドンホの方に注いで、

「故郷はどこだ？」

「仁川《インチョン》です」

「じゃあ、ここからだと俺の故郷の方が近いな。黄海道《ファンヘ》の延白《ヨンベク》［開城市西方の郡］だから……だがな、近いからって、どうなんだ？　故郷というのは自分が生まれた所だというので意味があるわけじゃないだろ……自分を待ってくれている人、自分を喜んで受け入れてくれる人、そんな人間がいてこそ故郷と言えるんじゃないか。そうだろ？……もちろん尹兵長にはそんな人がいるんだろうな？」

　ドンホが何も答えられずにいたところ、

「両親は？」

「釜山《プサン》に避難中です」

「釜山だろうが済州《チェジュ》島だろうが、もっと言やあ三十八度線のあちら側であっても、そんな人が一人でもいればいいんだ。……だがな、俺にはだな、俺にはだな……」

　ここで鮮于軍曹はまた盃を取ってゴクゴクと飲み干してから、向こうにいる店の主に空っぽの盃を見せながら叫んだ。

「酒、くれよ！」

そして今では鮮于軍曹がくだを巻くのが終わるのを待っているかのような安兵長の方に盃をドンと置きながら、

「この野郎、さっき言ったことをもう一度言ってみろ。口を裂いてくれるぞ。何だと？　以北「三十八度線の北＝北部朝鮮」に両親を置いてきたのが気がかりだと？　むしろ亡くなるのを自分の目で見届けて来たんだったら気が休まるだと？　この出来損ないめ、じゃあ俺の場合みたいなのを経験できなかったのが恨めしいとでも言うのか？……お前が朝夕、両親の平安を神様に祈る時に、俺は何を祈ればいいんだ？……自分自身のことを祈ればいいのか？　昨夜もあなた様が守ってくださったからよく眠れましたので、今日一日もあなた様の懐のうちで無事過ごせますように、こういうふうにだろ？……」

酒に酔うと、しきりに喋り散らさなくては我慢できないいつものパターンとでもいうように、鮮于軍曹はこう騒ぎ立てたあと、誰にというわけでもなく独り言のようにこう呟くのだった。

「ああ、俺だって以前は朝夕欠かさずにそんな祈禱をしてたさ。……だがあの後、俺はこう祈ることにしたんだ。もう私をお召しになってくださいと。しかし無駄だったな。結局、俺には神は存在しないということがわかったさ。いや、そう信じることにしたんだ。神が存在するのなら、あんなことがあり得ようか？　お前はこう言うだろうな。神様は俺をさらにお試しになっておられるんだと。旧約聖書時代のアブラハム「古代ユダヤの始祖的人物とされる」のようにだな。……だけれども俺は耐えられんのだ。人間は弱いものだ。それと比べて神様はあまりにも残忍だ。そんな神様なら、むしろいないと信じる方がいい。……ところがお前は耐えられると言うんだろ？　一体どんな苦行をしたら、信心をもっと強固にすることができるって言うんだ？……こうやって酔っぱらった俺についてきて面倒を見るのも、お前の信心をより一層固めようとするところからきたんだろうしな。……あのイエスがペテロに三度尋ねたと言うじゃないか？　ヨハネの息子シモン［ペテロの本名］よ、お前はこの人たちよりもっと私を愛しているのかと言われて答えるに、主よ、そのとおりでございます。私が主を愛しておりますことを主、あなた様はご存じでございます、と言うや、主のたまわく、私の子羊を与えよう……」

ここまで言って鮮于軍曹は、口の端を歪めながら、

「で、お前はその羊飼いになろうってわけだろ？　それで羊飼いの中でも百頭の羊の中で、いなくなった一頭の羊を探し出すような羊飼いになろうってわけだな。この野郎、そうか、で、俺がその彷徨《さまよ》える羊だってんだな？　こいつめ、大体だな、羊飼いというのがどういう意味なのか知ってるのか？……シェパード……それは犬の一種だがな。……シェパード……フン、だがな、お前はそのシェパードにもなれんぞ。ただの糞犬……そうだ糞犬だぞ。ここまで付きまとったんだから、もう俺の目の前から消え失せろよ。……ウム、お前は俺のうっとうしい話をむしろ甘んじて受け入れるってんだろ？　羊飼いとして受ける一つの受難と思ってだな。……そんならやってみろよ。この糞犬め、俺の靴底を舐めてみろ。血まみれの山野を駆け巡ってきたこの軍靴の靴底を早く舐めてみろってんだ。できんだろ？　そんなら、これでも舐めたらどうだ、このテーブルだ。……死を免れた若者たちが、生き残ったという喜びを束の間であれ、味わって行ってだな、またこれからそんな若い連中が休んでいくこのテーブルをだな。これも舐められんってのか？……そんなら俺が舐めるさ、俺が舐めてだな……」

鮮于軍曹は、身を屈《かが》めて自分の前のテーブルを何度か舐めたかと思うと、そのまま両腕を目の前に組んでその上に額を付けてうつ伏せになった。そして頭を左右に揺すっていたが、静かになった。

「今度の六・二五動乱でご両親とも虐殺されたんです。牧師をしておられた方なのに……それを忘れよう

として酒を飲んだら、いつもこうなんです」

安兵長がそっとドンホに話した。

横のテーブルにいた四人の兵士は酒に酔った鮮于軍曹と関わりになるのを恐れて、いつの間にかいなくなっていた。

ドンホも今のうちにと思って席を立とうとするや、鮮于軍曹がサッと顔を上げて、

「この糞犬め、また何をほざいてるんだ？　俺が何やらを忘れようと思って酒を飲んでるんだと？　違うぞ！　むしろ記憶をはっきりと忘れないようにしようと思って飲んでるんだ。酒を飲んだら、忘れていたことが全部甦るんだ。……さあ、記憶を甦らせるために……」

「ほんとにもう飲むなよ。それに昼も夜も同じ話ばかりしても何の意味もないぞ」

鮮于軍曹は安兵長の言葉を聞きもせずに、また注いでおいた盃を手にして一気に飲み干してから、

「おい、兵長、尹《ユン》兵長だったよな？　お前も飲めよ。……飲んでだな、何でもいいから記憶の中から思い出してみろよ。母親の乳を吸ってた記憶でもいいぞ。何でも思い出してみろってんだ」

そして充血した目玉を上の方にやって、虚空の一点を見つめながら、

「こうやって酒を飲むと今でも目の前にありありなんだ。俺たちが洞窟の中に隠れていて出てきて見た光景のことだ。母親と父親が染まっていた血の色のことだ。……両親をそんなに血染めにした奴らの血を見たくてな。……だが、どんな血をもってしても、うちの母親や父親の血に報いることはできなかったんだ。……俺は夜ごとに祈ったさ。今夜は寝入ったままで目が覚めないようにしてほしいってな。そして朝になると、今日は私をお召しになってくださいと。……だから俺はいつの戦闘でも先頭に立ったんだ。そのおかげで一階級特進までさせてもらって、こうやって生きているわけだ。これが全部、神様

の思召《おぼしめし》だというんだろ？……だが、その神の思召というのが、あまりにも残忍で意地が悪いんだ。うちの両親の血を要求した方法がだよ……」

　この戦争で裏山に洞穴を掘って夜中に町内の人たちを二十人余り、連れ出して中に入れておいたのだが、軽機関銃が火を噴く中で、鮮于軍曹の両親もその中に混じっていたというのだ。父親は幸い急所を外れたので、やっとのこと命だけは長らえていた。山から下りた。出血のため、酷い喉の渇きを覚えた。ある所に辿り着いて、水を求めた。そこがまさに保安署［北朝鮮側が設置した警察署］だったのだ。保安署員たちは弾がそれて死ななかった人間がいることを知り、すぐさまその足でまた洞穴の方に向かい、そこの積み上げた木の後ろで生き残って隠れているほかの二人まで捜し出したというわけだ。

「でだな、いくらでもある家々の中で、よりによって入って行ったのが保安署だったというのが神の思召だというわけか？　その上にだな、うちの親父《おやじ》のせいでほかの二人まで死なせた……これはまさに人間の知恵では推し量れないほど深奥な神の思召だというわけか？　六十年の人生を神様と教会のために尽くしてきた父親なのにだな……」

　鮮于軍曹は息遣いが荒くなりながら、

「お願いだ、二度と俺にそれが神の思召だなどとは言わないでくれ！」

　そして立ち上がった。用心しながらテーブルの間を歩いて出ていく鮮于軍曹の歩みは、よろよろしていた。そしてピタリと歩みを止めたかと思うと、ゆっくりと、とてもゆっくりと右の方に体をよじってこちらの方に向くのだった。その彼の顔にはニヤッと笑みが浮かんでいた。

　ドンホはなぜか胸がヒヤリとした。これまでの話の内容や雰囲気とはあまりにも違う動作であり表情だというほかなかったのだ。

「どうだ?」

顔はこちらに向けていたが、それは安兵長やドンホに言うのではなく、自分自身に向けて言っているかのようだった。そして彼は自分の体をそれ以上支えきれずに傍のテーブルに手をついて倒れかけたが、また体を起こして、そんな自分を励ますかのように叫んだ。

「酔ってないぞ、酔ってないぞ。……飲み代はいくらだね?」

安兵長がドンホに何やら話しかけた様子だったが、すぐに急ぎ足で鮮于軍曹に駆け寄って脇を抱えた。


ドンホが鮮于軍曹にまた出会ったのは、しばらく後の営内の酒保［軍隊内の売店］でだった。所属部隊が違うので、こういう所でなければなかなか出会う機会はなかっただろう。

この日はヒョンテの実家から小遣い銭が届いたということで、まずは奢《おご》ってやると言うので、三人してすぐ近くの大隊の酒保に行った。そこで酒を飲みながら今後、除隊してからやらなければならないことなどを取りとめもなく喋《しゃべ》っているところへ、鮮于軍曹が入ってきた。

大体、酔っている時に初めて会った人は、酔っていない時に会うと別人のように見えることが多いのだが、鮮于軍曹の印象もあの時とは全く違っていた。日陰のせいもあるのだろうが、酒酔いのない顔は蒼白な方で、頬《ほお》骨が余計に出っ張って見えた。そして酒保に入ってきながら、見るとはなしに投げかけた視線は、澄んでいて柔らかかった。この視線がドンホと合ったのだが、鮮于軍曹の方が視線を避けてしまった。気づいたと合図するのが面倒くさいというふうだった。そして偶然かわざとか、こちら側に背を向けて座った。

酒がまわってきた勢いでヒョンテが、喋っていた話をさらに続けた。

「ところでユング、こいつは商科だから将来は銀行マンになるんだろうな。そのためには額がちょっと禿《は》げたらいかにも似合いそうなんだが、縮れ毛だからどうなんだかな。ともかく、将来、銀行マンになったら、うちの親父の事業にちょっと便宜を図ってくれよな」

　ドンホが傍から、

「よく言うよ、親父に便宜をって何だよ。こいつが銀行マンになった頃には、お前はもう事業家の親父からそれを譲り受けている頃じゃないか。何、言ってるんだ」

「いや、ちょっと待てよ。それはちと早すぎるんだ。うちの親父はなかなか俺に事業を譲らないと思うんだ。もちろん、俺が社会学科を選んだのは自分の好みではあったけどな、親父がそれに賛成したんだ。どういう事業を運営するにせよ、より広い視野が必要だというのが親父の考えなんだよ。事実、俺も何をやるにせよ、一度大々的にかっこよくやってみる考えなんだ。チマチマやるのは性に合わないんだ。それに、やればできるという自信があるんだ。先走りすぎているとは思うけどな。ところで……」

　この時、酒保に入ってきて、きょろきょろ見回していた安兵長がドンホと目が合い、互いに挨拶の仕草をするものだから、ヒョンテの話が中断した。

　安兵長が静かに鮮于軍曹の傍に行って何やら話しかけている様子だったが、鮮于軍曹は聞こうともしないふうで、盃の酒をあおっていた。こちらに背を向けて座っているのでよくはわからないのだが、キムチを肴《さかな》にして飲んでいる焼酎なので、もうかなり酔ったらしく、前のめりになった胸をテーブルに伏せていた。

　ドンホは、安兵長がいくら鮮于軍曹と動乱の勃発時には以北にいて、洞窟で一緒にいたという友達だったにせよ、あんなに嫌な感じの言葉を投げかけられながら、追いかけている気持ちがわからないと思

っていたのだが、ヒョンテが、

「知り合いの奴かよ?」

と言った。

「うん、まあな」

ヒョンテがまた中断していた話を続けた。

「要するに親父が俺にそうやすやすとは実権を譲らないと思うんだ。うちの親父は事業には天才的な手腕があってだな、大抵のことには目もくれないんだ。で、今回の動乱ですっからかんになって釜山に避難してまた再建したんだが、以前に劣らない会社を立ち上げたらしいんだ。今日来た手紙によると、休戦協定前にソウルに行き来して準備万端整えておいて、休戦になるや否やソウルに戻ったらしいんだ。その上に固執するのがまたすごい。誰であれ、やたらと事業に関与してくるのを一切許さないんだ。戦争前に貿易会社を設立する時だって、お袋が昔の同窓生の誰やらだとか言って事務員に一人採用してくれと言うのにも頑として聞く耳を持たないんだ。事務員が入り用の時にはサッサと新聞に募集広告を出して、直接テストしてから採用するってわけだ。それが鉄則のようになってるんだ。いいことではあるかもしれんな。ともかく、俺が親父と一緒に仕事をしようとしたら、相当喧嘩《けんか》もしなきゃならんだろうな」

「うん、わかる、わかる」

浅黒い顔が酒のせいで赤紫色を帯びたユングが、黒目を瞬《しばたた》かせながら、

「結局のところ、今後、就職口でも頼まれるかと思って、先回りしてそう言われないように大げさに言ってるんだろ」

「ほう、やっぱりお前らしい解釈だな。そう誤解されることもあり得るな。だがな、お前が銀行マンになれなくてもたついていたら、俺はどんな手段を使ってでもお前にイスを一つもぎ取ってやるからな。それはそうと、ドンホ、お前は国文学者になるつもりなんだろ、時々詩を書いたりしながら。そうそう、お前の親父は学校の先生なんだって？　何を教えてるんだ？……国語？　じゃあ、うまい具合に代を継ぐわけだな。それもいいことだな。で、お前が学者になるとしたら、まずはメガネをかけることだな。黒縁《ぶち》のやつでだ。何で顔をしかめるんだ？　目が悪くなくてもメガネをかけろってんだ。そのメガネは玉がでかいやつにしろよ。お前の顔が面長だからといって玉が小さいと、かえってみすぼらしく見えてよくないんだ。フレームも太めのやつにして。それから……」

「わかった、わかった。俺の話はもうそれぐらいにして、お前の場合を思い描いてみろよ。将来、お前が社長になるとしても、社会学者としての姿から離れたらいかんぞ。そうするためにはどうしなければならないか。ウン、そうだ。これならいいだろうな。髪は刈り上げないで伸ばして肩を覆うぐらいにして、髭《ひげ》も剃《そ》らないで伸ばし放題にしておくんだ。それからいつも籐《とう》のステッキを手にして歩くんだ。どうだ？　社長になって自家用車を乗りまわすことになってもだ」

「ほう、そうかい。じゃあ、俺が小さいころ見た狂人の姿そっくりだな、籐のステッキは別にして。でもな、その狂人はすごく素敵な狂人だったのさ。時折、俺たちが遊んでいるところにやってきて、自分のボサボサの髪を指さしながら、お前たち、この中に入って遊ばないかい、ここにはいろんな花が咲いているんだよ、こう、とんでもないことをよく言ってたな。俺たちはその都度、石を投げてからかって大騒ぎしたものだが、今、思うと狂ってはいたけど、かっこよかったな。そんなかっこいい狂人の姿を俺が受け継ぐって？　ちょっと恐れ多いな。だが、せっかく詩人がおっしゃるんだから受けなきゃな。

さあ、じゃあ俺たちの将来の姿を念じて、乾杯……」

「この野郎、黙れ！」

突然、鮮于軍曹が大声を出した。

盃を手にして口に持っていこうとしていたその手をピタリと止めたヒョンテの目が、カーバイドの灯《あか》り［アセチレンガス灯］にキラッと光って見えた。鮮于軍曹がこちらに何かいちゃもんを付けようとしていると思ったのだろう。ユングも赤紫色の顔を緊張させて横目で鮮于軍曹の方を睨《にら》み見た。

「いや、傍にいるあいつの友達に言ったんだろう」

ドンホが二人に低い声で、先ほど飲み屋であったことについて簡単に話してやった。

「多分またかなり酔ったんだろう。彼が言うには、過去を甦《よみがえ》らせるために酒を飲むというんだが、そりゃ当然、忘れたくてだろうさ」

鮮于軍曹がからの酒瓶でテーブルを叩いて、酒をくれと叫んだ。彼はすでに二合入りの焼酎を二本も空けていた。

酒保の管理人が紙切れ何枚かを持ってきて、鮮于軍曹に見せながら、

「軍曹殿、今日の分で一四〇ファン超過です」

伝票で付けにできる酒代が月給を超えたというのである。酒保ではその月の月給を超えない限度内で付けで飲めるようになっていた。軍曹級以上は自分のサインであればよく、それ以下の兵士たちは先任上等兵の事前のサインがあればよかった。

「そうか、わかったよ。つまり、これ以上は出せないってんだな。じゃあ仕方ないな」

酒保の管理人が差し出した紙にサインをしてから、鮮于軍曹は立ち上がり、ふらつきながら振り返っ

てドンホたちの方を見やった。蒼白だった顔色は酒が入って赤黒くなり、目玉は赤く充血していた。彼はドンホの視線とぶつかると、さっき酒保に入ってきた時とは違って、充血した目を正面からこちらに向けたままドンホの方に近寄ってきた。

「おっ、兵長、名前は何だったかな？……今日、俺に一杯おごってくれないか？」

　安兵長がついてきて、

「お前、今日はまたどうしたんだ？　もうこれだけ酔っぱらったら帰らなきゃ」

「この糞犬め、ここはお前が来て吠《ほ》えるところじゃないんだ。早くお前のご主人様のところに行って好きに吠えるんだな……主よ、今日もこの目まぐるしい世の中で、あなた様の限りない恩寵で無事に過ごさせていただきましたので、だとか何だとか、お前の好き勝手に吠えろってんだよ。……おっ、勇士の皆さん、私がお仲間に入ってもよろしいかな？」

　ヒョンテとユングは嬉《うれ》しくもないという表情で黙って座っていたが、ドンホが自分の脇を空けてやった。そして盃をもう一つ持ってこさせて酒を注いだ。

「お、清酒だな」

「あれこれ飲んだらよくないぞ。もう帰ろうぜ」

　安兵長が心配そうな顔をして宥《なだ》めるように言い含めた。

　それには返事もせずに、鮮于軍曹は盃を手にして一息にゴクゴクとあおった。

「さっきあっちで聞いていたら面白い話をいろいろしてたが、続きを聞かせてくれないかね……俺が入ったらおもしろくないかな？……戦場で生死を共にした間柄なんだから、お互いに友達と言ってもいいじゃないか？……ちょっと俺の未来像を見せてやってもいいかな？」

そうして真っ赤に充血した目をして、一人一人の顔を見回すのだった。

ドンホはどうせ席を同じくしたのだから、よそよそしくする必要がないと思って、

「何、あれはどうでもいい雑談ですよ。……まずは除隊したら何をされるおつもりですか？」

「そいつは困った質問だな」

「それがわからないと、未来像だとか何だとかは描けませんからね」

「おい、兵長……何という姓だったかな……あ、そうだ、尹《ユン》……尹兵長だ、俺たちだってこんなところでは階級なしでいこうぜ。同年配なのに敬語なんて、腐りきった敬語だぞ。じゃないか？……今後、俺が何をするつもりなのかと聞かれたんだったな？……さあて、あんたたちとは違って、除隊しても行くところがない人間なんだ。だから職業軍人で居座るとしてだな……」

「そんなら将来、将官級になってからの姿を描かなきゃならんね」

「さあ……俺はいくら長らく軍隊生活をしたとしても将官級になる可能性はないだろさ。けれども、もし将官級になったと仮定してだな……」

「まずは手袋をはめなきゃな。冬場はもちろんだが、夏場でもな。それもできるだけ分厚くてでかいやつをな」

「うん、わかるぞ。この産婦人科の医者にピッタリだという手を、そのまま部下たちに見せたら威厳がないだろうからな……それから？」

ドンホがヒョンテの方を見やった。次に彼の方に話をさせて座を和ませようという考えだった。

ヒョンテにしても鮮于軍曹に分け隔てのない率直さを見てとって、初対面ながらよそよそしさが減ってきていたので、

「俺が見るにも、顔にも厳《いかめ》しさが足りないから、それ相応の装いがいるだろうな。だからと言って髭《ひげ》を伸ばすのは何だか不自然な感じがするし、一度、こうやってみたらどうだろう。髭の代わりに口の周りをわざとピクピクさせて見せるんだ。特にけしからんことがあったり、ちょっと考えてみなければならんことがある時に、無言で口周りだけ何回かピクピクさせて見せるんだ。どうだね？」

「わかったよ」

　鮮于軍曹はまた注いだ盃を手にして二、三杯飲んでから、何かをしばし考えるかのようにしていたが、

「ところでだな、さっきあっちで君たちの話を聞きながら一つ思ったことがあるんだ。その各自の姿を一つにまとめてみたらどうかなとね……額が禿げ上がって、残りの髪の毛が伸びて肩を覆って、髭も伸び放題にして、それから大きな眼鏡をかけて長い籐のステッキをついて……ここまでやれば一つの像が浮かぶんだよな。……ところで、これは俺がすごく慕っているエレミヤの姿みたいな気がしたんだ。旧約聖書時代の偉大な預言者の一人だったエレミヤみたいだとな。……エレミヤを現代に持ってきたらまさにそんな姿でなくちゃと思うんだ。まあ現代のエレミヤが昔のエレミヤと違うのは、こんな見かけの変化だけではないがね。……昔のエレミヤは神の黙示を受けて預言をしたんだが、現代のエレミヤはそうじゃないんだ。彼はこう叫ぶんだ。神はいるのでもなく、いないのでもない、言い換えればいるかもしれないし、いないかもしれない、いると信じる者にはいるのだし、いないと信じる者にはいないんだ、誰でもこの二つのうち一つを選ぶ自由がある、すべては人間にかかっている、神の意思が人間を支配するのじゃない……こういうわけだ」

「話がとんでもない方向に行っちまったな。そうか、鮮于軍曹がその現代のエレミヤになるつもりだというんだな？」

鮮于軍曹の話が別段面白いわけでもなかったのだが、それなりに興味を覚えてヒョンテが言った。

鮮于軍曹が赤く、とろんとほぐれた視線をヒョンテの方に向けて、

「いいや、違うな。俺なんかはとんでもない。いつも手袋をはめていなくちゃならんし、口周りのゼスチャーでもって、やっとこさ威厳を保てる俺なんかはそんな人間にはなれないさ。……それに俺が手袋をはめなきゃならんのは、君らの話のように威厳を保つためじゃなくて、実はこれまでにこの手がしでかした恥ずかしいことを隠すためだろうからな。……それから時々、口周りをピクピクさせねばならんのも、誰かに厳《いかめ》しげに見せるためじゃなくて、それどころかこの目で見てはいけないものを見た、ある映像が浮かんでくるためなんだと。……で、こんなに全くどうしようもない俺のような者がそんな人間になれるかよ？……現代のエレミヤは自分の信念を身をもって実現する意志の強固な人間でなくちゃだめだ。それに自分のしたことに一片の後悔も未練も残さない、そんな人物であるべきだろ」

「だけど軍曹は今、神はいないという信念をもとに行動している意志の強固な人のようだけど？」

「とんでもない……ちょっと前から俺は神はいないと考えるようにはなったさ。でないと気が休まらないんだ。神様がこの世を司《つかさど》っていると考えるにはあまりにも矛盾が多いんだ。いっそ、いないという方が気が休まるさ……ともかく俺みたいなのは現代のエレミヤになれっこないさ」

鮮于軍曹が盃を手にしてグッと飲み干してから、ちょっと小便をしてくると言って立ち上がった。

出入り口の方に向かって歩いていく歩みがふらついていた。と、フッと立ち止まった。そしてゆっくりと非常にゆっくりと上半身をよじって、こちらの方に向くのだった。そうする彼の顔にはニヤリと笑みが浮かんでいた。

ドンホは以前の飲み屋でのように、胸がヒヤリとするのを感じた。ヒョンテとユングも鮮于軍曹の動

きと表情からただならぬものを感じたかのように、そちらの方を見つめていた。

「どうだ？　カッコいいだろ？」

それはやはり前回同様、こちら側の誰にというのではなく、自分自身に言い聞かせる言葉だった。

「今日はまた相当酔っぱらったな。最近は酒なしでは誰とも挨拶さえ避けていたのに」

ドンホの傍でこの日は何も言わずに座って、鮮于軍曹がくだを巻くのが自然に収まるのを待っていた安兵長が、独り言のように呟《つぶや》いた。

鮮于軍曹がふらつきながらも身を立て直してフラフラと出入り口の方に出て行った。

「あいつはですね、どこやらで附逆者［国家への反逆者］を一人銃殺したことがあるそうです。前に立たせておいて後ろから撃ったらしいんです。その者がああいうふうにふらつきながら笑みを浮かべて倒れたというんです。実際は顔をしかめていたかもしれません。それをあいつは笑ったと受け取ったらしいんです。それでしこたま酔うとああやってその仕草の真似《まね》をするんです。まったく。どうもあんなことをしていたら何をしでかすかわからないんで、気が休まらないんです。それでこうやって付いて来てはいるんですが……酔うと私に糞犬だとか何だとか言いたい放題なんですが、本当の気持ちはそうじゃないというのを知っているんですよ。ほんとにあんなふうだと……」

安兵長がぼそぼそとこんなことを言っている時、出入口の外でゲーゲーと吐く音が聞こえてきた。安兵長が慌てて駆けつけた。そして背中でもさすってやりながら語りかけているのか、もう何でこんなに飲むんだよ、という安兵長の声が聞こえた。吐いている音が続いたが、糞犬野郎、放っておけって、あっちに行け、あっちに行けってんだ、という鮮于軍曹の声が聞こえた。その直後、彼がハンカチで口を拭きながら出入口から姿を現した。そして後ろで腕を捉まえて引っ張ろうとする安兵長の手を振りほど

きながら、

「この野郎、頼むから消え失せろってんだ！」

ふらつきながらこちらにやってきたのを見ると、充血したままトロンとした目には涙が滲《にじ》んでカーバイドの光に光って見えた。

「焼酎と清酒を混ぜて飲んだんで、腹具合がよくないんだろ」

ヒョンテの言葉だ。

「いや、もう大丈夫だ。飲み直さなきゃな」

自分の盃に自分で注いで一息に飲み干した。そして涙の滲んだ赤い目をしてこっちを見回して、

「君ら、男と女では死にざまが違うのを知ってるか？　溺《おぼ》れ死にした時、男はうつ伏せで浮いてだな、女はその反対なんだ。……撃たれた時も男は前のめりになるんだ……」

言葉を切ってまた自分で注いでは一息に盃を空《から》にした。

ほかの連中は彼がまた何をさらに言い出すのかと黙ってそれを待った。しかし彼はそれ以上話を続けずに、もう一度注いだ酒を一飲みにして立ち上がった。

何をどうするという話もなく、出入口の方へ歩いていく彼の歩みはさっきよりさらに危なっかしく見えた。そうしてふらつく足取りで立ち止まったかとみるや、酔いでぐらつく上半身を懸命に支えながら、ゆっくりと右の方に体の向きを変え始めた。そうする彼の顔には例のニヤッと笑う表情が浮かんでいた。しかし今回は彼の口から、どうだ、カッコいいだろ？　という言葉が漏れ出てこないうちに、ふらつく体の重心を支えきれずに、その場に前のめりに倒れてしまった。

安兵長が急いで駆け寄った。

頬の片方を地面に付けたまま、鮮于軍曹は両腕を振りながら胸の奥深くからほとばしり出る呻《うめ》きのような大声を出した。

「俺に触れるな、誰も……早く明かりを消してくれ……明るすぎるぞ……明かりを消せよ……」

これまで一言も話には加わらずにスルメイカの足を噛《か》んでいたユングがふと一言、こぼした。

「フン、演技が全くうまいな」


そうしたある日、前回の休戦協定の直前に繰り広げられた戦闘で、捕虜になって連行される途中、ユングと一緒に脱走を試みて撃たれて死んだ金上等兵の家から手紙が届いた。

ユングが通信連絡の関係で注坡嶺《チュパリョン》方面に行ってきて、報告かたがた連隊本部に立ち寄ったところ、ちょうど各部隊に持っていく手紙を仕分けしていた兵士が、これは戦死した人あてに来た手紙だと言って差し出すのを見てみると、その手紙だったのだ。死んだ金上等兵の頼みどおりに土を送ってやったことに対する返事であるのが見て取れた。

ユングからその話を聞いたヒョンテが、先任上等兵に頼んでその手紙を持ってきてもらった。

鉛筆で書かれた手紙の表書きの文字は小学校の四、五年生程度の筆跡だった。ノートを破った三枚の裏表にぎっしり書いてある手紙の内容も、ちょっと見に大人が話すのを書き取ったもののようだった。少しずつ間をおいて鉛筆の芯《しん》を舐《な》め舐め、力を込めて書いた濃い文字と、ところどころ消しゴムで消しながら書き直した跡が浮き上がっていた。

まず文頭に元気でいるのかという言葉と、自分たちは元気でいるという文に続けて、《まったくこの世には不思議なこともあるものだ。お前の母親が夢でお前を見たと言っていたら、お前から嬉しい便りがきたんだ。その封を切って父親のわしは何の便りなのかすぐわかったぞ。前の冬に送ってきたやつで、何をしてくれと言うのかだ。前の冬に送ったものは、次に連絡するまでちゃんと取っておいてくれというお前の頼みどおりに、家の守り神の瓶《かめ》の下にしっかり包んでしまっておいてあるぞ。お前も知ってのとおり、わしは生まれてこの方、土を耕すことしか知らない人間じゃ。うちの家族が、食べるものの心配なく腹いっぱい食べて暮らせる百姓仕事をするのが、生きても死んでもこのわしの願いなのじゃ。このわしのように耕すことしか知らないのでは、飢え死にするにおあつらえ向きだと言って、お前は昼も夜も博打《ばくち》ばかりに精を出すものだから、このわしとお前の母親にひどく嫌な思いをさせてきたんだが、ありがたいことにやっと物心がついたんじゃな。去年の夏、お前が農作業を手伝うとやってきた時も、どこに行ってみても百姓が一番哀れだとブツブツ言っておったが、このわしは土を離れてはひと時も暮らせないのじゃ。お前が遅ればせながら、このわしの気持ちをわかってくれたのが何よりうれしいぞ。お前のそんな気持ちを神霊様が感心なことと思召したのか、うまい具合にチュンボのところが土地を売ると言ってきたんじゃ》

ここでチュンボという農夫の話が、村人たちが集まったらよくやり取りする感じで、かなり長々と書かれていた。

チュンボ一家は今度、彼らの父親の従兄弟《いとこ》が暮らしている江原道《カンウォン》に引っ越すことになったというのである。そこが暮らしやすいから来いというので行くというのだが、実際はそうではないらしい。いくら暮らしやすいからといっても、百姓がどうやって自分の生まれ故郷をやすやすと離れられようか。実際、チュンボ一家は一昨年、何年も病に伏していた父親が亡くなり、昨年弟が出征して戦死してからというもの、何だかんだで暮らし向きが苦しくなって、かなりの借金を背負ったらしい。で、今年の収穫ではその借金の利子さえ払えない状況になって全くのお手上げなので、仕方なく土地を売って他郷に移り住むしかなくなったというのである。

《代々、同じ村で百姓仕事をしながら暮らしていたチュンボ一家がほかのところに行ってしまうとは、残念で寂しくてならんのだ。じゃが、どうせ売りに出した土地じゃから、わしがその中の一区画分を買うことにしても誰も何とも言わんじゃろう。石垣越しの細長い田んぼは町方に住む沈参奉《シムチャンボン》［最下級の官職名の一つだが、沈さん程度の敬称］のところの借金のかたとして渡して、スリ峠の下の端切れの田んぼをわしらが買ったんじゃ。土は大してよくはないが、ともかくこんな土地でもわしらのものになったというのは夢のようじゃ。これはバカな話かもしれんが、今度買った田んぼの土の色が、お前が送ってくれた赤土と全く同じ赤い色なんじゃ。わしは土地ができたのがうれしくて、あれこれ書いて話が長くなったな。お前の弟を呼んで座らせてこの手紙を書くのに骨を折ったぞ。それじゃ体に気をつけて元気でいろよ。何か事情があってこいつだけを送り付けたのじゃろうが、すぐ返事を寄越せよな》

「これはえらいことになったな。土だけ送ってくれと言うから、そのとおりにしたのがまずかったな。遺言であると一言書いて送るべきだったな」

手紙から目を離してドンホがこう言うのに対してヒョンテが、

「そいつが死亡通知より先に届くとはな」

「今からでも事実を知らせてやるべきじゃないかな？」

「余計なことをする必要はないさ。この手紙を出して戻ってきたら、死亡通知書を受け取れということになっただろうさ」

「結局、彼ら一家の夢が破れてしまうんだな」

「貧乏な連中の夢というのに特別なものはないさ。息子一人なんかより、欲しがってた田んぼか畑が一区画、自分たちのものになる方がもっと大事かもしれんぞ」

ユングが傍で、

「あいつ、前の冬に補給物資をかなり着服してそいつを全部、自分の家に送ったんじゃないのか？　飲み屋の、ある女に一切合切、貢いだんだと思っていたんだがな」

ヒョンテが、

「だよな。遊び人でありながら、やっぱり現実的な奴だったんだな。や、何だかんだ言ってもあいつが生きていてそんなことをしていたら、営倉行きだろ。この手紙ですべてがわかるってもんだぞ。田舎の爺様が純真なもんだから……。しかし純真さの度合いがすごいな。あの土を受け取ってみて、どうやってそれが土地を買えということだと推測できたんだよ。やる方ももらう方も、両方ともリアリストだな。もともと土地というのもリアルではあるけどな」

ドンホが、

「土地はリアルだよ。しかしその上に立って行き来する人間には、夢というものがなくちゃならんのじゃないか？」

「フン、何のために？　これから夕食に出るおかずは決まり切っているのに、ひょっとして変わったものが出るんじゃないかと期待するためにか？　そうじゃないなら、次の外出日には何かもっと愉快なことがあることを祈りたいという意味でか？　その夢とかいう言葉はやめにしてくれ」

6

生の土の匂いが鼻にツンときた。

「匂いがきついな」

ドンホが鼻を歪《ゆが》めながら部屋の中を見回した。

土が乾ききらないうちに壁紙を張り付けたのか、壁に張った新聞紙があちこちで剝《は》がれかかって凹《へこ》んだりしていた。

華川から注坡嶺《チュパリョン》に通じる大道の近くでかなり大規模に脇部屋を備えたこの飲み屋には、こうして急ごしらえしたちっぽけな部屋が六、七部屋はあるようだった。酌婦も五、六人はいるようで。たぶん、ソトゴミ部落に駐屯している軍隊だけでなく、通過する軍人まで相手にするつもりなのであろう。

「お前の鼻は有名だからな」

いい所があるから見物させてやると言ってこの飲み屋に連れてきたヒョンテが、こう受けて、ユングの方に向き直って、

「お前も見たろう？　いつだったか久しぶりに後方と交代した時のことだ。人影どころか鼠《ねずみ》一匹見えないのに、こいつが白粉《おしろい》の匂いがするというじゃないか。俺はその時、こいつ何を言うんだと思ったんだが、ほんとに道の角から女が現れるじゃないか。諸手《もろて》を挙げて降参したぜ。こいつの鼻は人間の鼻かよって。……ともかく、そんなに土の匂いが嫌だったら、この女を傍に座らせて中和させてもらえよ」

そう言って自分とユングのあいだに座っていた酌婦に、ドンホの傍に行くように言ったのだった。

「いや、かまわん。このままでいいよ。お前の言うとおり、俺は今でも匂いが全部わかるんだから」

「そんなこと言ってないで、女をもう少し呼んだらいいじゃないか」

「ああ、そうだな。お客もほかにはいないようだし、ほかの女を呼んでくれよ」

酌婦が手を叩いてもう二人寄越すように言った。

最初からいた女も後から来た二人の女も、皆、軍人相手の酌婦だからか、みすぼらしい身なりだった。チョゴリ「伝統朝鮮服＝韓服の上衣」の襟当てが白いだけだった。

そのうちの二人は美人ではなかったが、福々しく健康に見えた。それに比べてドンホの傍に座った女は面長で、鼻の先がツンとしていて首も細かった。その上、くたびれた黄色のチョゴリの色が顔に映ったように、どこかしら不健康な印象を与えた。ただ平べったい額と澄んだ黒目だけは、こんな商売の女たちが大抵漂わせている、ある種の不潔な感じを与えてはいなかった。

「みんな、どこから来たんだね？」

ヒョンテがタバコを抜き取って口にくわえながら聞いた。

「あら、ご挨拶が遅くなりました」

ヒョンテの傍に座っていた最初に入ってきていた女が、名前の後、春川《チュンチョン》「華川の南にある江原道北部の中心都市」から来たと言った。

ユングの横の女は抱川《ポチョン》「京畿道北部の都市」からで、ドンホの傍の女はソウルからだという。

ヒョンテが、

「ソウルからだと、遠くまで出張してきたわけだな」

「いえ、木浦《モクポ》「全羅南道の都市」から来た子もいるんですよ」

「へえ？　そりゃ、ほんとに遠征だな」

凍らせた明太と豆腐を刻んだチゲ［鍋料理］と酒のヤカンが来た。

女たちとあれやこれや冗談を言い合いながら酒を飲んでいたユングが、

「すぐ除隊にはならないんだって？」

と言ってヒョンテの方を見た。

「そうなんだ。学徒兵はすぐ除隊させるという話だったのに、それがそうはいかないらしいんだ。噂じゃ来年の春になって、やっとだとか」

「ところで十一月末頃に前方の部隊と交代になるというのは本当かな？」

「そうらしいな。もうこの真冬を注坡嶺の雪の中に埋もれてやり過ごさなきゃならんな。ドンホ、こいつにはよくないだろうがな。でもこいつもわからんぞ、愛する恋人に会える日を待つことでワクワクするかもしれんからな。ともかく、ここにいる間は酒もたらふく飲んで、娘たちもよく見ておくんだな」

「私たちも飲んでいいかしら？」

「ウム、だが酔っぱらって、くだを巻かない程度にしろよ。ほかのことはさておき、女たちの酔っ払ったざまは目も当てられんからな」

　ヒョンテの傍の春川の女が余っている盃に酒を半分ほどついで飲んでから、ドンホの横のソウルの女に盃を差し出した。ソウルの女は飲みたくないと首を横に振った。その嫌嫌《いやいや》をする様子が少し神経質に見えた。

　盃がユングの横の抱川の女の方にまわった。彼女は盃にほぼ一杯、手ずから酒を注いで、何度かで全部飲み干してから、甘えたように顔をしかめて見せて、身震いした。

「こりゃ素質があるな」

「いいえ。ほんとはそこのオクチュがお酒は一番強いんです。どうして今日は飲まないの？」

ドンホの傍の女が、

「ゆうべ飲み過ぎて、今もおなかの中がグルグルしてきついのよ」

ユングの傍の抱川の女が思い出したように、

「そういやあ、ゆうべここを通り過ぎた兵隊さんたちが言ってたんだけど、おととい発電所で兵隊さんが一人、落ちて死んだんですって」

「九万里発電所でか？」

「ええ、ジープで走っていて間違って、そのまま水の中に落ちてしまったんですって」

ヒョンテが以前、九万里野戦病院にいた時にも一度、事故があった。九万里から五音里《オウム》［華川郡内の村］まで四里余り［十六kmほど］にわたって延びている水源地の堤防。その上に車道があり、その何尋《ひろ》［成人の身長］も下にあるのは、まさに水深何十尋もの青い水なのだった。ちょっと間違うと、人は車もろとも湖に落ちてしまいかねなかった。一度転落すると、引揚げ作業も難しい場所だった。

「また陸海空軍を全部やったわけだな」

ヒョンテの傍の春川の女が、

「何ですって？　陸海空軍をやるって、それどういう意味なんですの？」

「そんなことも知らんのか？　ジープで走るから陸軍で、高いところからサッと落ちるから空軍で、水の中に入って海軍、だから陸海空軍をやったってわけじゃないか」

よくそんなことが言えると、ほかの二人の女は大笑いしたのだが、ドンホの傍のソウルの女だけは笑

わずにいて、

「そんなふうに一度死ねたら」

「そんなふうにって？」

「ただただジープを全速力で走らせて、そんなふうにサッと空中を飛んで湖の中に落ちたっていうんでしょ。だとしたら、どれほどスッキリするかしら。死体も永遠に探し出せないようにね」

「愛する人と一緒にだろ？」

「恋人と一緒だったらもっといいし……でもお互い、愛し愛されて、お終《しま》いに行き止まりにまで行きついて死ぬなんてのは、つまらないわ。むしろ愛してはいけない人どうしが恋に落ちた最初の瞬間に一緒に死ぬべきなのよ」

「ほう、ずいぶんセンチだな。だがな、近頃の世の中じゃそんな感傷的な話では酒の味を良くはできんぞ。酒の肴にもならないってんだよ。そんな類いの話よりは、むしろジャンケンをして負けた人間が酒を飲む方がよっぽど面白いぞ」

酒のヤカンがからになり、あらたに一升を頼んだ。ヒョンテの傍の春川女とユングの傍の抱川女も、時々互いに盃をやり取りした。

ドンホの傍のソウル女が酒膳の上に置いてあったタバコの箱から二本を抜いて一本に火をつけドンホに渡してから、自分も一本くわえて火をつけた。

ドンホはタバコを受け取りはしたが、口には持っていかなかった。タバコの吸い口に真っ赤な口紅の跡がついていた。不健康な女の唇の跡だからということだけでなく、ともかくそれを自分の口に付けたくなかった。ドンホはちょっとためらっていたが、そっと膳の下にタバコを持って行って口紅のついたところをちぎってからくわえた。

　タバコの煙を腹いっぱいに吸い込んでから吐き出すようにしていたソウル女は、何か思うところがあるのか、ドンホの前にある盃を取ってズッと飲んだかと思うと、盃を彼の方に差し出すのだった。ドンホは彼女の唇が触れたところを避けて一口飲んでから盃を元に戻した。こうして彼はこの日もヒョンテやユングの二杯に比べて一杯以下のペースで、あまり飲まないで座っていた。そんな中、彼はヒョンテらがこういう所にやってくる面白みというものがわからなかった。彼らが次に行こうとしている所へと、早く席を立つことばかりを待った。

　ソウル女がドンホに盃を飲み干すようにと勧めた。それはドンホに酒を勧めるというよりは、早く飲み干して自分の方に盃を回してくれという意味のように見えた。しかたなくドンホは飲み干した。

「よっしゃあ。やっぱり若い女が勧める酒は断れんのだな」

　ヒョンテが赤黒い顔に白い歯を見せてからかった。

　盃を渡してやる暇《いとま》もなく、ソウル女がドンホの手から盃をひったくるようにして酒を注いでくれとばかりに突き出した。そして一気に飲み干してからドンホの方にまた盃を返した。その盃にドンホが口をつける気もなく、そのままにしていたところ、ソウル女の方からまた自分の方に引ったくって飲むのだった。ドンホはソウル女の顔をちらっと見やった。こめかみあたりに青筋が立ち、目と口のまわりは赤みがさしていた。少し前にはゆうべの酒が抜けなくて腹がグルグルいうとかで飲めないと言っていた彼女が、どうしてこんなに立て続けに飲み干し続けようとするのか全くわからなかった。

　二度目のヤカンの酒がほとんど飲み尽くされた頃になって、ヒョンテがトイレにでも立つ様子で立ち上がって外に出て行った。その後ろから傍にいた春川の女もついて出て行った。

「お酒、もっと頼みましょうか？」

ソウル女がヤカンに残った酒を、残さず自分の盃に注いでからこう言った。

「もうこれぐらいにするかな？」

ドンホがユングの方を見やった。

「さあ……ヒョンテが戻ってからにしようぜ……」

こう言って彼も立ち上がって外に出て行った。その後ろから傍にいた抱川の女もまたついて出て行った。

少しして出入口の外からソウル女を呼ぶ声がした。口と目の周りを赤く染めたソウル女が、よく通った鼻筋をやや神経質に上向きにして出て行った。


ドンホは、スケトウダラの骨にチゲの汁やらタバコの吸い殻などが汚らしく散らかった膳の上をぼんやりと眺めながら、ヒョンテたちが戻ってくるのを待った。店の前あたりで何人かがヒソヒソやっていたと思うと、戸がバタンと開いてソウル女が顔だけ出して、ちょっとこちらへいらして、と言う。何だろうと思ってドンホは立って出て行った。

女は先に立って、呑み助たちが騒いでいる部屋の前を通り過ぎて、店の裏の方に行くのだった。ドンホは女の後についていきながら、ひょっとして連中が面白がって、ほかの部屋にまた酒の膳を用意したのかなと思った。

店の裏の、ある部屋の前まで来て、女が立ち止まって戸を引いて開けた。そしてついてきたドンホの背中を押して部屋の中に入れた。その後から女もピッタリついて入ってきて戸の鍵をかける音がした。

障子紙を張った潜《くぐ》り戸一つしかない部屋の中は、真昼なのに薄暗かった。そして一日中、日の光が入らないらしく、暗くてじめじめした生の土の匂いが、さっき酒を飲んでいた部屋より一層強く鼻を衝《つ》いた。

もじもじと突っ立っている彼の目の前には布団が敷いてあった。そこにいつの間にか上は下着一つ、下の方は裸になった女が身を横たえているのだった。その時になってドンホはやっとすべてのことを理解した。

ドンホは一瞬にして不思議なものを発見したような気になった。面長で細い首から全体的に不健康な印象を与えていた彼女の肉体が、予想とは違うボリュームで目の前に迫ってきたのである。華奢な肩の下に盛り上がった乳房と柳腰の下に広がった豊満な臀部《でんぶ》が、ほっそりした体付きからすると釣り合いが取れないほど大きく目立っていた。そんなドンホの眼前にふと、スギの姿が浮かんだ。しかし彼はこんな所でスギの姿を思い浮かべてはいけないと戒めて、早くここを出て行かねばと思った。

暗がりの中で部屋の暗さに慣れたドンホの目に、膝を立てた女の太腿の奥の黒い部分が目に入った。ある種の不潔感とともに嫌悪感が込み上げてきた。今こそ出ていくべきだと思った。

「そんなに感じ悪いの？　そんなに汚らしく見えるの？」

サッと身を起こした女が、彼の顎の下に身を寄せて、

「さっきは何なの？　タバコに火をつけてあげたら、ちぎって捨てたでしょ？　私の口を付けたところが汚らしくて。……何でもいいけど」

安物の化粧品の匂いと肌の匂いが押し寄せてきたと感じるまもなく、女の手が彼の腕をギュッとつかんで引っ張るのだった。そして彼を引き寄せる彼女の顔からは口と目のまわりを染めていた血色が消え

ていた。

　ドンホは彼女の手を振り払わなきゃと思った。そう思いながらも何か必死になって挑んでくる彼女の気勢に押されて気持ちが揺らぎ、引っ張られるままになっていた。

　ドンホはほかのところに神経を注いでいた。この女、下は裸だから寒かろう。こんなに冷たい部屋なんだから。

　女がズボンのボタンをはずした。彼は女に引き寄せられるままに、膝を折った。彼の一物《いちもつ》を女が握った。

　少しして女が面倒くさいとでもいうように、彼の胸を押しのけて起き上がり、衣服を手元に引き寄せて着始めた。

「もういいから、勝手に帰ったらいいわ。お金は一緒に来られた方が払ってくれることになってますから」

　無感動で事務的な口調でこう言って、戸の外に出て行ってしまった。

　ヒョンテがこの女に、冗談めかしてドンホを落とせたら代金は自分が払うとでも言ったのだろう。そんなヒョンテの言葉にはもちろん、その反対の意味が込められていたのであろう。どんな女もドンホは落とせないだろうと。

　外に出てきたドンホは、さっき飲んでいた部屋には立ち寄ることなく、そのまま店の出入り口から部隊の方に向かって歩いた。涼しい風を顔に受けながら、自分は確かに女に強姦されて出てきたという気がした。しかしこんなあり得ない滅茶苦茶な思いにもドンホは笑えなかった。ただ自分の体の一部分が汚されたことが気になった。立小便をしながらそこを拭った。かえって汚い部分が広がる気がした。夕バコをくわえて吸った。何度も吸い込まないうちに喉の奥深くから反吐《へど》がこみ上げてきた。道端にうずくまった。吐こうとしても出てくるものはないのに、腹の中が引っくり返るようだった。

背後から人の気配がしたと思うと、ヒョンテの声で、

「おい、何をそんなに急いだりしてこんなもん忘れて出てきたんだ？」

ドンホの頭に軍帽を被せてやった。

しかしドンホが反吐を吐きながら頭を振るので軍帽が脱げそうになると、ヒョンテが被せ直してやって、片手でドンホの背中をさすってやりながら、

「おい、お前、不能じゃなかったんだな。今日、俺はあの女と賭けをして負けたぜ」

ドンホはヒョンテの手が自分の体に触れるのが嫌だった。

「触るなよ」

ちぎれたタバコの端に紙を巻いて吸い口を作っていたユングが、

「触るなだと？　この野郎は誰の真似をしてそんなことを言ってるんだ？　だがな、明かりを消せなんて言うのはやめろよ。カーバイドの光なら知らんが、太陽の光は仕方ないじゃないか」

反吐を吐きそうなのが、かなり収まったドンホを見下ろしていたヒョンテが、口元に笑みを浮かべて、

「大人になるってのは、こういうふうに大変なんだぞ」

7

よくこんなこともあるのだった。溝を跨《また》ごうとして、間違って水の中に足を滑らせることがある。こ

ういう時の不快感というのは並大抵ではない。溝の中の水が泥水であったり汚水だったりした場合にはより一層である。その上、履物が新品だったりしたら本当に怒りがこみ上げるほどである。どうしてもう少し遠くから踏み切って無事に越えられなかったのだろうかと。こうなるとついには、えい、もういい、となって怒りに任せて汚れてない方の足までどぶ水の中に突っ込んで、バチャバチャやりたくなることがある。まさにその直前の心境のように。

　この日、ドンホは部隊に戻っても、自分の行動に対する呵責《かしゃく》と後悔で夜遅くまで寝つけなかった。今日のことは全く意外な事件ではあった。そしてあくまで受け身の行動に過ぎなかった。しかしいかに突発的な事件で、自分自身の意思によるものではないにせよ、それを避ける機会がなくはなかったというのが事実ではないのか。結局は自分自身のしっかりした意思がないところからきているというしかないのだ。しきりに後悔が胸を掻きむしった。

　翌日、射撃練習に出ても、彼は気持ちの収拾がつかないでいた。最初のうちはそれでも標的を狙って引き金を引いた。そうするうちに次第にその標的を自分の汚れてしまった部分だと仮定するようになり、そこにスギと昨日の女の姿が重なるようになって、無茶苦茶に引き金を引いた。後ろから小隊長が叫んだ。お前、軍隊の飯を何年も食らってるのに、何だそれは？　射撃姿勢からしてなってないぞ。正確に照準を合わせて一発、一発慎重に撃たなきゃならんぞ。

　しかし日が経つにつれてドンホは、自分が苦しんでいるのがなぜかつまらなく、どうしようもないように思われてきた。男だったら誰しもやっていることを自分もやっただけじゃないか。彼は小心なことこの上ない自分に対して、ある種、形容しがたい怒りのようなものまで感じた。どうして自分はほかの連中のように、何でもないふうにあのことをやってのけられないのか。そして当たり前のようなこととしてやり過ごせないのだろうか。今も自分は一点の曇りもなく、心の中でスギを以前と変わりなく愛しているではないか。いや、いつも以上に彼女を恋しく思っているじゃないか。結局は自分のその取るに足らない潔癖症を固守しようとするところから、どうでもいいことを気にしているのだ。ヒョンテの言葉ではないが、少女趣味に過ぎない、この味気ない潔癖症というものを、この際、片付けてしまわねばならないのだ。

次の外出日にドンホはヒョンテに、またあの女のいる飲み屋に行こうと誘った。

「こりゃ一大事件だな。お前から先にそんなところへ早く行こうってのはだな。わかったよ。あそこに行ってお前が大人になった祝賀宴をやってみるか？」

木切れを寄せ集めて編んだ籬《まがき》を張り巡らせた真ん中にある板作りの戸口を入ると、前に行った時にユングの傍に座った抱川の女が先に見つけて笑顔で、

「いらっしゃいまし。たぶん今日あたりいらっしゃるんじゃないかと思ってましたのよ」

生の土の匂いがやはりムッと鼻につく部屋に入って座ると、前にヒョンテの傍に座った春川の女が入ってきて嬉しそうな表情でヒョンテの膝に片手をついて座った。

ドンホは愛想笑いをしているこの春川女の犬歯が金歯であることがことさら目についた。そうしてみると、前に来た時にも見たことを思い出した。この日、よく見てみると、この金歯の色が異様に赤く、光沢がなかった。おそらく金より銅のようなものが多く含まれているに違いなかった。そう思いながらドンホは、こんなことにまで気がつくという自分が、前回とは違って心の余裕を持っているということにまずは満足した。

「何になさいます？　お酒は清酒にされて、肴《さかな》はお鍋もできますし、雑菜《ジャプチェ》「野菜、春雨、肉などの入った炒め物」、清泡湯《チョンポタン》「緑豆のところ

てん入りの肉汁］、煎《チョン》［朝鮮のお好み焼き］、何でもできますよ」

「今日は雑菜と清泡にするか。……ところでだな」

ヒョンテがユングとドンホを代わりばんこに見ながら、

「女を取っ変えてみるのはどうだ？」

ユングが頷いた。

ドンホは慌てて、

「俺はこのままがいい」

なぜだかこの日、ドンホは自分の相手をしてくれる女は、あれほど何日も自分を苦しめてきたソウル女でなければ、と言うかのようだった。

ヒョンテが傍の女に、

「ああ、木浦《モクポ》から来たという女がいたろう？　彼女と、この前にあいつの横に座ったソウル女、それから誰でもいいからもう一人ほかの女を呼んでくれ」

ヒョンテの傍の春川女がすぐさま拗《す》ねて、

「どうしてそんなことおっしゃるの？　この前、私、何か間違いましたの？」

「いいや。ただそうしてみようかと思っただけだ」

「ほかの娘たちは皆、今、ほかの部屋に入っていて誰もいないんです」

「そうか。そんならほかのお客たちが帰るのを待とう」

「そんな無理なことおっしゃらないで。私、今日はせいぜいサービスいたしますわよ」

「私、このままいてもいいでしょ？」

ユングの傍の抱川女が、無理に笑みを作ってユングの顔を下から覗き込んで言った。

ユングは知らぬ顔で黙っていた。すべてのことはヒョンテが差配するのについていけばいいのだという腹づもりのようだった。

「まったく皆、何でそうなんだ？」

ヒョンテの声がやや高くなり、冷然と、

「主人を呼んで聞かなきゃわからんのか？」

以前なら、眼前の女たちの自尊心を少しも考えてやらないヒョンテの言葉が、ただ残酷なものに聞こえていたのだが、この日ドンホは、すべての言動に決断力のあるヒョンテの意志がかえって羨ましく思われた。

二人の女はとても嫌そうな顔をして、チマ［伝統韓服のスカート］の裾を翻しながら彼らの前をサッと通り抜けて部屋を出て行った。

「もう二度と相手にしない奴らだからな。そんなもんだろうさ」

ヒョンテがタバコにライターで火をつけながらそう言った。

酒の膳と一緒に新たに女が二人入ってきた。

「どっちが木浦の娘なんだい？」

そのうちの一人が腰を少し屈めて挨拶をしながらヒョンテの横に来て座ろうとすると、

「いいや、あっちに行って座れよ。見たところ、あいつの好みのタイプだな」

ヒョンテがユングの横を指さした。

その木浦女の手首をユングがそっと引いて、自分の横に座らせた。

ドンホの見るところ、この木浦女はこれまでにこの店で見かけたどの女より歳を取って見えた。しかし卵型の顔の輪郭に嫌な感じがなく、唇が分厚いのが随分と多情な感じがした。ドンホはいつだったかヒョンテが、ユングは案外陰険なところがあって、女を買う時も自分を可愛がってもらうために少し年増の女を選ぶのだという話を聞いたことがあるのを思い出して、なるほどユングにはそんな一面があるのかもしれない、と独り心の中で納得したのである。

「もう一人は何で来ないんだ？」

江陵《カンヌン》［江原道の都市］から来たというもう一人の女は、下顎がめくれあがって口がすぼまった感じだった。

ドンホが盃を口に持っていきながら勇気を出して言ってみた。その声が自分でもちょっと上ずっていると感じられた。こんなんじゃだめだ、自然な感じじゃなきゃ。

木浦女が、

「誰のことです？」

「ほら、ソウルから来た娘がいるじゃないか」

「はい、はい、オクチュのことでしょ？　今、ほかのお客の部屋に入ってます」

ドンホは以前にも聞いたような気がするが、今度ははっきりとソウル女の名がオクチュだということを脳裏に刻んだ。

何だかんだと雑談をしているうちに、酒を一升飲み干してしまうまでオクチュはやってこなかった。

「もうほかの娘を呼ぼうぜ」

ヒョンテがドンホの意向を聞いた。

「いや、いいよ」

「お前、一度で惚れちまったんだな。じゃあ、木浦さん、そのソウルの娘をちょっとこっちに貸してくれるようにしてみてくれよ」

木浦女が手を叩いて走り使いの子を呼び、酒をもう一升頼みながら、オクチュにちょっとだけ顔を見せるようにと言いつけた。

少し経って走り使いの子が酒の入ったヤカンを持ってきて、もうすぐあの部屋のお客が帰るようだと言う。

その時、ドンホは微妙な感情に捉《とら》われていた。ヒョンテとユングがかなり酔っぱらって、傍にいる二人の女を連れて出ていく時までにオクチュが来なかったら、その時はどうするか。むしろそうなってくれたらいい。それなら自分はそのままここを出て部隊に帰ってしまえばいいだけのことだ。しかしそうすると、自分の心の解決にはならないことを彼はよく自覚していた。今日このまま部隊に帰ってしまったら、このチマチマした潔癖症というものがいつまでも影のように付きまとって苦しめるだろう。この際、このチマチマしたものを一切合切自分の身から剝がしてなくしてしまおう。そのためにはオクチュという女がやってくるまで待たねばならぬ。自分がオクチュという女とどんな関係を持つにせよ、今までどおり純粋な気持ちでスギを愛することができるだろう。盃を取ってまたグッと飲んだ。

「さあ、みんな飲もうぜ」

ドンホは木浦女に盃を差し出して、

「木浦から直接、こっちに来たのかい？」

「いいえ。全州《チョンジュ》［全羅北道の都市］、釜山、それから大邱《テグ》［慶尚北道地域の大都市。現在は広域市］、そうやって廻って来たんです」

「そうやって北上してきたんだったら、今後はどこに行くんだね？」

「さあ、三十八度線は越えられませんからね」

木浦女が盃をドンホの方に回した。

ドンホは盃についた女の唇の跡にも別に神経質にならずに、そのまま受けて飲んだ。

そうして江陵女のほうに盃を回した。

「お前、今日までの一週間、やけに憂鬱な面《つら》をしていやがったんだが、今日はえらく大したもんだな」

ヒョンテがやや皮肉の交じった言い方をした。

その言葉がドンホの気持ちを一瞬突き刺した。事実、ドンホはさっきからほかの連中のように、こんな場に違和感がないようにと努力している自分自身を自覚していたのである。もっと酒を飲まなきゃ。

この時、向こうの部屋から女の歌う声が聞こえた。

ヒョンテの傍にいた江陵女が耳を澄ませていたが、

「オクチュだわ。あの娘、まだ席を立てないのかしら」

と言った。

ドンホはオクチュの唄う声が、濁声《だみごえ》で太いなと思った。彼女の声のようでなかった。すると、ほっそりした彼女の体付きとはつり合いが取れないような豊かな乳房と尻が彼の目の前に立ち塞《ふさ》がるのだった。

また酒を飲んだ。

オクチュの唄う声に男が合わせて唄った。ドンホはこんな場で唄う歌の、うまい下手を判断することはできないながら、男が唄うのは、なかなかうまいと思った。

「この奥の村の青年団の団長さんですよ」

江陵女が、聞きもしないのに耳打ちしてくれた。

部隊の右方にある山際を曲がって奥の方に入った谷間に三十戸余りの集落があった。この村だけは大道からかなり離れていたからか、この戦乱の中でも丸ごと灰になりはしなかった。休戦協定が成立するや、避難していた村人たちが戻ってきて、ほとんど以前と同じ集落をなしていた。

「あの人がオクチュの馴染みの客なのかい」

ドンホが江陵女に聞いた。

「そんなことはお聞きにならないことですよ」

木浦女がこう問いを遮《さえぎ》って、座の雰囲気を盛り上げようという様子で、

「私たちも歌いましょうよ」

ドンホが、

「いいな。歌ってみろよ」

顔には酒が回った様子はなく、目だけ濡れた感じの木浦女が、座中のお客が自分の故郷を知っているということで自分なりに考えて言ったのであろう。〈木浦の涙〉［一九三五年発表の流行歌。次がその歌詞の一部］を歌いかけた。——船頭の舟歌、消えゆきて、三鶴島《サムハクト》の波、染みわたるに、波止場娘のまだら模様の着物の裾よ、別れの涙……

ドンホが知っている歌なので、ついて口ずさんでいると、

「やめろよ、もういいぞ。そんなシケた歌はやめて、ほかの歌を歌えよ」

木浦女はそれほど照れくさそうにもせず、江陵女に江原道アリランでも歌うよう頼んだ。

江陵女はこれまた酒で耳元まで真っ赤に染めて、——蓖麻《ひま》［トウゴマ］に椿よ、咲くでない、山里の生娘、狂いだす……

ドンホは江陵女のすぼまった口元を眺めながら、ゆったりした節回しを唄い継いでいく腕前がなかなかのものだと思った。アーリラン、アーリラン、アーラーリーオ、アーリラン　コーオゲーロ……「アリラン峠を……」

「ちょっとやめてくれ」

江陵女の唄いが終わらないうちにドンホは、しばし忘れていた向こうの部屋から何の声も聞こえないことに気が付いた。あちらの部屋の唄はもう聞こえてこなかった。ドンホには、唄が終わった後のことがもっと気になった。そのまま酒盛りが続いているのか、でなければ帰り支度をしているのか、あるいは二人の男女がほかの部屋に移ろうとしているのか。ある種、言い難い焦燥感がドンホの胸を締め付けた。

続いてその部屋から誰かが出てくる気配がした。ドンホは外の方に耳をそばだてた。客が帰るようだった。少ししてこちらの方に歩いてくる女の履物の音がした。ドンホはやや息を吸い込みながら、盃を手に取った。

さっきからタバコをくわえてこちらを観察していたヒョンテが、

「おいお前、今日は何でそんなに酒を飲むんだよ?」

部屋に入ってきたオクチュは酒の気配を漂わせていた。前と同じく目元と薄い口の周りが赤らんでいて、ツンとした鼻先だけが余計に白く浮き上がって見えた。ドンホはどうも気恥ずかしい気がして、彼女から目を反《そ》らした。

けれども彼女は淡々とした面持ちで、三人全員に、いらっしゃいませ、という挨拶をして静かにドンホの横に座るのだった。そしてこれも挨拶代わりの一つだろう、まずユングとヒョンテ、そしてドンホにきわめて事務的な手つきで酒を勧めては注いでやるのだった。ドンホは彼女がこのように、何の感情も表に出さないでいることに、心の平静さを保てた。

　ヒョンテがオクチュに盃を返しながら、

「あいつを大人にしてくれたお礼の意味で、さあ」

「ご冗談を」

　彼女の薄い唇に微笑だか苦笑だかわからない笑みが浮かんでは消えた。そしてヒョンテの注ぐ酒を左手で受けた。ドンホは独り、彼女は左利きなのかなと思った。

　二つ目のヤカンが空《から》になるや、ドンホはもっと酒を持ってくるよう言いつけた。

　ヒョンテが意外だというように、

「お前、ほんとに大丈夫かよ？」

「大丈夫だとも。飲む気になればこのくらいの酒で」

　ユングが一言、

「まだ慣れてないからな。酒の味が本当にわかってないからだろ」

　事実、この日ドンホは初めてかなり酒を飲んだが、酔っ払いはしなかった。

「あ、オクチュ、さっきあっちの部屋で唄っていたやつを唄ってみてくれよ」

　ドンホが思い出したように、オクチュの横顔を見ながら言った。

　彼女はツンとした鼻先のために余計に尖ってみえる横顔を少しも動かさずに、

「何の唄ですか？」

「何だったかな？……風よ、狂風よ……とかいうやつみたいだがな」

江陵女が、

「ああ、済州島の唄があるじゃない？」

と教えてやった。

オクチュはしばし無言でいたが、膳の上にあったタバコを取って一口吸ってから、——うちの旦那さん、魚捕りに、風よ狂風よ、三月《みつき》と十日だけ吹いておくれ……その後は箸を叩いて音頭を取っていた二人の女も一緒に唄った。——あんたも私もふんわか暮らして、昼も夜もほんとの愛で……［済州島民謡の一節か］

「そうだ、いいぞ。うちの旦那さん、魚捕りに……風よ狂風よ……どんだけ吹くんだと？……あ、そうか、、三月と十日だけ吹いてくれだったな？　いいな。すごくいいぞ」

酔って唇がかなり赤くなったドンホが、独り呟いた。

新たに持ってこられたヤカンの酒が二、三度、一回りした頃、ヒョンテが江陵女に耳打ちで何やら囁いてから一緒に出て行った。その後、ユングもまた木浦女の脇腹をつついてその後から出て行った。

ドンホは心中、えらく簡単な交渉だなと思いながら、さあ自分はそれをどうやって表すべきかということに、しばし立ち止まらざるを得なかった。どうして二人の後から立ち上がってオクチュに合図できなかったのか。そうしていたならばすべてが簡単で自然に終わったはずなんだが。何となく焦る気持ちになった。焦れば焦るほど、変に不自然にならないように彼女をどうやって連れ出せばいいのやら、いい考えが浮かばないのだった。どうせこんなことになったからには、彼らが戻ってくるまで、ここで座ったまま待っているほかないのじゃないのか。しかしそれは彼の意識の表面に一瞬現れて消えた思いに過ぎなかった。もう少し深いところで叫び続ける声があった。今日、自分がここに来た目的を遂行せねばならない。そうしなければ、自分の優柔不断な意志に対する自責の念をこれから先、ずっと持ち続けねばならない。彼は盃を口に持っていった。その時初めて自分の喉がパサパサに乾いているのに気がついた。

「どうされます？」

オクチュがとても静かに落ち着いた声で口を開いた。そのように、前回は挑戦でもするように挑みかかった態度とは全く違っていた。こんな彼女の落ち着いて静かな言葉がドンホにある種の勇気を与えた。彼は立ち上がって彼女の華奢な肩を軽く叩いて立ち上がらせた。

オクチュが先に立って例の部屋まで行って戸を開け、今回は自分が先に部屋に入った。そしてドンホが入って来るや、戸の鍵をかけるのだった。やはり同じくじめじめした空気の中に、生の土の匂いが鼻を突いた。

この日ドンホは敷いてある布団の上に彼女が横になるや、自分でズボンのボタンをはずして膝を折って屈《かが》んだ。彼女がこの日は前のように彼の体を押しのけずに、静かに起き上がって服を手元に集めて着始めた。ともかく面白くも何ともなかった。こんなことで自分はあれほど長い時間、格闘してきたのか。呆れてしまった。

女が服を着終わったのをみて、ドンホは財布から百ファン札を六、七枚出した。

「一緒に来られた方がお勘定されてると思います」

「取っておけよ」

女は金を集めて握りしめると、何も言わずに部屋の外に出て行ってしまった。

女の薄っぺらな肩を後ろから眺めながら、ドンホは何か満たされない未練のようなものを感じた。

翌日からドンホは野外射撃実習で、必ず標的に当てようと全神経を集中したし、実戦演習でも全力を尽くした。幕舎の補修や環境整理作業の時も心を込めた。そして休憩時間はそれなりに同僚たちの雑談に熱心に加わった。何とかして自分一人で考え込む時間を避けようと努力した。どこか隙があればスギのことが浮かんでくるのを気にしたのである。

だからと言って、スギに対する愛情にひびが入ったとは思わなかった。以前と同じように彼女を大切に思い、愛する気持ちに変わりはなかった。ただただ彼がスギを愛して慈しむのはそれとして、まず現在の生活に浸透してきた意外な一つの事件でもって、壊れかけた心をきれいに処理しないことには気が済まないという気持ちだった。

そんなにしてまで潔癖症を捨て去ろうと長い時間をかけて自分自身と格闘した果てに得られたオクチュとのことは、話にならないほどつまらないものだった。とはいっても、あの後で部屋を出て行った彼女の華奢な肩を眺めやりながら感じた、何か言い知れぬ未練のようなものや、それをそのままにしておいたら到底、心の安定は望めないという思いが、またしても彼を苦しめ始めるのだった。

次の外出日にドンホは、あるバラックの飲み屋でかなり飲んでから、どこか別のところに「点呼を受けに行く」などと言うヒョンテたちと別れて、独りでオクチュのところに行った。

例の寄せ集めの木切れを編んだ垣根の真ん中に、板張りの戸口を作ってあるところまで行きついた。かなり酔っぱらった男が一人、中からちょうど出てくるところだった。四十歳ぐらいに見えた。ドンホはその男とすれ違ってから、彼が国防色［草色がかった黄土色の旧日本陸軍の軍服の色］の服を着ていることがふと気になって振り返って見た。小柄で太った体付きの男は千鳥足で歩いていたが、翼を広げたように両手を広げて歩く姿がやけに目についた。

ちょうどある部屋から戸を開け放って膳を片付けていたオクチュが、玄関口から入ってきたドンホを見つけて、眉毛の端をやや上げながら、口元には微妙な笑みを浮かべて、

「いらっしゃいませ」

「一人で来たのがおかしいか？」

「いいえ。お入りください」

そうして膳の走り使いをする子を呼んで、酒の膳をすっかり片付けさせてから、

「さっきこちらに来られる時ですけどね。とても緊張しているように見えて可笑しかったですよ。飲みにくる時の歩き方がどうしてああなんです？」

ドンホはちょっと前にヒョンテらと飲んだ酒の勢いで、ある程度自分が大胆になったと感じていた。しかしその大胆さがもたらす自分の挙動の不自然さを、オクチュに見られてしまったというのが釈然としなかった。その気分を振り払うためにも、酒をもう少し飲まねばと考えた。

「酒をすぐ持ってくるように言ってくれる？」

酒が運ばれて来るや、ドンホは一気に二杯飲み干してから、オクチュに盃を渡した。けれどもオクチュは盃に口を付けるか付けないかにして、ちゃんと飲もうとしなかった。

「もう酔いが回ってるんです。昼間っからこれ以上は飲めませんよ。これからほかのお客も受けなきゃならないんですもの」

ドンホは酒一升をほとんど一人で飲んだ。

「もう少し持ってこさせましょうか？」

ドンホは首を横に振って、彼女の手首をつかんで立ち上がった。彼は早く彼女とほかの部屋で二人き

りになりたかった。こんな欲望と、今、自分が彼女の手首をつかんで立ち上がった挙動とが、今回は少しも不自然な感じがしなかった。

「お勘定をお願いします」

酒代を払った。

「それからまた……」

例の代金も先払いになっているという。ドンホは今月もらった月給から残った金を全部彼女の手に握らせた。およそ七、八百ファンになった。

「おいちょっと、オクチュ」

いつもの部屋に移って彼女が服を脱ぎかかると、彼が手振りで制止しながら、
彼女が服の紐を解きかけた手を止めて、意味がわからないという顔をして彼を見た。

「ええと、オクチュは左利きなんだろ？」

思いもかけない言葉に彼女は一層、とまどいを見せて、

「それがどうしたんです？」

「そうだろっていうんだ。で、俺はもう少しオクチュのことを知りたいんだ」

「それ、どういう意味なんです？」

「例えばだな、オクチュがどういう女なのかなってことだよ」

ホホホ、と彼女が神経質そうに笑って、

「そんなことを、どうしてそんなに深刻な顔をして聞くんです？　そんなにお知りになりたいんでしたらお話ししますよ。本名は崔《チェ》ミョンエ［漢字では明愛など］、歳は二十三、本籍はソウル、そして二十一で結婚して

……」

「過去の話はもういいから、今の話を……」

「今の話ですか？　ご覧の通り、名前はオクチュで、職業は安い色酒屋……五百ファンであれ、三百ファンであれ、体を売る……」

「いや、そんなことより……誰か好きな人はいないのか？」

「好きな人ですか？　いくらでもいますよ。私の体を買ってくれる人だったら、みんな好きですから」

「そんなに皮肉っぽく言わずに……あの、さっき俺が来る前に来ていた客は青年団の団長なんだろ？」

「あの人がどうしたっていうんですか？」

「いや、ちょっと聞いてみただけだ。あの人は前に俺たちが来た時もいたから、毎日みたいに来てるんだろな？」

　彼女はまた突然、アッハッハと大声で笑って、まるでわけのわからないことを言う弟でも見るようにして、

「え？　毎日来ちゃいけないんですの？」

「そういうわけじゃなくて……」

「そんなこと言っていらっしゃらないで、もう遊びましょうよ。あまり時間が長いと怒られるんです」

　彼女がサッと手を動かして、服をパッパッと脱ぎ始めた。

「一晩だったらいくらなんだ？」

「夜通しですか？　二千ファンです」

　この日も例の行為はごく機械的な動きをして、簡単に終わった。

しかし服を拾い集めて着ている彼女の体付きを眺めながら、ドンホは何か彼女と自分は親しくなったような気になった。

外に出た。新鮮な外気に当たって、精神が澄み渡るようでありながらも、緊張と興奮がほぐれた後にやってくる虚脱感の中で、むしろ酔いが回ってくるのだった。その気分は悪くはなかった。やや千鳥足になった。そんな彼は、我知らず何やら口ずさみ始めた。――うちの旦那さん、魚捕りに……風よ狂風よ、三月《みつき》と十日だけ吹いておくれ……風よ狂風よ、三月と十日だけ吹いておくれ……

「あれ、尹《ユン》兵長じゃないですか?」

前から歩いてきた男が歩みを止めて、

と話しかける。

見ると、安兵長だった。ドンホは片手を上げて挨拶してみせただけで、彼の横を通り過ぎてしまった。

安兵長が後ろから、

「今、どこに行ってきたところなんです?」

ドンホは答えなかった。

「かなり酔っていますね」

「そうさ。気持ちよく酔っぱらったさ」

「あの、もしか鮮于《ソヌ》軍曹に会わなかったですか?」

「知らんよ、知らん」

「ほんとに随分、酔ってますね。酒をそんなに飲んだら体によくないですよ」

ドンホはそのまま歩き続けて、風よ狂風よ、三月《みつき》と十日だけ吹いておくれ……

部隊に戻ってくると、ヒョンテとユングが先に帰ってきていた。ドンホは彼らに向かって叫んだ。

「お前たち、まあ聞け！　今、俺は非常に純粋な状態にあるんだ。俺の傍にどんな美人がいても見向きもしないぐらい非常に純粋な状態にあるっていうんだ。誰を愛するだとか嫌うだとかというようなチマチマした人間の属性からきれいさっぱり抜け出した、このすっきりした気分……風よ狂風よ、そして台風よ、三月と十日だけじゃなく、三年十カ月吹いても俺とは無関係だ……」

ドンホはヒョンテの横に行って寝そべったかと思うと、まもなく鼾《いびき》が聞こえてきた。この時から、ドンホの酒の飲み方が以前とは違ってきた。

もともとドンホたちが属している捜索中隊の中には酒保がなかった。自然とほかの歩兵大隊にある酒保を利用するほかなかった。そんな不便を解消するため、中隊長が連隊本部と交渉して、何日か前から酒保を新設することになった。酒保とはいうものの、炊事場のすぐ横に棚を作って手軽な日用品と安い菓子類とスルメの類い、それに何種類かの酒類を並べただけのものだった。

ドンホは伝票での付けでこの酒保で酒を買って飲むのだった。ヒョンテとユングと同行することもあったが、大抵は独りで出かけて飲んだ。彼はここで焼酎よりも国産のドライジンの方が効果があることを初めて知った。特に、先にマッコリを一、二杯引っかけてからそれを飲むと、より効果的だということがわかった。彼は時々、内務班にまで酒瓶を持ち帰った。

ヒョンテが見かねて、

「お前、酒の味もわからないくせに、まったく何という飲み方するんだよ？」

「酒の味なんかどうでもいいさ、酔えばいいじゃないか。酔うには何といってもこのドライジンが最高だぜ」

「この野郎、スルメをかじりながら、そんなふうに飲みまくってたら、腹を壊すってのを知らないのか？」

「フン、いつからそんな衛生士になったんだよ？　腹具合がどうなっても、精神衛生にはこれが一番だぞ。まずは寝つきがいいんだ。どうだ、気が向いたら一度、こいつを一口飲んでみろよ。よく寝られるぞ」

　ある日、夜中に酒保から戻ってきたドンホは、何を思い出したのか背嚢《はいのう》の底を引っ掻き回して手紙の束を引っ張り出した。それを手にして外に出て、幕舎の裏に回った。そして手紙の束を一箇所に集めてマッチを擦った。火のついた紙類がいろいろな形に丸まって煙を上げた。しかし煙はわずか何尺か上がっただけで暗闇に消えた。彼は小さな紙切れ一枚まで残らずすべて燃やし尽くした。

　部屋に戻ったドンホは、誰に言うでもなく、呟いた。

「もう少しさっぱりした気分になりたいんだ。もう少しさっぱりした気分になりたいってんだ」

　その夜、彼は夢を見た。夢で彼は独りで空っぽのバスに乗っていた。スギに会いに仁川《インチョン》に行く途中だった。運転手もいないのに、車はひとりでに動いていた。耳をつんざくエンジン音が聞こえ、古ぼけた車体がギシギシ音を立てながら、それぞれの部分が勝手に動いていた。ドンホは考えた。ただ単にある部分のネジ釘一本がこの車体を支えているのだと。このネジが一本抜けただけで、車体はバラバラになってしまうはずだ。それと共に自分もドーンとどこかへ吹き飛ばされてしまうはずだ。そうなればお終いだ。ところが下りになって車がスピードを出し始めたのである。ドンホは再び思った。このボロボロの車体が分解しないでいるのは、まさにこのスピードのためなのだ。そのうち減速して止まってしまった瞬間、車体は燃え尽きてしまった灰のようにその場にくずおれてしまうだろう。ところが、バスがスピードを上げて走っているのは、ほかでもなく危険なウォンテイ峠〔仁川手前の富平（プピョン）近くの峠。ウォントンイがなまったもの〕の下り坂じゃないか。この下り坂のカーブを変に曲がってしまえば、車はそのまま転覆してしまうだろう。ドンホは大声を出した。ウォンテイ峠だ、ウォンテイ峠だ……

「おい、そんなに何の寝言を言ってるんだ?」

傍で寝ていたヒョンテが揺り起こした。

ドンホの体は汗だくになっていた。

ヒョンテの側に寝ていたユングまでもが目を覚まして、

「酒を飲んだらよく眠れるというが、まさによく寝てるなあ」

ヒョンテがドンホに、

「だが、ウォンテイ峠って、一体、何だよ?」

ドンホは暗がりの中で目を開けて黙り込んでいたが、

「ソウルと仁川の間にある峠だよ」

「そうか、で、それがどうしたってんだ?」

ドンホはそれ以上話をせず、枕元に置いた酒瓶を引き寄せて、何口か飲んでは、そのまま向こう側に背を向けてしまった。

何日もしないうちにドンホの顔はものすごく痩せこけた。もともと少し痩せた感じの頬がグッと落ち窪み、大きくて澄んでいた目はどんよりし、酒を飲んでいない時も目の周りが血走ってみえた。

そんなある冷たい霜の降りた日の午後、スギから手紙が来た。久しぶりの手紙だった。封筒の裏には仁川の住所が書かれていた。この間《かん》に避難地から戻ってきたのだろう。しかしドンホは封を切って手紙の中身を読みもせずに、そのまま幕舎の裏に持って行って燃やしてしまった。

それを目撃したヒョンテが、

「お前、まだそんな少女趣味が抜けんのかよ？」

「手紙じゃダメだ。今度、直接会ってお互い、話をせにゃあ」

「手紙じゃ何がダメだってんだ？」

「お前は知らなくていいんだ」

次の土曜日の午後、ドンホはヒョンテに頼み事をした。

「俺に外泊証を一枚もらってきてくれ」

「急に外泊証って何だよ？」

「何でもいいからごちゃごちゃ言わずに、一枚頼むぜ」

「お前、あのガリガリ女のところに行くんだろ？」

「もう、何も言うなって……」

「おい、この野郎、お前ほんとに狂ったのかよ？ 近頃、お前が昼も夜も酒ばかり飲んでるわけを知らないわけじゃないけどな。しかし、いずれ気持ちが収まるだろうと思ってたら、何だ、このざまは？」

「実のところ、俺にもわからんのだ。ともかく今晩はどうしても一度行かなきゃならんのだ」

「お前なあ、変にそんな、どうしようもないことを考えずにだな、明日俺たちと一緒にほかのところに行って遊んでみようぜ。あんなところの女をいつまでも引きずることはないぞ。大体、何の面白みがあるんだ」

「それで、外泊証を一枚もらってくれるのか、どうなんだよ？」
「まったく、その面《つら》は、しつこい奴だな！」
ヒョンテがしかたなく先任上等兵を通して外泊証をもらってきてやった。
「金も三千ファンぐらい貸してくれよ」
この日、ドンホはなるべく遅く部隊を出た。それでも日暮れになるまであちこち歩き回って時間をつぶさなければならなかった。十一月下旬の夕方の風はひんやりした。彼は飲み屋の前を通り過ぎるたびに、自然と歩みが遅くなるのを感じた。けれどもすぐさま歩みを速めてさっさと通り過ぎることを繰り返した。今日だけは何があっても酒を飲まないようにしたい。一度、まともな精神状態で彼女と対してみるのだ。

大通りを行き交う軍用車両がヘッドライトを灯し始めた。もうすぐ自分は彼女と会うだろう。ふっと、自分はどうしてそんなにまでして彼女に会いに行かねばならないのか、という思いが頭をかすめた。自分自身わからないことだった。でありながらも、今日の夕方、彼女に会いに行くのは、一つの既成事実のように感じられた。

日が暮れ暗くなるのを待って、彼は例の店の玄関口まで来た。入りながら、もし彼女が客を取っていたらどうしようという不安が頭をよぎった。

中庭に出てきた娘に、オクチュを呼んでくれと頼んだ。その娘が奥の居間の方に行ってから少ししてオクチュが出てきた。彼女はドンホの傍まで来て、まるで暗闇の中で鏡を覗き込むように顔を近寄せた。安物の白粉《おしろい》の匂いが漂ってきた。

ドンホはあらかじめ数えて用意していた二千ファンを彼女の手に握らせた。

「こんな早い時間はダメですよ。お入りになってお酒を少し召し上がってくださいよ」

ドンホはヒョンテから借りてきた三千ファンの中から残りの金まで彼女に握らせた。

そうすれば宵の口からほかの客を取らなくてもいいはずだった。彼女が先に立って例の部屋に行き、ドンホを先に入らせてからランプなどを持ってきた。そしてオンドルの焚《たき》口に火を入れねばと言いながら出て行った。ランプの火屋《ほや》［ガラスの筒］に煤《すす》が黒っぽくついていた。しばらく磨かないまま放っておいたのだろうか。しかしドンホはこのランプがなぜか見慣れないものには感じられなかった。そしてじめじめした空気の中に漂っている生の土の匂いと、敷きっぱなしの布団にもう慣れ親しんでいる感じだった。焚口に薪をくべたのだろう、煙たい煙が部屋の中に立ち込めた。しかしそれさえも、それほどむかつきはしなかった。

オクチュが入ってきた。自分の履物を脱いでドンホの軍靴の傍に置いてから部屋に鍵をかけた。そしていつものようにさっそく服を脱ごうとした。ドンホがそれを止めた。

「着たままでいいよ」

オクチュが、どういう意味なのかという表情でドンホの顔を見た。

「いいから、そのままで横になれよ」

彼女がチマだけ脱いで横になるや、ドンホは布団を引き寄せて彼女の顎の下まで被せてやり、立ち上がってランプの灯を消した。そして彼女の傍に横になり、上半身だけ半ば起こして、

「俺たち、今夜はこのままで寝ようや、……じゃあ」

と言いながら、彼女の口に唇をつけた。

ひんやりしていた。彼は両手で彼女の顔を包み込んで、あちこちを口づけし始めた。

「あら、どうしたんです？」

彼女が頭を真横に反《そ》らした。耳たぶをかすめる息が少しも熱くなかった。

彼は片手で彼女の首を撫でさすりながら下の方に動かした。布団の下の彼女の服の中に手を滑り込ませた。彼女は両腕を布団の上に適当に出したまま、彼の手を退《の》けようともしなかった。そのように何の抵抗もされないながら、彼はまるで抵抗されているかのように、少しずつ少しずつ指先を中の方にこじ入れていった。カサカサした皮膚が手のひらに感じられるだけで、肌の匂いのようなものは漂ってこなかった。それでも両側に盛り上がっている乳房が感じられる胸の谷間にまで手を押し入れていった。胸の谷間から感じられる乳房が、なぜかスギのものより弾力が少ないように思っていると、彼女がドンホの腕を片手でつかんで反らしながら、

「ほんとにどうしたんです？　早く遊びましょうよ」

イライラするという口調だった。

ドンホは全く男の欲望が湧いてこなかった。彼は枕に頭を横たえた。タバコが吸いたくなった。ポケットから取り出してくわえた。目の前の暗い空間がまるで自分の心の中のように思われた。彼はすぐさま、何かしゃべらなくては堪《たま》らないような衝動にかられた。

「なあ、オクチュ、人間というのはどうしてそんなに自分だけの狭い枠の中から抜け出せないんだろうか」

彼女は何の返事もしないで横になっていた。

「だがな、その枠というのは幼い頃に決まってしまっているみたいだぜ」

「そんな難しいこと、私にはわかりませんよ。早く遊んで寝ましょうよ」

それでもドンホは話を次々と繰り出した。

「八歳だったころの秋だ。板の間で学校の宿題をやっていると、うちに遊びに来た母方の従妹《いとこ》が、自分が食べていたリンゴを俺の目の前に突き出すじゃないか。半分ほど食べたリンゴをだよ。俺は食べたくないと頭を横に振ったさ。母方の婆ちゃんがリンゴ包みを解いてくれた時に、もう二個食べた後だったんだ。俺がいらないと首を振るのに、従妹は突き出した手を引っ込めようとしないんだ。その時の従妹には少しもいたずらしようという気はなくて、とても堂々とした顔をしていたんだ。幼い少女のようではなかったさ。俺は無意識にそのリンゴを一口かじった。そしてもう一口。さらにもう一口。ところが急にその従妹が、持っていたリンゴから手を離してしまうじゃないか。そして傲慢《ごうまん》に嫌な顔をしながら、ペッペッと唾を吐くんだ。見ると、リンゴに歯茎から出た血がちょっとついていたんだ。俺は幼な心にも自分の汚いものを他人に見せたという恥ずかしさを感じたさ。で、今でも他人の前では果物なんかも切り分けてから食べるんだ、丸かじりは用心してな」

この話はいつぞやスギにもしたことがあった。その時スギは、ドンホさんらしい話だと言いながら、でも私の前では安心してお食べなさい、と笑ったものだった。ところが今、オクチュは何の反応もなく、暗がりの中でじっと横になっているだけだった。

「それからこのことを思うと、もう一つ続けて思い出すことがあるんだ」

やはり母方の従妹に関する話だった。中学五年［五年制の旧制中学のこと］になった春のことだったと記憶する。ある日、学校から帰ると、母方の従妹が居間で母と話をしていた。縁側に上がりながら彼は、母親が話している声を小耳に挟んだ。量は多いのかという一言だった。彼はそれがどういう意味なのかわからなかった。彼が障子戸を開けると、母と従妹はしていた話をやめたようだった。従妹の顔がどうもいつもよりはちょっとギスギスしている感じだった。少し後になって彼は母が従妹にしていた話の中身を知ることになった。トイレに行くと変なものが肥溜《こえだ》めに落ちているのだった。たっぷり血の付いた脱脂綿だった。彼はこの汚らしいものにめがけて小便の矛先を向けた。赤黒かった血が小便に洗われて色が薄くなりながら、ついには鮮やかなピンク色に変わるのだった。

「俺はその時、そこにある種、新鮮な花びらを連想したんだ」

このことはスギにも話していなかったことだったが、それを今、オクチュに話しているというのは何なんだろうか。

「それでだな、その後、ある女に出会って……」

暗がりの中でそれまで黙って横になっていたオクチュが、

「今度は恋人の話が出てくるんでしょ？　そんな話はもうこれぐらいにして、早く遊んでから寝ましょうよ。じゃなければ、お酒を飲むとか」

彼女が起き上がってランプに灯《とも》を灯した。

「お酒を買ってきます」

ドンホがポケットを探ってみた。全部合わせても百何十ファンにしかならなかった。彼女がチマをはいて出て行った。

ドンホはまたタバコに火をつけてくわえた。

少しして彼女が酒のヤカンとキムチの入った小鉢を持って戻ってきた。盃はなかった。彼女が彼の枕の横に座るや、ヤカンの口を突き出した。彼は首を横に振った。彼女はそれを自分の口に持って行き、何回か休み休みしながらコクコクと飲むのだった。そうしてもう一度ヤカンを彼の方に突き出した。彼

はそれでも首を横に振った。彼女がまたしてもヤカンを自分の口に持っていきながら、

「私の顔が従妹さんのように堂々としてないっていうんでしょ？　それからまた、愛する人のようには私が……」

そして見えるか見えないかの笑みを薄い唇に浮かべた。そんな彼女の口の周りと目元は、いつの間に酔いが回ったのか、ピンク色に染まり始めていた。

ドンホは黙ってタバコばかり吸っていた。

彼女がまたヤカンを口に持って行った。キムチは口にもしなかった。ゆうに半升にもなる酒を一人で飲み干しては、息でランプの灯を吹き消した。

「そのままでまた横になれよ」

彼女はさっきのようにチマだけ脱いで横になった。酒のせいか、やや息が上がっていた。

ドンホがタバコの火を適当に揉み消して、両手で彼女の顔を包み込んでは口づけした。

酒のせいか、さっきよりは頬と唇に温かみがあった。けれども、彼が唇をあちこちに付けようとしないうちに、彼女は顔を真横に反らして、

「早く遊んで寝ましょうよ。こんなことばかりしてないで」

「そんなに嫌なのかよ？」

「みんなわかってますよ。私から愛する人の姿を求めようとするんでしょ？　無駄なことだわ」

「いいや、いいや。俺には愛する人間がいることはいるさ。でもな……」

「わかってますよ。一番最初にここに来た時のことを思うと、私が憎たらしくて耐えられないんでしょ？　実際、私もあの日はちょっと不愉快でしたよ。でもそんなことはどうでもいいんです。何百ファ

ンかでも稼がなければならないことの方が、もっと大事ですから」

「だろうな。最初は憎たらしい気持ちもなくはなかったさ。でも今は違うんだ」

「違うって、何が違うんです？」

「俺の恋人は遠くにいるんだ。とても遠いところにいるってんだよ」

「だから私からその恋人の姿を思い浮かべようとするんでしょ？」

「いや、違う」

「違うですって。私、知らないと思ってらっしゃるの？……でもダメでしょうね」

オクチュはしばらく暗がりの中で無言でいたが、下着を下にずり下ろしてドンホの片手を引っ張って自分の下腹の方に持っていった。

「ここをちょっと触ってみてくださいよ。これ、何だかわかります？」

随分と柔らかな皮膚の中に、凹《へこ》んだ傷跡があるところに行きついた。

「これだけが残ったんです」

「これ、何だね？」

「手術跡なんです。妊娠して八カ月で帝王切開で死んだ子を取り出したんです。夫が戦死したという通知書を受け取って、板の間から転げ落ちたせいで……。ほんとに目の前が真っ暗でしたよ。結婚して半月ほどで出征したんです。夫が帰ってくる日だけを待っているのが唯一の希望でしたの。私たち、お互い愛し合っていたんです。心から。……夫が死んだ後も彼の面影は私の胸にそのまま残っていましたよ。彼の左の耳たぶに小豆粒ぐらいの黒子《ほくろ》があったんです。その色合いまではっきり見えたんです。私たち、貧しかったから彼が生きていた時も贅沢はできませんでした。時々、郊外に出かけたんです。その時、私の額を撫でていく柔らかな風の感触だとか、彼の肩に身を寄せて目を閉じている時の気持ちよさ、そうして目を開けると、日の光に照り映えて揺れている木の葉たち、その一つ一つがそのまま生きていたんです。私はそれらのものに囲まれて生きてきたんです」

彼女は言葉を切って、しばし暗がりの中で少しも身動きしないでいた。

ドンホは話を聞いている間、これまでの飲み屋の女・オクチュとはまるで違う彼女に心の中で驚きながら、どこにそんな面があったのかな、と静かに彼女の息遣いに耳を傾けていた。

「ですけど、ですけどね、そんなものたちが次第に元々の色を失い始めたんです。最初の頃は、ほかの男の人の胸に抱かれながらもはっきり見えていたあのものたちが……。彼の耳たぶの黒子の色が薄くなって、日の光に照り映えていた木の葉の様子もだんだん薄れていったんです。私、それらのものを蘇《よみがえ》らそうと努力はしたんです。でもダメでした。それらはどんどん薄れていくんです。……もう今ではあの柔らかな風の感触も蘇らせることができないし、彼の肩に身を寄せた時に感じられた気持ちよさも消えてしまったんです。ただ残っているのはこのおなかに残る傷跡だけなんです」

彼女は大きく一度息をついてから、

「ともかく、大したものですわね。私がこんな話をべらべらしゃべるまでにさせたのは」

ドンホはふと、

「いつだったか、こんなことを言ったことがあったろう？　愛してはいけない人間どうしがだな、陥ってはいけない愛を感じた最初の瞬間に一緒に死ねたらいいだろうと」

突然、彼女が暗がりの中から神経質そうに笑った。

「前回、一緒に来られた方がおっしゃったじゃないですか？　それはおセンチだと。今時、そんなものは酒の肴にもならない感傷《センチ》だと」

そしてついさっきの神経質な笑いはサッと消え、なかなか落ち着いた口ぶりで、

「今ではもう私に愛なんてもの、みんな干からびたものばかりですよ。そんなものは欲しくもないですよ。ところでですね、人間の体ほど下劣なものはないですよね。この体が、ぼんやりとながら残っている彼の面影を完全に消してしまうことがありますからね」

「ほんとに肉体ほど冷酷なものはないですわ。我知らず怖くなることがあるんです」

こう言って彼女はもう一度、息を鎮めるかのように、しばし言葉を切って、

「俺もそういうことがあるな」

「でも私の場合とは違いますよ。もうすぐ除隊して故郷に帰ればすべてが元通りになるんじゃありませんか？　愛する人だとか、そのほかのすべてが……」

「そうだろうか？」

「そうならないはずがないじゃないですか。……その程度の一時的な怖さは、私、なくせるんですよ」

彼女がドンホの方に体を向けて、ズボンの前ボタンをはずし始めた。その手つきがいつもより優しかった。そしていつもと同じく短い時間の行為ではあったが、いつもより細やかな身のこなしで彼を導いてくれるのだった。

ドンホはこの日の晩、初めてある種の充足感を感じた。

しばらくして女は寝息を立て始めた。ドンホは静かに彼女の方を眺めた。暗がりの中に面長の顔が浮かんで見えた。それは少しも明るい顔ではなかった。スギのことを思った。しかし不思議なことに、彼は安堵した虚脱感に包まれたまま、スギに対するある種の罪意識とか、すまなさのようなものは感じな

くてもよかった。
次の外出の前に、ドンホたちの所属部隊は注坡嶺《チュパリョン》にある最前線の部隊と交代になった。

8

十一月末頃なのに注坡嶺《チュパリョン》一帯はもう全くの真冬だった。ソトゴミ部隊から北にわずか三里［約十二km］余りしか離れていない地帯であるが、それなりに気候の変化が激しいのだった。山岳地帯だからだった。頬をかすめる風が痛いほどで、軍靴の底に踏みしめる地面はカチカチに凍り付いていた。最前線だけに、二十四時間緊張していなければならないのだが、それでも実戦の時と零下二十八度から三十五、六度の酷寒の中を進軍していた時とは緊張の中身が違っているからなのか、寒さがより一層身に沁みるのだった。

この寒さの中で絶え間なく前方の敵情を監視する一方で、夜は夜で休戦ラインを密かに越えてくるスパイを防ぐために、正真正銘の最前方、第一線まで出て行って巡察歩哨《ほしょう》に立たねばならなかった。

ドンホたちがやってきてから十日余り過ぎ、大雪がほぼ二日おきに三度も降って、見渡す限り白色に塗り替えてしまった。この雪は冬じゅう、溶けたかと思うと、またすぐその上に新たに雪が降り積もったりしながら、日の当たらない谷間の雪は翌春、草の芽が青々としてくる時分までずっと残っているのである。

このように冬の寒さに閉じ込められた地域にいながら、ドンホの憔悴《しょうすい》していた体は日増しに回復していった。冷たい風に吹かれて顔色は少し青ざめて膨れたようだが、目は以前のように澄んできて光彩が戻った。暴飲をしなくなって消化もよくなり、よく寝られるようになったのである。夜中に歩哨の交代をするために行き来する兵士たちが、サクサクと雪を踏みしめる音が夢うつつに聞こえることもあったが、それがかえって睡眠を一歩一歩、引き寄せる先導役をしてくれた。

　ある日、ある兵士が生きた雉《きじ》を一羽、抱えて戻ってきた。監視哨所の横に罠を仕掛けておいたところ、そこに掛かったのだという。珍しいことなので、誰も彼も一度抱いてみて、皆それぞれに一言何か言っては騒いだ。戦争のせいで羽がダメになった雉じゃないか見てみようとか、そうじゃなければ、目を開けてはいても目が見えない雉じゃないか見てみようとか。

　この日、連隊本部に行ってきた連絡兵が書類と一緒に、将兵たちあての手紙を持って戻ってきた。その中にスギの手紙があった。ソトゴミで手紙をもらったけれども返事をしなかったので、それに対する心配からなのか、これまでのどの手紙より分厚かった。

　それまで落ち着いていた彼の胸にざわめきが起こった。この手紙の封を切るかどうするか。実のところ、除隊するまで彼女との手紙のやり取りはもうやめようと心に決めてはいた。ちょっと前にソトゴミで起きた自分の生活の変化を手紙では到底、書き送ることができなかったのだ。だからといって、ほかの話ばかりを書くというのは、現在の感情が許さなかった。ともかく、彼女と直接会うまではこのままでいたいと思うばかりだった。彼は彼女の手紙を読んでまた湧き起こる心の動揺が怖かった。封筒ごと焼き捨てた。

　ところが、いざ焼いてしまうと心が余計に辛くなった。そもそもあの手紙に何が書いてあったのだろう。自分がどうしても知っておくべきことが書いてあったのではないのか。彼は自分の行為が限りなく軽率で卑怯なものだとまで思った。そんな彼の心の中は、できることなら今すぐスギのところに駆け付けて、すべてのことを洗いざらいしゃべりたい気持ちだけだった。そうすれば彼女もこちらの話を理解してくれて許してくれるだろう。でもあまりにも遠くにいるスギ。

　彼はどうしても今のざわつく気持ちを忘れたかった。酒でも手に入るなら、思い切り飲みたかった。そんな彼はオクチュのことを思い出した。一時的な怖さだったら私、なくせるんですよ、こう言いながら、優しく引き寄せてくれた彼女。ドンホはここに移動してくる際に、彼女にはこれと言って何か一言でも話をする余裕もなく来てしまったのだった。まあそんな時間が取れたとしても、そのまま出立してしまったかもしれないが。彼は部隊の移動とともに、彼女と自分との関係は結末を見たものと考えていた。そして事実、こちらに来てひと月近くの間に、彼女のことはほとんど意識の外にあった。ところが一旦、彼女のことを思い出すと心が乱れ始めた。あの安穏な虚脱感の中ならば、現在の複雑な気持ちを発散させられるだろう。

　最前線地区なので、日曜日にも外出許可は出ないのだった。とりわけ外泊はとんでもないことだった。けれどもどうにかして特別許可を申し出ないではおれない気持ちだった。どう考えてもヒョンテのところに行ってみるほかなかった。

「お前、気が狂ったのかよ？」

　外泊証をもらってくれと言うドンホの言葉に、ヒョンテは呆れ返った。

「何としてでも一枚もらってきてくれよ、今日付けで」

「どこに行くんだよ？」

「ソトゴミに行って明日の朝には必ず戻るから」

「ソトゴミにだって？　お前ほんとに狂っちまったな。あのガリガリ女がまだ忘れられなくてか？　愚か者め」

「あれこれ言わずに、早くもらってきてくれよ」

「男たるものがそんなに思い詰めたら、どうにもならんぞ」

「明日の朝には必ず帰ってくるってば」

「あ、そうだ、今晩は俺と一緒に隠れんぼをやる当番じゃなかったかよ？」

隠れんぼというのは、緩衝地帯の入り口まで行って巡察歩哨に立つことを言うのである。

「それは、その……」

ドンホが、南側の出入り口付近に座って擦り切れた靴下を繕っているユングの方に顔を向けて、

「ユング、お前、今晩の俺の当番の代わりをしてくれよ。靴下を買ってやるからさ」

ユングは興味がないというように、

「靴下も靴下だけど、二日連続じゃなあ……」

ヒョンテが、

「こりゃあ、キムチ汁から先に飲む［食事の際には普通、こうする］というにも程があるぞ、外泊証がどうなるかもわからんのに……さあ、どうしようってんだ、この融通の利かん奴が、まったく」

一発殴るというふうに、手を振り上げては外に出て行った。

しばらくして証明書を持って戻ってきたヒョンテが、

「お前なあ、二度とこの俺を悩ませないでくれよなあ」

ドンホがポケットを探って今月の給料の残りの金を数えてみてから、

「二千ファンほど貸してくれんか」

「この野郎」
と言いながらも、ヒョンテは懐から金を出して、
「おい、これは俺の小遣い全部だぞ」
ドンホはすぐに出て行った。冬至が近いので陽は極端に短かくて、曲がりくねった山あいの道を一里以上も歩いて四方巨里《サバンコリ》［最前線とソトゴミの中間地点にある］にまで行きついた時には日が暮れて薄暗かった。この四方巨里はその名のとおり、東に東幕洞《トンマク》、西には金化《キムファ》、南に華川《ファチョン》、北には注坡嶺、このように四方に至る道が交差する地点で、検問所があった。

証明書があるのでここを無事通過したドンホは、華川方面に行く軍用トラックが通り過ぎるたびに、もしかして乗せてくれないかと思って何度も手を挙げた。しかしカービン銃を肩に掛けた兵士だからなのか、ウィーンとエンジン音を響かせてそのまま走り去ってしまうのだった。だからと言って彼は別段、不満ではなかった。もうソトゴミまで二里にしかならないのだった。

このあたりにもこれまでに大雪が降ったのだろう、月は出ていなかったが、道の両側に積もった雪が星の光と相まって薄明るく見えた。彼は今、自分が訪ねて行こうとしてるオクチュのことを思った。自分が彼女を本当に好きなのかはさておくとして、ともかくもまず初めて肉体の接触をした女だというところに、改めて淡い興奮のようなものが感じられるのだった。彼は無意識に、肩に担いだ銃をもう一方の肩に担ぎ直した。

ドンホは例の店に行く前に、村の別の店でドライジンを一本買ってポケットに突っ込んだ。今夜は自分もオクチュと一緒に酔いたかった。

表口から中に入ると、お膳係の子が先に見つけて、奥の間の方に向かって、お客様でーす、と叫んだ。娘っこが一人出てきた。部屋の中から漏れ出てくるランプの光を背にしながらも、彼女が江陵女の合竹《ハプチュク》だということが見て取れた。オクチュを呼んでくれと言った。

「はい……」

と言いながらも、彼女はドンホが誰なのか思い出せない様子で、

「こちらの部屋にお入りください」

と、ある部屋の前まで行って戸を開けるのだった。

「オクチュを呼んでくれよ」

「あのー……」

その時になって江陵女はやっとドンホだということに気づいて、

「あら、お久しぶりですね」

そしてちょっと何やらためらっていたが、

「オクチュには今、お客がいるんです」

ドンホは部屋を見回してみた。二つの部屋にランプの灯が灯っていて、客と女たちのしゃべり声が漏れ聞こえてきた。

「ちょっとだけ出てきてくれと言ってくれ」

女がまた少しためらう様子だったが、再び、

「お客がいるんですよ」

そして少し間をあけて、

「もうすぐお開きになると思います。ちょっとこちらにお入りになってお酒でも召し上がっていってください」

ドンホは初めてオクチュが客を取っているという意味を悟った。小柄で太った体付きをして千鳥足で歩いていた青年団長の姿が浮かんだ。

「お寒いですから、どうぞお入りください」

「いや、ここでいい」

江陵女は寒いのか背を丸めたまま、ドンホに部屋に入ることをさらに勧めることなく、奥の方に行ってしまった。その素振りからすると、自分を相手にするつもりのない客と、いつまでもそうやって立ち話をする必要はないというかのようだった。

ドンホはそのままそこにずっと立っていた。そしてある考えが浮かび、身を翻して店の裏の方にまわった。そこにはどの部屋にも明かりが灯っていなかった。そしてとても静かだった。例の部屋の前に行った。その部屋にだけは人がいる気配だった。もちろん何かはっきり人の声が聞こえるわけではなかった。どちらかといえば、この部屋もほかの部屋同様に静かだった。でありながら、人が入っている部屋だけに特有な生気のようなものが感じられた。ドンホはその部屋の前に黙って立ち尽くしていた。ふと、こんなふうに立っている自分が卑劣に見えた。ここを離れなきゃと思った。

その時、部屋の中から変な声が聞こえてきた。あ、あ、あ、と女の悲鳴でもなく、呻《うめ》き声でもない切羽詰まった、あっ、という声が次第に大きく繰り返されるのだった。ドンホは何か得体のしれぬ力に押し出されたように、そちらに足を向けた。しかしすぐに立ち止まった。ある想念が彼の脳裏をかすめて通り過ぎたのだった。肉体ほど薄情なものはないんですよ、この体が薄ぼんやりとながら残っていた彼の姿をすっかり消してしまいかねないんですよ、我知らず怖くなることがあるんです。ドンホは自分の胸の中にザーッと砂が降り注ぐのを感じた。瞬く間にその砂が一粒、一粒熱く熱を帯びて燃え上がった。彼は何とも意味不明の、ある怒りに体が固くなった。

まわりを一度見回してみた。中庭の奥の方は黒土が剝き出ていたが、庭の外の方に積もった雪のせいでまわりはそれほど暗くはなかった。見回していた彼の目に、木切れを寄せ集めて編んだ籬《まがき》のすぐ横に開いているちっぽけな裏門が目に入った。彼は細心の注意を払ってそこまで行って戸の閂《かんぬき》を外した。そうして今ではひっそりしている部屋の前に行って、そっと戸を引いてみた。内側から鍵がかかっていた。彼は銃座でガシャンと格子戸を激しく叩き割った。そしてそっちを狙《ねら》って銃の引き金を引いて二発撃った。部屋の中にオクチュと一緒にいた男が青年団長であろうとなかろうと、そんなことなどは問題でなかった。女と男の入り混じった悲鳴を、彼は裏口から抜け出しながら背後から聞いた。

大道にはトラックとジープが時折通り過ぎた。最初は気にかけなかった。しかし一里ほど来てからはヘッドライトに自分の姿が映るということが気になった。前方からくる車より、後方からの車の方が嫌だった。江陵女の証言で、犯人が誰だということがはっきりしてからもう時間が経っているはずだった。誰が彼を捕まえに後を追ってくるかわからないことだった。彼はなるべく道の端を歩いた。

しかし、四方巨里の検問所にはまだ何の連絡も来ていないのか、無事にそこを通過した。

注坡嶺に帰り着いたドンホの首筋と顔からはもくもくと湯気が立っていた。

「どうしたんだよ？　顔が青白くなってるぞ」

巡察歩哨に出る時間が迫ったので、準備をしていたヒョンテが訝《いぶか》しげに、

「行く途中で戻ってきたんだな？　それでいいんだ」

ドンホは黙ってポケットからさっき昼間に借りていた二千ファンを取り出した。

「途中から引き返したんなら、俺の靴下は買えなかったろうな？」

ヒョンテと一緒に準備をしていたユングが一言こう言った。

ドンホは何も答えずに、てんでに寝転がって寝ている兵士たちの腰の横をすり抜けて、片端にある自分の背嚢を取り出し、その中から紙と封筒を取り出した。そしてそこに適当に割り込んで腰を下ろすのだった。

ドンホの挙動を目で追っていたヒョンテが、

「お前、急に詩が書きたくなったんだろ。いくら急いでいるからって、この暗いところで何が見えるんだよ？」

土をこねて乾かして壁を塗り、南側にたった一つの出入り口しかない、四、五間程度のこの部屋の中に、空き缶に灯した蠟燭の光が揺らめいているだけだった。その光の周りを除いては部屋の隅には暗い陰が満ち満ちていた。

ヒョンテが今度は防寒帽を被りながら、

「さあ、時間だから行かなきゃ。ドンホ、お前、どうするんだ？　ちょっと休むんだな」

紙を前にして暗い室内の陰の中で黙って座っていたドンホが、紙を折りたたんで封筒に入れてポケットに突っ込みながら立ち上がった。

外の空気はまさに氷のようだった。息をするたびに鼻毛がカチカチに凍った。とりわけ、体にかいた汗がちゃんと乾かずに、背筋がしきりにゾッと冷たく感じられた。彼はふと、手袋を忘れてきたことに気づいたが、取りに戻ることはしなかった。

最前方地域の中でも最前線の哨所を通り過ぎて緩衝地帯の入り口に行きつくや、ドンホがポケットから酒瓶を取り出した。

「それ、何だよ？」

ドンホは無言で栓を抜いて何口か飲んでから、ヒョンテに瓶を手渡した。

「ソトゴミまで行くことは行ったんだな」

ヒョンテも瓶に口を付けて何口か飲んでから、

「何だか途中で戻って来たにしては時間がかかったなと思っていたんだが。で、行っても会えなかったのかよ？」

「ウン」

「ほかのところに行ったのかな？」

ドンホが無言でヒョンテの手から酒瓶を取り戻して何口かまた飲んだ。

「あんな所の女は、もともと同じ所ではいつまでもいないものだぜ。ともかく、よかったな。もうお前の気持ちも落ち着くだろうし」

ドンホがまた瓶を口に持っていった。

「お前、飲み過ぎちゃあいかんぞ。下手に酔っぱらって居眠りしていたら、永遠に行っちまうってのを知らんのかよ」

「なあ、ヒョンテ、例の事故だらけの金上等兵っていたろう?。あいつがユングにこんなことを言ったそうじゃないか。調子よく勝ちまくっていたのに、急に終わってしまった博打《ばくち》のような気分だとな。その気持ちがわかる気がするんだ」

「それ、どういう意味だよ？」

「そもそも俺たちは被害者なのか加害者なのかな？」

ヒョンテがしげしげとドンホの顔を見つめた。今、飲んだ酒のせいばかりではないように、ドンホの鼻から漏れる白い息が上ずって、ちょっと多いようだった。

「今日、何かあったのかよ？」

「俺が見るところだな、今度の戦争で駆り出された若者たちは皆、被害者でしかありえないという気がするんだ。彼らが何を引き起こしたとしてもだ。すべての若者というのが大げさだとしたら、俺たちのまわりの連中だけ取ってみてもそうじゃないか？　まずあの事故だらけの金上等兵がそうだし、それからあの鮮于《ソヌ》軍曹もそうだし、また……」

先に巡察歩哨に出ていた二人が左右からこちらに近づいてきた。交代時間が過ぎたようだった。

ドンホとヒョンテは歩哨兵たちがやってきた方角にそれぞれ別れて立ち去った。

空には氷を砕いてまき散らしたかのような冷たい星たちが埋め込まれていた。その空の下、雪に覆われた地面が星の光に薄白く浮き上がり、遠ざかるにつれて次第にその色が薄れてついには暗闇に吸い込まれてしまうのだった。

ヒョンテはガラスの割れる鋭い音を耳にして、後ろを振り返った。ドンホが酒瓶を叩き割ったようだった。あの野郎、今日は嫌なことがあったんだろうな。滅茶苦茶だな。けれども白いパーカーを着ているドンホの姿は、もう雪の色と一緒になって暗闇の中に埋もれて見えなかった。

ヒョンテは再び前方を見極めながら歩み始めた。彼はなぜかここが禁煙区域だということを知っていながらも、しきりにタバコを一本吸いたくなる衝動を抑えがたかった。

ドンホが死体で発見されたのは、それから二時間ほどして、次の歩哨の交代になった時だった。夜なので黒ずんで見える血が、白雪の上にベッタリ凍り付いていた。左手の手首の動脈を切っていた。右手の横に酒瓶が割れたガラス片が一つ、雪に半ば埋もれていた。その顔は雪のように白かった。

死体を二人して運んで内務班の前に持ってきて、かがり火を焚いて通夜をした。ドンホの体からは金が千ファン余りと封筒一通が出てきた。さっき内務班を出る時にポケットに突っ込んだ封筒だった。表にはチャン・スク［スギのこと］と書かれていた。兵士の一人が好奇心から手紙の中身を抜き取ろうとした。それをヒョンテが取り上げて、自分のポケットに突っ込んだ。


第一陣として学徒兵が除隊になったのは、山あいの谷間に雪交じりの水が流れ始めた四月上旬のことだった。

まずユングに除隊証が出た。入隊の年月によって一律に除隊となるのではなくて、各階級別に先に入隊した人間から除隊になった。

ユングが部隊を出ていく日に、軍曹たちに挨拶をして戻ってきた彼はヒョンテに、

「じゃあ、帰り着いてから手紙を書くからな」

と、日焼けして黒ずんだ顔に喜色満面で別れの挨拶をした。

「例の家庭教師をしていたとかいう家に行くんだろ？　よかったな。幸せな奴は違うな」

ユングは幼くして両親と死別して叔父のところで育ったのだったが、その叔父一家までもが皆、六・二五動乱で爆撃で死んだので、頼っていくところがないというありさまだった。

そんな具合で、事変の前に家庭教師をしていた家に連絡してみると、ちょうど以前、教えていた子の妹の面倒を見てくれという連絡が少し前にきていたのだった。

ユングが手に持っていた背嚢を下ろして紐を結びながら、

「ドンホの奴、生きていたら俺より先に除隊になったはずだがな」

タバコにライターで火をつけかけてやめたヒョンテが、

「あ、そうだ、あいつが恋人に送る手紙を俺が持っているんだが、住所を書いてないんでどうしたものかな?」

ユングが口元に苦笑いの表情を浮かべて、

「あいつ、平静ではなかったんだろ、住所を忘れるなんてな」

「まあ、あいつの場合、遺書のようなものが問題になることはないだろうさ。……じゃ、ソウルでまた会おうぜ」

「エイッ、やっと、こんな畜生のこんな生活も終わりだな」

ヒョンテがライターでタバコに火をつけながら、ゆっくりと言った。

「これからは俺たちも自分の生活をしなくちゃな」

第二部

9

クリスマスにも雪ではなく雨が降るほど今年は大した極寒もなしに冬をやり過ごすのかと思っていた天候が、新年に入ってから押し寄せた寒波で、極寒が数日続いた夕方のことだった。陽暦で一九五七年の正月五日。土曜日ごとに集まっている週会にこの日の五時頃、ユングは広橋《クァンギョ》「市内中心部の清渓川（チョンゲチョン）にかかる橋一帯の俗称。鍾路（チョンノ）区在」の〈帰去来《クィゴレ》〉喫茶店に行った。

喫茶店の片隅で先にやってきて新聞を顔に被せんばかりにして読んでいたソッキ「第二部から登場するヒョンテの友人」が、ぼんやりと視線を上げた。

「今、来たんだな」

「うん、で、メガネはどうしたんだ?」

「ゆうべ割ってしまったんだ。……。ああ、ヒョンテが捕まったの知らんだろ?」

「捕まったって？」

「軍忌避者で引っかかったんだ」

「え、それどういう意味だ？　除隊証はどうしたんだよ」

「さあ、間違いないがなあ」

昨日の午後、ヒョンテとソッキが国際劇場［景福宮（キョンボククン）前の光化門（カンファムン）近くにあった映画館］で映画を見てからビリヤードでもやろうとして武橋洞《ムギョ》［光化門近くの飲屋街］の路地の方に入ろうとして、警官の検問を受けた。まずヒョンテの様子が変に思われたのだろう。身なりはすらっとしているのだが、やっていることがどうもそれと釣り合わなかったのだ。まともに散髪もしていないのでぼさぼさの髪に、濃くはないが伸び放題の髭《ひげ》、それに、よれよれのオーバーに泥まみれの靴。

いつ頃からか身だしなみに無関心になっていたが、最近はそれがさらに酷《ひど》くなっていた。

「俺は除隊証を見せて無事、通り抜けたんだが、あいつは市民証だけ見せるじゃないか。俺が除隊証はどうしたと横から聞くと、いつどこで失くしたのやら覚えてないいってんだよ」

「二人で酒を飲んでなかったのか？」

「いや、ゆうべは二人で遅くまで飲んださ。それでか、あいつは映画館でも映画は見ないでグーグー寝てばかりいたな。ところでだな、あいつが捕まって行きながら俺に、家には知らせないでくれっていうんだ」

「で、家には知らせなかったのか？」

「どう考えても黙っていてはいかんと思って、知らせたさ」

「それがいいよな」

「だがな、あいつの親父《おやじ》に電話で知らせたんだが、けさ電話してみると、まだ連絡がないというんだ。で、明らかに軍忌避者として捕まったんだから、よく調べてみる方がいいと言っといたさ。もう一度電話してみるかな?」

「出てきたんだったら当然、ここに来るはずだぜ」

それでもソッキはオーバーも着ないで大柄な体を起こしてカウンターに行き、受話器を手にして目をしっかり見据えてダイヤルを回し始めた。以前、ミドル級アマチュアボクシング選手権のタイトル保持者として鳴らした彼が、東部戦線のある戦闘で目に怪我《けが》をしてからは、メガネなしにはちょっとだけ離れたところにあるものもよく見えないのだった。

電話をし終えて戻ってきたソッキが、ぼんやりした目付きで眉《まゆ》をひそめて、

「まだ帰ってないってんだ。一体、どうなってるんだろうな?」

ユングが新聞を畳みながら、独り言のように、

「土曜会も、もう解散だな」

ヒョンテ、ユング、ソッキの三人が土曜日の夕方と決めて毎週集まることにしたのは、去年の春にユングが清涼里《チョンニャンニ》［東大門（トンデムン）区在］郊外のトクチョン通り《コリ》［街道沿いに餅屋などの出店があったことに由来する一般的な地名］に養鶏場を構えてからのことだから、一年近くになるのだった。もともと何か目的があって集まったわけではなかった。中学の同窓だったヒョンテとソッキはもともと毎日のように会っては飲み歩いていたのだったが、ユングだけは家庭教師がある時には、その都度、ご主人宅に失礼だといって飲まなかったし、その後、家庭教師宅の娘とコトを起こしてからはヒョンテたちと一緒に遊ぶこともあったが、養鶏を始めてからはまた忙しくなって、しょっちゅう市内にやってくるのも難しくなっていた。それで土曜日だけと決めてヒョンテたち

と会うことにしたのだった。会ってもただ無意味な雑談をやり取りしては酒を飲むだけだった。それがいつからか一つの惰性のようになっていた。

　ところが今日、その土曜会の日にヒョンテが現われなかったのだ。三人のうちだれか一人が欠けても土曜会はダメになるわけだが、その中でもヒョンテがどうするかということが、この会の集まりに大きな影響力を持っていた。この集まりがヒョンテの提案で始まったのではないとしても、事実上、彼が中心になっているのはもちろんのこと、今日までこの集まりが続いてきたのは、飲み代一切をほとんど彼が一人で負担してきたということにあった。

　ユングは新聞の見出しを拾い読みした。一面の〈張《チャン》副大統領狙撃事件「一九五六年九月二十八日、張勉（チャンミョン）が狙撃された事件」背後調査〉〈国会調査委　活動開始〉、社会面の〈幼児の服を強奪〉〈食糧尽きた農家　五百余戸、莞島《ワンド》郡「全羅南（チョルラナム）道島しょ部の郡」の実情〉〈食糧尽きた農家　二万余戸、慶尚北《キョンサンプク》道の統計〉……

「どうする？　もうちょっと待ってみるか？」

　ユングが二面の物価欄の鶏卵価格の相場を見ていた新聞を畳んで、

「待ったとしても来ないんじゃないかな、でも何かあるはずがないだろ、しっかりした親父《おやじ》がいるんだからな」

「じゃあ、俺たちだけでも一杯やりにでかけるか」

　ソッキは目を怪我してボクシングをやめてからは毎日、夕方に酒を飲まずにはいられなかった。そして体が頑丈なので、酒量もすごかった。

　二人は喫茶店を出て、そこからあまり離れていない所にあるいつも行く店に行った。看板も出していない民家風の店で、大抵は一度来た客がまたやってくる店だった。特にこの店はヒョンテたちのために土曜日の夕方にはいつも一部屋空けておいてくれるのだった。

半升入りの酒ヤカンが空くと、ソッキはお膳運びの子を呼んで、

「おい、小僧、酒をたっぷり入れて寄越してくれよ」

ユングはソッキの濁って力なく見える目が、酒気を帯びて少しぎらつきだすのを見て、

「ゆうべはかなり飲み過ぎたんじゃないか。メガネを割るほどに」

「うん、ちょっと飲んださ。酔っ払いもしたが、隣に座っていた二人がおかしなことをしゃべり散らしているもんで、一発かましてやったのさ。アマチュアボクシングでもって金《かね》をやり取りして賭《かけ》で勝負を決めているんだとか。黙って聞いているわけにはいかんだろ？　はずみでメガネを落としてしまったんだが、パンチは正確に決まったさ」

そして彼はゆっくりと盃を口に運んで、

「ヒョンテの奴、ほんとにどうしたんだろうな？」

彼はかなりヒョンテのことが心配な様子だった。

ユングは肩を広げたソッキをチラリと見ながら思った。普通の時は従順に見えても、酒が入ると時たま狂暴になる彼と、今晩、二人だけで飲んでいるのはまずいのではないかと。一緒に来て飲み代だけは一度ぐらい自分が出してもかまわないとは思ったが、それもこの男がどの程度飲んだら席を立とうとするのかがわからない。それにここを出ても自分を捉まえて、また鍾三《チョンサム》［鍾路三街にあった売春宿］にでも行こうと言い張ったら、その後始末をどうすればいいのか。

三度目の半升入りの酒ヤカンが来た。

ユングは内心、これを飲み干したら出ようと決めてソッキの盃に酒を注ぐのだったが、ソッキがちょ

っと突っけんどんに、

「あの野郎、とうとう来ないんだな。かなり引っかかっているんじゃないか」

ユングは、法学専攻だったとはいうがボクシングで名をはせたこの男は頭がちょっと鈍いとは思うし、自分の話を理解できるのか疑問ではあるが、さっきから考えていた話を切り出した。

「なあ、ソッキ、俺の考えではだな、あいつは釈放されたとしてもここには来ないと思うんだ。昨日あいつが除隊証をなくした、家には知らせないでくれ、とか言いながらおとなしく連行されたというのはどういう意味だと思う？　それを口実にして、この土曜会を壊したかったんだよ。それでもって、この集まりの惰性から抜け出そうとしたんじゃないか。わかるか？」

ソッキは眉間《みけん》に皺《しわ》を寄せて、細くあけた目をこちらに向けたまま、黙って聞いていた。

「実際、もう畳むべきだったんだ。今までズルズル引っ張ってきたのは、友情でも何でもない。ただ惰性に過ぎなかったんだ」

これに対してソッキがユングの顔に視線を留めたまま盃を取って、

「何でそんなややこしい言い方をするんだよ。気の合う友達どうしで週に一度会って酒を飲むのに何か理由でもいるのかよ？　さあ、そんな話はやめにして、今日は今日で酒を飲もうぜ」

「ウン、さっさと飲めよ。俺はもう充分飲んだよ」

「エッ、怖くなったのか？　そんなこと言ってないで、卵もう一包み分の金だけ飲んでから行こうぜ」

そうしてしばし無言で盃を飲み干していると、戸がバタンと開いて、

「オッ、いつもどおりやっておられますな」

ヒョンテが顔を出すのだった。

「この野郎！」

ソッキが細目をあけてにらみつけながら、

「早く入って来いよ。どうしようもない奴だな！」

大声を出すソッキの声には嬉《うれ》しそうな様子がありありだった。

ユングが酒で赤紫っぽくなった顔をして、

「一体、どうなってたんだよ？」

「とにかく喉《のど》が渇いてたまらん。先に酒をくれよ」

ヒョンテは注いでくれた酒を一気に飲み干してからソッキに、

「この野郎、結局、うちに知らせたんだな。黙っといてくれと言ったのに……証明書がなくて見せなかった、なんてわけなかろうが？　俺なりに考えるところがあってそうしたんだぞ」

ソッキが口元に締まりのない笑みを浮かべて、

「何言ってんだ、そんなこと知らないじゃないか。どうしても放っておけなくてさ」

そこにユングが、

「一体、何でそうしたんだよ？」

「酒断ちをしたいと思っていたところなんで、ちょうどいい具合だと思ってしょっ引かれたのさ。ここに来ていたら酒断ちは無理じゃないか？」

「とんでもないことをしでかすんだな。で、親父さんが直接来てくれたのか？」

「いいや」

ヒョンテによると、昨日の夕方、兵役忌避者収容所で彼の名前が呼ばれて、該当者がいれば名乗れと言われたという。父親が人を寄越して引き取りに来たことを知った。けれども隅っこに無言で背を向けて座ったままでいたのだという。そして今朝もう一度名前を呼ばれるのにも聞こえないふりをしたという。

「ところがだな、今日五時近くになって、どうもむずむずしてじっとしていられなくなったんだ。で、除隊証を取り出して見せたのさ」

ユングがパイプにタバコを詰めながら、

「やっぱり土曜会が恋しくてたまらんということだろ？」

ヒョンテが、まばらに生えている髭《ひげ》がかなり伸びた荒れた顔に白い歯を見せて笑みを浮かべた。

「いや違う。むしろ今日はお前らが来てないはずだと思って、この店で独りゆっくり飲みたかったんだ」

「ごちゃごちゃ言ってないで、盃を持てよ」

「あれ、お前、またメガネをどうしたんだ？　一日、俺のいない間に何かあったんだな」

盃のやり取りが続いた。

ユングは今からはすべての後始末はヒョンテがしてくれるだろうと思って、気が休まったせいなのか、少し前とは違って、酒がぐんぐん体に染みわたる感じがした。そしてソッキがゆうべの喧嘩のことを身振り手振りを交えながら細かくヒョンテに話してやるのを聞いていた。そしてソッキが話を終えて盃を手にするのを見たユングは、

「で、収容所には大勢捕まってきてたのか？」

「ウン。この日に俺と一緒に捕まってきた連中だけでもおよそ三十人ぐらいいたな。たぶん、明日ぐらいに皆まとめて論山《ノンサン》［忠清南（ナチュンチョンム）道在。入隊直後の訓練所の所在地］送りだろうぜ」

ヒョンテはここで思い出したように、

「今回はだな、一晩苦労はしたけど、一ついいことを聞いてきたんだ。一緒に捕まってきた連中の中に、紫霞《チャハ》門［鍾路区在］郊外で果樹園をやってる奴がいたんだが、そいつの言うことが面白いんだ。草木にもある種の本能があるってんだ。少なくとも果樹だけは種族保存の本能を確かに持っているんだとか。果樹を剪定《せんてい》してやるのも、実はこの種族保存の本能を利用しているに過ぎないんだそうだ。剪定してやらないと葉っぱばっかり茂って、実の方はよく実らないんだとか。つまりだな、果樹自身が、自分はこのように元気だから、これからいくらでも実を実らせることができるという気があるから、そうなるってんだ。いやあ、この身がこんなに切られては今後いくらももたないみたいだ、早く実を実らせて種族を保存しなけりゃ、と思って実を沢山実らせるってんだ。そう言ってだな、俺たち人間のことを考えても同じだというんだ。大体、金持ちの家には子供が少なくて、貧乏人の家には子供が多いというのもそういう本能に起因するというわけだ。どうだ？　それっぽい話じゃないか？」

　ユングは、こいつ、また酔っぱらったな、わめいている様子をみると、と思いながらパイプの吸い口までふかしてしまったタバコをそのままくわえていた。除隊してからはタバコの切れ端を吸っていたのをやめて、人造象牙《ぞうげ》のパイプを買ってきて、こうやってギリギリまで吸う癖がついていた。

「でだな、俺はそれにヒントを得て、研究論文を一本書いてみたい気になったんだ。題目はだな、〈果樹の剪定と人類の将来〉。どうだ？　この論文で俺は人間においても剪定をすべき層と、そのまま余裕をもって育つままにしておく層を明示してから、この二つの層の調節をうまくやらない限り、人類は遠からず滅亡の日を迎えるだろうと暗示しようと思うんだ。興味深いテーマだろ？　多分、お前らにはわからんだろうな、この論文の真価が」

ヒョンテは喉が渇いたかのように、盃を飲み干してから、

「だけどな、序文に書くつもりだ。俺がこれを書くに至った動機の一つには土曜会会員の隠れた功績が大きいとな。そして実は土曜会会員たち自体が、精神的な剪定をされなければならない層の代表的な存在だったとな。だがな、この論文のテーマがあまりにも巨大なんで、一生かけても脱稿は難しかろうな」

ユングが、

「前もって書けないということを前提にするんだな」

「事実、書けるか書けないかは問題じゃないんだ。俺自身がそのことを自覚しながら生きるのかどうかが問題だろ」

ソッキがやはり細くあけた目を酔いに任せてぎらつかせ、

「この野郎、深刻な話はやめちまえ。だけどお前は週会をぶち壊したかったって言っただろ？」

「それよりも、今の自分を一度ぶっ壊せたらいいと思うんだ」

「そりゃまた、どういう意味だよ？」

「わからんでもいい。さあ、早く盃を回せよ」

彼らが飲み屋を出たのは十時過ぎだった。家が寛勲洞《クァンフン》［鍾路区在］にあるソッキが、清渓川《チョンゲチョン》べりまで来てヒョンテに、

「よう、この前の店に行こうや。いい娘《こ》がいっぱいいるぜ」

「今日はやめとくよ」

「そんなら、もう少し飲もうや」

ユングが腕時計を見て、

「今日はもういいよ」

「何だよ、俺たちの週会をぶち壊す奴は容赦しないぞ」

ヒョンテが、

「お前なあ、気をつけて帰れよ。下手して車にぶつからんようにな」

「そんなら車の方が壊れるだろうさ」

「何をバカ言ってるんだ。そうだ、俺がメガネを買ってやるよ」

「うん？」

「明日、二時頃〈陽地《ひなた》〉喫茶店に来いよ」

ソッキがよたよたと歩き始めた。

ヒョンテがユングと一緒に和信《ファシン》［鍾路二街交差点にあったデパート］の方へ向かいながら、

「あの野郎、今日は格別歩みがのろいな。前がよく見えないんじゃないか。もともと動作が早い方じゃなかったけどな。あんな男がどうやってボクシング選手になったのかがわからん。あいつがリングの上に立ってる姿を見たことは一度もないけどな……ともかく、いいところはある奴だよ」

そう言いながらヒョンテの目の前に、でかい図体のソッキが虚空に拳《こぶし》を振り回す姿が浮かんだ。突然、爆薬が顔にバッと浴びせられた時には、本当にクラクラして、そのまま倒れ込んださ。前線で目に怪我した時のことを、まるで他人事のように話すソッキだった。パンチだってあんなパンチはなかったさ。こりゃいかんと思ってすぐに立ち上がったんだが、目の前が真っ暗で全く何も見えないんだ。それでもやたらと腕を振り回したさ。何一つ当たるものもなかったのにだよ。一しきりそんなにして虚空を殴っていて、また倒れてしまったのさ。ヒョンテは、まだソッキがボクシングをするのを見たことはなかったが、なぜかその時の光景だけは容易に描くことができた。

鍾路一街の中浪《チュンナン》橋［東大門区在の橋］行きのバス乗り場に着くとヒョンテは、

「お茶でも飲むか？　ちょっと話したいこともあるんでな」

そう言って先に立って、そこにあった喫茶店に入って行った。

ユングがまた腕時計を見た。十時半を少し過ぎていた。終バスまでにはまだ時間があった。彼はヒョンテの後から階段を上りながら、ヒョンテが改まってまた何の話があるのかと思った。と、ひょっとして先日、家庭教師をしていた家の娘のミランとの関係を話すつもりじゃないかという思いが頭の中をよぎった。ミランをあんなふうにしたのは、やはりヒョンテだったのかもしれない。

快活なミランが、いつも何のわだかまりもなく自分に、ヒョンテが好きだと言ってなかったか。そのころミランはすでに自分つまりユングに体まで許した後ではあった。しかし彼女の性格からして、自分が好きな男性を自分一人、心の中で抱え込んでいるタイプの女ではなかった。必ずやどういう形であれ、行動で示したに違いなかった。その時、ヒョンテはどんな態度を取ったのだろうか。ひょっとしてヒョンテは今、その話をしようとしているのではないだろうか。

ところがお茶を一杯ずつ頼んでからヒョンテが切り出した話は、全く別のことだった。

「あのさあ、昨日《きのう》か今日、女が訪ねて来なかったか？」

ユングはそんなことはなかったと答えた。

ヒョンテが火をつけたタバコをくわえて、

「死んだドンホの恋人が現れたんだ。スギという女だよ。おととい、うちに訪ねてきたんだ。どうも、以前ドンホの手紙に俺たちのことが書いてあったらしいんだ」

「休戦になった年の冬にあいつが死んだんだから、もう丸三年以上経った話じゃないか。だけど、今頃何なんだよ」

「そうさなあ、女ってのは分からんな。見たところまだ結婚もしてないようだったぜ」

「まあ最近は三十近くのミスもめずらしくないさ。やたらお高くとまってな」

「あの女はまた違うんだ。三年も経った今になって、昔の恋人のことについて尋ねるんだからな。どうして自殺したのか、それをはっきりと知らねばと言うんだ。俺はただ、よく知らんと言って帰ってもらったさ」

「ほら、ドンホの遺書があるじゃないか?」

「今頃になって遺書といったって、干からびた遺書が何だよ。あれはどこに潜りこんでしまったのかもわからんしな。面倒くさいのに過去を暴き出す必要はないと思うんだが。あの女にとっても何の利にもならないことでもってだよ。それで俺は手短かに知らないと言って帰ってもらったんだが、お前の住所を聞き出して行ったから、今にお前んとこにも来るはずだぜ。教えないでおこうと思ったんだが、俺が教えなくても、どうやってでもお前んところに訪ねて行こうという感じだったぜ。それでしかたなく教えてやったんだ。だからやって来ても、尋ねることには何か適当に返事して帰ってもらうようにするのがいいと思うんだ」

　喫茶店を出てユングは中浪橋行きのバスに乗り、ヒョンテは電車道を渡って仁寺洞《インサ》〔鍾路区在〕の方へ歩いて行った。家は斎洞《チェドン》〔鍾路区在〕だった。

　仁寺洞を歩いていてヒョンテは何を思ったか、楽園洞《ナグォンドン》〔鍾路区在〕の方に行く脇道に入った。

平壌屋《ピョンヤン》のケヒャン［妓女としての名］に会いたくなったのだ。彼は時折、頭の中が空っぽのようなこの娘《こ》に会いたくなるのだった。十九歳だというこの少女の顔には感情の動きというものが全く表れない。白粉がよくのった真っ白な肌の中にすべての感情を冷たく死蔵しているという感じだった。どうかした拍子に口元に笑みを浮かべる時も、内面の感情や意思とは何の関係もなく、ただ機械的に唇を少しだけ開けて見せる。そうすると唇の間から漏れる小さくて並びのいい白い歯が、より一層冷たく見えるだけだった。なぜだかヒョンテは彼女のそんなところが好きだった。

十一時を過ぎて平壌屋に行ってみると、夜も更けていたのでカウンターでは中年の男が二人飲んでいて、もう一方の片隅では会社員らしい若い男が独りでかなり酔っぱらって何やら独り言を呟《つぶや》いているだけで、閑散としていた。

練炭ストーブの脇でうずくまって座っていた女将《おかみ》が、ヒョンテを見つけるとにっこりして、

「これは久しぶりのお出ましでございますね。さあお入りくださいまし」

ヒョンテを厨房《ちゅうぼう》の裏部屋に案内するのだった。最初にヒョンテがこの飲み屋を見つけて何回か立ち寄った時には、彼の立ち居振る舞いに対して、この女将はいつも露骨に気に食わないという顔をしていたのだが、飲み代をケチらないということがわかってからは、親切に部屋の方に入れてくれるのだった。

その後、この女はヒョンテによくくだくだと話しかけるようになった。独立解放の前に平壌にいた頃に将来、妓生を置くつもりでケヒャンをもらい受けて育てたなどという話をヒョンテは何度も聞かされていた。それとともに、解放になった翌年、他はすべて捨てて、八歳のケヒャン一人を背負って、あの忌まわしい三十八度線を越えようと死に物狂いで苦労したという話も何度も聞いた。

目付きにまだどこか美しかった跡が残っているこの四十代の女将は愚痴半分、自慢半分のこんな話を

しては、決まってヒョンテに耳打ちして、あの娘《こ》は正真正銘の生娘《きむすめ》なんですよ、あのボーッとして恥ずかしそうにする様子を見たらわかるじゃないですか？　とよく囁《ささや》いた。このことを言われるたびにヒョンテは、頷《うなず》いてみせてはケヒャンの方を眺めやった。ケヒャンが生娘であろうとなかろうと、そんなことには別に興味はなかった。そもそも彼女からは性的なものが匂ってこないのだった。むしろそこには途絶した性の断面のようなものが、いかなる主張もなしに固まっているだけなのだった。けれどもヒョンテは、むしろこの冷たい石のような彼女からいつも一時的にせよ、ある種、安らぎのようなものを得ることができるのである。これを妨害されたくなくて、ソッキにもこの店のことは言わないでいた。

　この日、女将は、

「いやもうこの間からあの娘《こ》がどれほど先生が来られるのを心待ちにしていたかご存じですか？」

　前回ここにきてから一週間ぐらいしか経っていなかった。一週間であれ二週間であれ、ケヒャンが自分を待っているはずはなかった。それはただ単に女将の大げさなお世辞に過ぎないということをヒョンテは知っていた。ともかく、ケヒャンだけはお互い、会おうが別れようが、何の人間関係も気にしなくていいというのが、またヒョンテにはよかったのだ。

「多分、どこかほかにいい所でもできたんでしょう？　それは絶対いけませんわよ」

　ヒョンテがこの店に通い始めてから、かれこれ半年余りになる。その頃すでに彼は自分を取り巻いている無為という倦怠《けんたい》の中に沈潜していた。除隊後、大学を卒業するや、父親の会社に入って意欲的に仕事をして安定した生活をしてきた彼が、一日にして変わってしまったことについて、まわりの人間は、そのわけがわからなかった。ある日、彼は会社の仕事でタクシーに乗って行く途中で信号に引っかかった。何気なく外を見ていた彼の目に、横断歩道を渡っている女の姿が目に入ってきた。着古した服を着たこの女の胸には、二、三歳ぐらいの子供が抱かれていた。その子供が病気にでもなったのか、黄ばんでやつれた顔をし、目はつぶっていて、口が半ば開いていた。そんな幼児をこの女はいかにも大事そうに抱いて渡っていた。ヒョンテはふとこの母子をどこかで見たことがあるような気がした。薄暗い部屋の中で、ガリガリに痩《や》せた腕をおくるみから出したまま、少しも動かずに横たわっていた幼児とその母。自分がふたたび下って行った時、その女はもう昼間ほどには驚かなかったな。そして別に抵抗する様子もなかったし。ところがコトを終えて出て行こうとすると、俺の手をつかむじゃないか。その手が何を意味するのかはわかったさ。だけども、だけども俺は振り切ってしまった。ヒョンテは自分の手を見つめた。そこにまだ染みついている女の、あの若干震えながら汗じみていた手の感触。そしてざらついた肌に温かみを帯びていた首の感触。幼児には手を触れなかったが、それまでもが生々しい実感を伴って甦《よみがえ》ってくるのだった。干からびた幼児のか細い首を抑える時に受ける感触が。その日の晩、彼は酒を飲みに飲んだ。次の日も、その次の日も飲んだ。

「女将さん、早く一杯頼むよ」

　女将が部屋の戸を閉めようとして、

「あの娘《こ》を早くこちらに寄越してくれって言うんでしょ？」

　そうして目元に笑みを浮かべて見せて、カウンターの方に行ってしまった。

　少しして簡素な酒膳と一緒にケヒャンが入ってきた。

「いらっしゃいませ」

　なんの感情も籠《こも》っていない挨拶をして、膳の向かい側に廻って座る。右膝を立ててその上に両手を重ねた端正な姿勢だった。おそらく女将から、お客の前では必ずそういう姿勢で座るようにとの教えを受けたに違いないこの姿勢を、彼女はいつまでも崩さないのだった。酒を注ぐ時だけ、膝の上に重ねていた右手で酒ヤカンを握って、左手は右手の袖の裾を抑える動作を機械的に繰り返すだけだった。

ヒョンテは結構疲れていた。一日だけだったが、寒く不自由な収容所で過ごしたのがきつかった上に、ちょっと前に飲んだ酒が醒《さ》めていくようで、心身が余計にだるくなった。しかし別に言葉をやり取りするわけでもなく、気持ちを通わせようと神経を使うという負担感もなく、ただかわいく整った、そして石膏《せっこう》造りの仮面のように無表情なケヒャンの顔を眺めながら、新たに一杯、二杯と盃を重ねる間に、彼は我知らずある種の安息のようなものを味わうのである。

通禁の予備サイレン「午前〇時から四時まで通行禁止で、午後十一時に予備サイレンが鳴った。こうなったのは一九六一年からだが本文の内容に合わせた」が響くや、カウンターの客たちは皆、帰ったのか、女将が入ってきて彼の横に座る。

ヒョンテが彼女に盃を差し出した。忙しい時でなければ喜んで何杯かもらって飲むのだった。その代わり、ケヒャンにだけは絶対に酒を飲ませないようにした。多分、この女将がケヒャンのことを生娘だという言葉の中には、こんな飲み屋の娘《こ》ではあるが、これまで一滴の酒も口にしていない正真正銘のおぼこだという意味が込められているのだろう。二、三杯の酒でこめかみあたりに赤みがさした女将が、タバコを取り出して何口か吸っては、いつものようにまた愚痴を並べ始めた。

「まあ先生、私の越し方をちょっと聞いてくださいな。私がほかのものを全部捨てて、この子をおぶって三十八度線を越えてきたのは、こんなむさ苦しい飲み屋なんかをやろうとしてじゃないんですよ。それでもこの子が娘らしく育ったら、上品な料理屋でも一軒持とうかと思ってですね。それが無理なら、せめてちゃんとした平壌風プルコギ屋でもやろうかと思ってたんですよ。それなのに毎日、毎日こんなざまなんですから、まったく嫌になってしまいますよ」

同じような話をいつも聞かされているので、黙ってやり過ごせばそれっきりだったのだろうが、ヒョンテが一言、

「あれ、あの村長さんがいるじゃないですか？　あの方にちょっと資金を出してくれと言えばいいじゃないですか」

解放前に平壌近郊のどこやらの副村長だかをしていたという五十がらみの男が、この飲み屋の常連として通ってきていた。彼が最近、東大門《トンデムン》の近くに出した靴下工場で儲けているということをヒョンテは女将の口から聞いて知っていた。彼はいつもこの店に来ると、居間の方に酒の膳を出させていた。いつだったか、ヒョンテがトイレに行こうとした時、ちょうど居間の戸を開け放って厨房の方に何やら言いつけている女将の隣に座っているこの男を見たことがあった。五十代に入ったとはいえ、薄くなってない黒髪に、青い髭剃《ひげそ》り跡が鼻の下と顎《あご》に見えた。

この元副村長と女将との関係が普通ではないことにヒョンテはとっくに気づいていたので、こう言ったところ、女将は、

「フン、とんでもないですよ。あの人がどこまでケチなんだかですよ、フン」

やや頭を上向きにして鼻息も荒く、タバコの煙を吐き出すのだった。

ヒョンテはこの女将の愚痴が続きそうなのを阻もうとして、

「おーい、ケヒャン、一曲唄えよ」

と言った。

すると女将が、

「夜も更けましたから、唄ってのは、ないでしょ」

それでもせっかくのヒョンテの希望を、無視もできないとでもいうように、
「ちょっとおいで、こちらの先生のお好きな唄があるじゃないの？　それをちょっとだけ唄いなさい」
ケヒャンの唄はいわゆるお金をもらえるようなものではなかった。よく耳にする雑歌の類いに過ぎない。その中にヒョンテがケヒャンに唄ってくれと言うと、いつも唄うものがあった。済州島《チェジュ》の民謡だった。どうしてヒョンテがこの唄が好きなのかは自分でもわからなかった。こんなところで唄などを唄うのを好まないヒョンテに、いつだったか女将がケヒャンの唄をぜひ一度聞いてやってくれと言って何曲かを唄わせた中に、この済州島民謡が入っていた。その時ヒョンテは、なぜかこの曲ばかりを何度も歌わせたのだった。それも、うちの旦那さんは……という最初の一節だけを。

　ケヒャンの声は朗々としていて澄んでいた。女将の言うとおり、いい世の中で唄の勉強をさせたら一流の妓生《キーセン》になれたかどうかは、その方面の知識がないヒョンテには判断はできなかったが、このケヒャンの声が、今、彼女が持っているほかのすべてのものと同様に、少しも感情のようなものが混じっていないということだけは感じることができた。彼女を眺めていると、そこには変わりなくやはり真っ白な顔が、石のように無表情のままであるのだった。同じ歌を何度となく唄わせるのだが、それに対する不満のようなものはこれっぽっちも顔に出なかった。ヒョンテはこのような彼女の唄を聞くたびに、レコードを連想した。蓄音機にしても溝が痛んで同じところを繰り返すレコードを。それでもヒョンテは、このケヒャンにしてこの声だと思って、気にすることなく盃を傾けることができるのである。

　ヒョンテが店から出たのは通禁サイレンが鳴った後だった。座っていた時よりもっと酔いが回った。足がやたらともつれた。

　たまに街灯が冷たく灯っているだけで、道すがらの家々は暗闇の中に静まり返っていた。ただ凍った

地面を踏みしめるヒョンテの乱れた靴音がやたら大きく響いた。そしてヒョンテが我知らず口ずさむ唄が、白い息とともに途絶えたり続いたりした。――風よ、狂風よ、三月《みつき》十日だけ吹いてくれ……昼は昼で、夜は夜で、本当の恋なのね……

斎洞国民学校［小学校］の前を通り過ぎていた時、左の路地から、

「おい！」

と呼び止める声がした。

ヒョンテはそのまま千鳥足で歩き続けた。――うちの旦那様は魚捕りに出たのに……

誰かが追いかけてきた。巡回中の警官だった。

「誰だ？」

ヒョンテは依然としてヨタヨタ歩きながら振り返りもせずに、

「俺だ」

「俺って誰だ？」

警官が行く手を塞いだ。

「俺って俺だよ。さあ、見ろよ。ここに市民証もあるし……除隊証も大事に大事に持ち歩いていてな……」

「今、何時だと思っているんだ？」

「知らんよ」

「このお！」

警官が荒々しくヒョンテの腕をつかんで、

「同行しろ――」

その剣幕に、ふらついていたヒョンテの体が真横に傾くようだったが、両腕で警官の首を抱え込んで、顔にやたらと唇をつけた。

「えいっ、ペッ、ペッ……」

ヒョンテを押しのけた警官がサッと二、三歩退いて何度も唾を吐いた。

尻もちをついて倒れたヒョンテが、立ち上がってまた警官の首に抱きつこうとして両腕を広げて挑みかかった。警官が後ずさりした。ヒョンテが腕を広げたまま追いかけた。警官が振り返って追いかけてくるヒョンテに捉まらないように、距離を保って歩いていたが、ヒョンテが早足で追いかけてくるので、今度は警官の方もそれぐらいのスピードで逃げてしまうのだった。ヒョンテが立ち止まって叫んだ。

「なあ、お巡りさん、そんな罠《わな》にはかからんよ、かからんさ。……俺をだまして交番に引っ張って行こうってんだろ?……ダメですな、ダメですぞ。俺は素面《しらふ》なんだから、引っかかるわけないだろ？　いいから、こっちにおいでなさいよ。俺が一杯おごってあげるから。……キスはしないから安心してよ……」

警官は離れたところから振り返って、何を思ったか、こちらに歩いてきた。

「あんた、家はどこです？　連れて行ってあげるから一緒に行きましょう」

「家ぐらい俺一人で行けるさ。そんなこと言ってないで、どこかで一杯やりましょうや。……何でだか、あんたが気に入ったよ」

飲み屋に行こうと言い張るヒョンテを、何とか引っ張って行きながら警官は、

「今何時だと思ってそんなことを言ってるんです。飲み屋もとっくに閉まってるはずですよ」

「そんなら、うちに行って一杯やりましょうや」

そう言いながらヒョンテはいつの間にか片腕を警官の肩に載せて支えてもらいながら歩いていた。そして独り呟いていた。

「なあ、お巡りさんよ、俺が唄を唄ってやろうな。……うちの旦那様は……大声を出すなって？　じゃあ、静かに唄うからな。……うちの旦那様は魚捕りに出たのに、風よ、狂風よ、三月《みつき》十日だけ吹いてくれ……そうなるとどうなるかね？　なあ、お巡りさん、そうなるとどうなるかってんですよ？……ちょっと答えてみてくださいよ。……エイッ、お巡りの資格がないなあ。じゃあ俺が教えて差し上げよう。……それはだね、そうしてこそ昼は昼で、夜は夜で本当の恋になるんですよ。……お分かりかな？……じゃあ、またもう一つ……あの、果樹をどうして剪定《せんてい》するのか、おわかりかな？……ご存じないでしょ？……まあ知らないのも当然ですな。……ただこれだけは知っておいてくださいよ。……あんたはですな、あんただけは剪定されなくてもいい人間なんだということをですよ」

10

朝、起きがけに養鶏場をひと回りしてから、その日の新聞の天気予報欄を見るのがユングの一日が始まるときの日課のようになっていた。今日の天気は、北東風が吹き、午前中は晴れるが、午後から曇るとのことだ。そして寒気は何日かまだ続くとのこと。ユングは新聞に目をやったまま、眉間《みけん》に皺《しわ》を寄せた。

急に寒波が押し寄せたため、最近の何日かは鶏の産卵成績が良くないのだった。

ユングがヒョンテの助けを得て清涼里《チョンニャンニ》郊外のトクチョン通りに養鶏場を設けたのは、去年の早春だった。二〇〇坪余りの敷地のすぐ横に、ヒヨコを育てるための温突《オンドル》［床下暖房］三部屋と一間《けん》ほどの向かい部屋のあるバラック建てを急いで造って、孵化《ふか》場からヒヨコ七〇〇羽を買い入れたのは、日蔭に咲いているケナリ［朝鮮レンギョウ］もまだ散っていない頃だった。少年を一人雇って自炊しながら、二、三カ月後には鶏舎を建ててヒヨコをそこに移した。養鶏関係の本と経験者の助言に従って、飼料と流行病の予防に極力努力したのだが、六カ月余りして、鶏が卵を産むようになるまでに雄鶏七十羽余りを間引いたほかにも、約一〇〇羽余りを死なせてしまった。それでも初めてにしては成功だと言えるほどだった。

　鶏が初めて卵を産み始めたある日、土曜日ごとに集まっていた週会でヒョンテがユングに、お前の生きざまも味気なくなったもんだなあ、毎日毎日、鶏のケツばかり見て暮らすようになったんだから、と言う冗談を繰り出したことがあった。もちろん酔いに任せての他意のない冗談だったが、生きざまが味気なくなったという言葉には、必ずしも理由がないわけではなかった。

　除隊して帰ってきたユングは事変の前に家庭教師をしていた家で、中学に通う子の勉強を見てやりながら大学を卒業した。そしてこの家の主人の斡旋《あっせん》で、市内の某銀行にうまく就職まですることになった。その時も、就職祝いにおごれと言ってユングを飲み屋に連れ出したヒョンテがふざけ半分にこう言った。軍隊時代に言っていたことが当たったたな、これから額さえ禿《は》げ上がってきたら、支店長ぐらいは間違いないな。

　ところが銀行員生活は半年も経たずに破綻《はたん》してしまった。家庭教師の家の娘・ミランとの恋愛事件が、予想しなかった結果をもたらしてしまったのだ。

　銀行に就職してからユングは、この家を出て下宿に移って自立した生活を始めた。そこにしょっちゅうミランが訪ねてきた。戦争の時には分別のつかない十四歳の少女だったのが、今では二十二歳のすらりとした乙女《おとめ》になっていた。ユングが不在でも部屋に入って机の上を整理したり、引っ掛けてある物の位置を変えたりした。元々、ミランは性格が活発で行動的だった。動乱の時にも外の様子をよく見極めて、板の間の床下に隠れていたユングを出てこさせて日に当ててやるなど、ユングのために積極的に助けてくれた彼女だった。

こんなミランがユングの下宿をしょっちゅう訪ねてきていたある日のことだった。彼女はポケットから何かを取り出してユングに突き出して見せながら、先生、これちょっと塗ってみてくださいな、と言うのだった。これまで使ったことのない金色の口紅ケースだった。ユングが訝《いぶか》しがりながら上蓋《うわぶた》を取って口紅を彼女の唇に持っていくと、彼女は目を閉じたまま前に突き出していた唇をグッとつぼめて、顔を軽く左右に振るのだった。その日初めて二人は口づけをした。

二人が肉体交渉を持つようになったのも、ミランのとんでもないやり方が契機になっていた。今までになく初めて韓服《ハンボク》を着てきたミランがユングに、解《ほど》けてもいないチョゴリの結び紐《ひも》を結び直してくれと言ったのである。

ミランをヒョンテに紹介するようになったのがその頃だった。ユングは自分のところに訪ねてくるミランと一緒に喫茶店にも立ち寄るし、外食もして映画見物もした。こういうのも大抵はミランの提案によることが多かった。ある時、二人が国際劇場から出てきて土曜日ごとに集まる〈帰去来〉に立ち寄ったところ、ヒョンテがソッキと一緒に座っていた。いつものようにヒョンテは、長らく散髪もしておらず髭も剃っていないままだった。この日、ヒョンテと別れて戻ってくる途中、ミランは鼻に皺《しわ》を寄せながらユングに、どうして身なりがああなんでしょうね、狂った人みたい、と言った。ユングは説明してやった。あいつがああしているのは、金がないとか趣味が悪いとかいうんじゃないんだ。除隊してからしばらくはどれだけ格好をつけていたやら。いつも正装してネクタイも毎日違うのをしてたんだ。それが今はあんなになってだな。彼が言うには着替えたりなんかするのが面倒くさくなったんだとか。ともかくちょっと変わった奴だよ、あいつは。あいつの父親が経営する会社に入って一時は出世街道を歩むかに見えたんだが、どういうわけだか急に会社を辞めちまって、あんなふうになったんだよ。こんなユングの話を聞いて、ミランは笑いながら言った。超特級の変人をお友達にされているのね。

その後も二人は街を歩いていて立ち寄った〈帰去来〉で、何度かヒョンテに会った。一緒に食事もした。そんなある日、ミランがユングに言った。ヒョンテさんって方、会えば会うほど好きになったわ。カッコよくて堂々としてて、どこかしら男らしくて。

ミランのこのような感情の推移を前にして、ユングは内心、当惑しないわけにはいかなかった。ミランがヒョンテを好きになったとしたら、それはただ言ってみただけのことには止《とど》まらず、必ずや何らかの形で行動に現れるのが目に見えていた。そのことについてヒョンテの態度はどうだろう？　女性関係には無軌道な生活をしてきたヒョンテなので、自分の方から接近してくるミランを嫌がるわけがないのではなかろうか。ユングは初めてヒョンテに対して男としての嫉妬《しっと》のようなものを感じた。それとともに、自分の将来に暗い影が垂れ込めるようで耐えられなかった。ユングは最初から、若者がよく陥りがちな恋愛感情だけでミランに接してきたわけではなかった。結婚という前提がついていた。一家親戚が一人もいない彼は、まずはミランと結婚して財務省の某局長である彼女の父親を踏み台にして、出世の基礎を固めようという心積もりを持っていたのである。だからと言ってミランに何の愛情も感じないのに、そういう一種の政略結婚をしようというわけでもなかった。当初から彼はミランを自分には過分の女だと思って、自分なりの情熱でもって彼女を愛していると思ってきたはずだった。

ユングは、ミランがヒョンテのことが好きだと聞かされてからは、以前から時たま話題に上《のぼ》せてきた結婚問題をそれとなく加速化させていた。するとミランは、以前とは違ってゆったり構えて、そんな問題は急いだからといって、うまくいくわけではないでしょう、いつでも自然にうちの両親にお話しできる時が来ると思うんです、と言うのだった。ユングはミランがこのように結婚問題を先延ばしにするのは、ヒョンテのせいかもしれないと思った。そうしてみると、ミランが近頃自分のところに訪ねてくる回数が以前よりずっと減っていた。それからもう一つ、以前とは変わった点があった。ミランがなぜか自分と街を歩くのをはばかる様子が見えるのだった。

　けれどもユングはミランに、最近誰か特に会っている人がいるのじゃないかとは聞いてみなかった。そんなことをして彼女の口から、実はヒョンテと会っているという話でも出たら、その後始末が余計に難しくなるだろうという気がしたのである。そんなことをするよりは、もう少し日を置いて推移する状況を見極める方がよいと考えた。

　そんな中、何日も来なかったミランが夜も更けてから下宿にやってきた。外には秋雨がシトシト降っていた。この夜、ミランは部屋に入るや否やユングに抱いてくれとせがんだ。そして息も荒く彼の耳元に囁《ささや》いた。もっときつく抱きしめてちょうだい、もっと、もっと。ユングは、この彼女の急な激情に落ち着いて対応できないながらも、その一方で安堵も感じた。なぜかこの夜のミランの言動から、ヒョンテと彼女との関係がどんな意味であれ結末を迎えたに違いないと感じたのである。

　次の日早く、ミランがユングの職場に電話をしてきた。昼休みに会いたいというのである。約束の場所に現れたミランの顔は蒼白だった。二人の結婚問題を父親に話したところ、反対されたというのである。先生は頭がよくて着実だということは認めるけれども、そのことと結婚問題は別だと言われたんです。ユングは黙っていた。普通の親なら誰でも、片方が前のめりになった結婚について、初めから承諾することはないだろうということをユングは理解していた。しばらく間をおいて彼は静かに話し始めた。こうなったからには持久戦に持っていくしかないな、これからは結婚問題でご両親をあまり悩ませないでくれよ。

　その後、ミランは親に外出を監視されていると言った。自然とミランがユングに会う回数がさらに減った。一週間に一度か十日に一度ほどしか会えなかった。そんなミランが、ある日下宿にやってきて、上気した顔で言った。私、妊娠したみたいなの、もう三カ月ほど月のものがないので、もしやと思ったんだけど、昨日からやたらと吐き気がするのよ。少なからず驚いたユングの心の中に、ある疑惑が頭をもたげた。ミランのそれはヒョンテの子じゃないのか。しかし彼はすぐに落ち着いた言い方でミランに尋ねた。家では知っているのかい？　まだ知らないんです。そんならよかったよ。よかったって？　ユングはしばし何やら考え込んでいたが、明日にでも僕が病院を調べておくから。病院って？　そう、とても簡単にできるらしいんだがね。ユングはまずもって両親が感づかないうちに、堕胎させるのが上策だと考えた。その後でそれ以外のことはよく考えてみよう、下手にこのまま時間をかけたら、コトが余計にややこしくなりがちだ。自分のこの考えにミランも賛成すると思った。しかしミランは意外にも、私、嫌よ。この際、いっそ家から出ていくつもりなの。どうしても一部屋でも手に入れて暮らすんです。私、これまでに貯めておいたお金があるんです。ユングが宥《なだ》めるように言った。ミランの気持ちはわかったよ、でも人間というのは一時的な感情や情熱だけでは暮らしていけないんだ。社会生活にはほかのいろんな条件がそろってなきゃならないんだから。それから第一、人の目を忍んで暮らすというのは何なんだっていうんだよ。さあ、そんなこと言ってないで、しばらくグッと我慢して様子を窺《うかが》うようにするんだよ。じゃあ、明日、僕が適当な病院を探しておくから。瞬きする間にできるって話だよ。これに対してミランは、期待外れだとでもいうように黙り込んでいた。いつも朗らかだった彼女に初めて見る冷たさが漂った。

三日後、土曜日の午後に二人は上往十里《サンワンシムニ》［城東（ソンドン）区在］の、ある路地裏の病院を訪ねた。軒の低い瓦屋根続きの路地に面したところに、壁のすぐ横にガラス戸をしつらえて、その上に横書きの赤い十字マークと朴《パク》内科という文字がやたら大きい看板が目についた。産婦人科ではなく内科という看板を見てもミランは何も言わなかった。ただユングが、聞いてもいないことを小声で言った。こういう所だと噂《うわさ》にならなくていいんだ。

事前に話をつけていたので、あまり清潔でもないガウンを羽織った、顔に皺《しわ》の多い四十代の医者が、ミランをすぐに診察室の方に連れて行った。診察室兼手術室なのだった。診察室との間にベニヤ板で仕切ったこちら側の、狭い待合室に座っているユングの耳に、医者が看護婦に何やら指図する声とともに、ガチャガチャと手術器具の金属音が聞こえてきた。

ユングはスプリングが剝《む》き出た古びたソファーに座って新聞を広げていた。十月の弱い日の光が西側の明かり窓から差し込んでいた。隣の診察室からミランが我慢しながらも上げる短い悲鳴がして、それとともに医者の、やあ、よく我慢されていますね、と言う声が聞こえてきた。ユングは西向きの窓から差し込む秋の弱い日差しを浴びて座っていたが、表向きは新聞に目をやったまま、あることを考えていた。今、掻《か》き出している肉塊は本当にヒョンテの子なんじゃないか。しかしそれが誰の子であれ、まずは堕胎することになったことだけはよかったと思った。

それからすぐに医者がタオルで手を拭きながら待合室に出てきた。非常に順調に終わりました。奥様はほんとに我慢強いですね。
タクシーでミランの家の近くまで送ってやる途中、ユングは顔色が蒼白になってクッションに頭をもたせている彼女に静かに話しかけた。一日、二日だけ体の具合が悪いと言って寝てればいいんだ。ミランは無言でユングの手を探って握った。ユングは運転手がバックミラー越しにこっちを見ているのが気になった。彼はミランに握られた自分の手をそっと抜いて、その手でタバコを取り出してパイプに挿した。

その後、九日してミランが死んだ。下手くそな医者だったので、手術の際に掻き出すべきものをちゃんと掻き出せなかった上に、腹膜に傷をつけてしまったのだ。一週間余り高熱と下血に呻吟《しんぎん》した果てに、ある名高い産婦人科に運ばれて再手術を受けたのだが、その最中に息を引き取ってしまったのである。

この事件でユングは、もちろん銀行をやめなければならなかった。失職したユングにヒョンテが、この野郎、お前だけはそんなへまはしないと思っていたのに、何たるざまだ、女にはだな、結婚する気がないんだったら一、二度ちょっかいを出すだけにするもんだ。そうじゃないのなら、何が何でも一緒になるんだ。もうしでかしてしまったことだがな、これからどうするんだ？　ユングが元気なく、さあ、どうしたらいいんだか漠然としていてな。何とかお前の親父さんの会社に一つ、イスを空けてくれないかな。ヒョンテが笑い飛ばして、この野郎、前から言ってるじゃないか、うちのボスはだな、社員の採用に厳格なルールがあるんだと。いくらまたとない人物でも関係ないんだ。ユングが、だけど、あの時に言ったろ？　俺が拝み倒したら何としてでもイス一つはもぎ取ってやるって。ヒョンテが苦笑いしながら、お前、そんなことはよく覚えているんだな。そりゃ俺があのまま会社に残っていたらどうにかなっただろうさ。ともかくお前のように真面目な奴がブラブラ遊んでいるのはいかんな。

その後、半年ほどはユングの下宿代をヒョンテが出してやった。そしてユングに、自分の父親が清涼里郊外の回基《フェギ》洞［東大門区在］方面に何箇所か土地を購入したのがあるから、それを利用することを考えてみろと言った。そこで考えついたのが養鶏だった。

ユングはヒョンテのこのような厚意を、彼の豪放な性格や、過ぎし日に戦争で生死を共にした友情の印《しるし》としてだけ見ることはなかった。そこにはほかの意味も混じっていると思うのだった。いくら放蕩《ほうとう》者のヒョンテだとはいえ、ミランとの関係によって友達である自分に対してある種の罪悪感のようなものを持っていて、それを償う意味でこうしているのではないのか。そうだとしても、ユングとしてはほかに思うところがあった。死んだミランはミランとして、自分は自分なりに今後、生きていくすべを考えねばならないと。そのためにはともかくも、窮地に陥っている自分をこのように助けてくれるヒョンテに対して、今更ミランのことを持ち出して、ああだこうだという必要はないと。

何があっても今後、ユングは自分の手で自分を育てていくしかないのだと、昨日も今日もひたすらに考えるのだった。ヒョンテが酒の席で、お前の身も困ったことになったな、毎日毎日、鶏のケツの穴を見ながら暮らすことになってだな、という言葉が酔った上での冗談であれ皮肉であれ、ユングは別に気にしなかった。半年近くの下宿代はもちろんのこと、養鶏を始めても鶏が卵を産むようになるまでのすべての費用をヒョンテから借りてきていたのを、それでも今では毎月いくらかずつでも返してきているので、幸いなことと言えた。自然と卵の一個、一個が、今後の彼の自立生活のためになくてはならない礎《いしずえ》のように思われるのだった。

ユングは十時頃、笊《ざる》を手にして卵を集めに外に出た。天気は午後から曇るとの予報が信じられないほど晴れ上がっていた。ただ気温だけはずっと下がったままだった。ユングは鶏舎の方に歩いて行って、垣根の向こうに積んである町内のゴミの山に目をやった。まさかあの汚いものを春になるまでそのままにしてはおかないだろうな。そのままにしておいて鶏が病気になったら大ごとだが。

最初、ヒョンテと一緒にこの養鶏場の土地を見に来た時、すぐそばで女の人の声がはっきりと聞こえてきたと思って振り向いてみると、五十メートルほど離れたところで女の人が二人、話をしているのだった。それほどまわりが静かで空気が澄んでいた。しかしここで養鶏を始めてから春、夏、秋と、厚生住宅をはじめとする人家が建ち始め、一年の間にこの一帯がすっかり変わってしまった。ユングはこのように周囲に家がどんどん増えるにしたがって、鶏の病気により一層、注意をしなければならないと気を引き締めるのだった。

鶏舎の戸を開けて中に入った。冬なので防寒のため、窓に張り付けたビニールを通して入ってくる日の光と鶏たちの体温が入り混じって、今日のように寒い日でも鶏舎の中はポカポカしていた。そして目の前が明るかった。外の天気が曇っていても、ここに入りさえすれば鶏たちの白い羽毛でいつも眼前が明るく照らされていた。この明るい視野の中で、鮮血色をした鶏冠《とさか》が鮮明な対照をなして浮かび上がってくる。ユングは鶏たちの羽毛と鶏冠の色をぐるりと見まわして、もしや病気の鶏はいないかと観察した。そうしてゆっくりと鶏たちの間を縫って、産み落としてある卵を籠に入れるのである。そして籠にどっさり山盛りになった卵を抱えて出てくる時には、いつも感じるある種の満足感で胸が膨らむのだった。

ところがこの日、鶏舎の最初の部屋と次の部屋から出て三番目の部屋に入ったユングは、またやってしまったな、という思いに胸がドキンとした。鶏が一羽、横に倒れて脚を力なくバタつかせては時折痙攣《けいれん》したように首をもたげているではないか。そんな鶏の尻の下の方に引っ張り出された腸《はらわた》を、ほかの鶏たちが寄ってたかって、やたらつついては食いちぎっているのだった。倒れている鶏はすでに目を閉じており、その鮮血色に輝いていた鶏冠は、赤紫色に変わっていた。ユングは急いで鶏舎に入ってほかの鶏を追い散らして、倒れた鶏を抱えて外に出た。その後から鶏たちが追いかけてきながら、砂まみれになったまま長く伸びた腸を食いちぎっているのだった。

おとといも同じ鶏舎でちょうどこれとよく似たことがあった。

鶏舎の中に掃除しに入った少年が、全身血まみれになった鶏を一羽抱えて出てきた。真っ白な羽毛に着いた血なので、その血の色が余計に鮮明で、たくさん流れたように見えた。

鶏のように弱々しく見えながら偏屈な性格の動物も珍しい。何であれ、急に目に見えるものがあると、発作的にまずはそれを一度つついてみる習性があった。鶏たちが何かのはずみに羽をバタつかせて藁屑《わらくず》や羽が飛び散っただけで、傍にいた鶏が何はさておき、それをついばんでみるのである。それゆえヒヨコが大きくならないうちは羽のつけ根や尻の穴をつついて血を流すことがあまりにも頻繁に起こるので、四六時中、鶏舎を監視しつづけた。

けれども卵を産むようになってからは、そういう癖も減ったかに見えたのだが、こんなことが一日おきに連続して起こったのだ。実のところ、卵を産むようになってから、またもう一つのおかしな性癖が現れたのである。卵を産むケージを巡って争うのである。大体のところ、鶏たちは自分が産み落としたことのある場所でだけ産む癖があって、いくら横に空いたところがたくさんあっても、そこには入らずに自分の場所にこだわって、ある時には一つのケージの中に何羽もがひしめいて争うことがあるのである。けれどもおととい血まみれになった鶏や今日、腸が引っ張り出された鶏の鶏冠が痛んでいないところを見ると、お互いに喧嘩してそうなったのではないということがわかった。

　結局、おとといと今日のことは、ヒヨコの時のように非常に偶然のことが糸口だったのだろう。おとといの鶏は、体でも痒《かゆ》くなってくちばしで羽をこすっていて羽のつけ根あたりに鮮やかな血の跡でも付けたのだろう。すると、傍にいた鶏たちが血を見て、そこをつつきまくってあんな傷跡をつけてしまったに違いなかった。今日の鶏もそうなんだろう。鶏というのは糞をする時だけでなく、急に尻の穴を上下させることがある。それを傍にいた鶏たちがつついて血を流させただけでなく、ついには腸まで引っ張り出したのであろう。

　要するにこちらの不注意で、もう少し早く発見できなかったのが今日の鶏をこんなざまにしてしまったとしか言えなかった。しかしそんなことが三番目の鶏舎でばかりで起こるのはなぜだろうか。どうもその鶏舎にまた昔の癖を出す奴が一、二羽出てきたようだ。そうだとすると、そいつを早く見つけて隔離しなければならない。けれどもこのような事故は、起こった瞬間には発見する方法がなく、大抵は手の施しようがなくなってから目につくようになるものだから、どいつの仕業なのか全く判断できないのだった。ともかくユングはこの三番目の鶏舎を特に留意して見守らねばと心積もりした。

　鶏卵を配達しに出ていた少年が帰ってきた。少年は自転車を納屋に停めて戻ろうとして、台所の出入り口の外に放り出してある、死んだ鶏を見てびっくりして、

「あれ、どうしてまたこんなになったんですかね?」

　ユングも台所の出入口の外に死んで横たわっている鶏に目をやった。するとどういう関連でかはわからないが、いくらか前に搔把《そうは》手術をして死んだミランの姿が頭に浮かんできた。しかし彼はすぐにそれを消してしまって、今日起こったことを少年に話してやってから、

「これからはあの三番目の鶏舎の中をもっとしょっちゅう見回るようにしろよ」

「ああわかっている、悪い奴らだ」

「どうせこうなったんだから、早く湯を沸かせよ」

十一時頃、ユングが倉庫で飼料の配合作業をしているところへ、静かに潜《くぐ》り戸を押して入ってきた女の人があった。ユングはすぐさま、彼女が誰であるかが分かった。ヒョンテから聞いていたこともあったが、ゆうべ家に帰ってくると、昼間、ユングとほとんど入れ違いに誰か女の人が訪ねてきたと少年から報告があったのである。

女は玄関先から入ったところに立ったまま、用心深い口調で、

「あの、南《ナム》先生［ユングのこと］にお目にかかりたいんですが」

「はい、私ですが……」

女がユングの方に近づいてきた。すらりとした身丈にローヒールでの歩き方が端正だった。紫色の入った濃いグレーのタイトスカートに、同じ色合いのハーフコートを着ていた。

それほど白くはない面長の顔には口紅も塗らず、眉も描かないままだった。首に巻いた乳色の地に赤、青、黄の大きな水玉模様のスカーフだけがその中では派手な色合いだった。

女はユングの近くに来ると、大きな黒皮のハンドバッグを前にしてそこに両手を揃えて、

「あの、失礼ですけど、ユン・ドンホという方をご存じでしょう?」

「はい、知っています」

ここで女は少し頭を下げるようにして、

「私、チャン・スクなんです」

「あ、はい、存じています」

「昨日も来たのですけど、いらっしゃらなくて……」

「私が外出していた時に来られたと聞いています」

「お忙しいようですけど……」

スギは鶏舎の方を一度見やってから、

「鶏をたくさん飼っておられるんですね」

そして少し間をおいてから、

「それほどお忙しくなければ、ちょっとお時間をいただけませんか？　お聞きしたいことがあるのです。どこか近くの喫茶店みたいなところへでもお出いただけないでしょうか？」

近いとはいっても回基洞交番の前までかなり出て行かないと喫茶店はなかった。しかし喫茶店が近かろうが遠かろうが、そんなことは二の次にして、ゆうべヒョンテから聞かされたこともあって、適当に受け答えをしてお引き取り願おうと思った。

「何のお話しですかね、ここでお聞きしましょう。部屋の中があんまり汚くて、お入りくださいとも言いかねるんです。こちらにでも入っておかけください」

そうして隅っこにあったリンゴ箱を引っ張り出して置いた。

スギは清潔でもないこの箱も別に気にすることなく、腰掛けながら、

「それでしたらちょっと、ここで伺いますわ。あの、ドンホさんと先生は軍隊で同じ部隊にいらっしゃったのでしょう？」

「ええ、そうです」

「ドンホさんが亡くなったのは、ほんとに自殺だったんですか？」

「ええ」

スギの化粧っ気のない頬にはいくらか赤みを差してきて、バッグの紐をいじっていたが、

「あの、もしかして、ドンホさんが自殺するようになった動機をご存じでしょうか？」

「そのことは全く知りません」

「あんなことがある前に、何か特に目立った様子は見えなかったですかね？」

「さあ、私はそんなことには全然気づかなかったですけどね」

スギは目を伏せて、またバッグをいじりながら、

「こんなことをあまりにしつこくお尋ねして申し訳ありません。もしや神経衰弱の症状みたいなものは見えなかったでしょうか？」

「いえ、そんな様子じゃなかったですよ」

「じゃあ、死ぬようになった原因はどこにあったんでしょうか？」

ユングは黙っていた。

彼女もユングから何か新しい事実を得られることはないということを悟ったように、ユングに失望した様子をありありと見せながら、

「もしや私か誰かに伝えてほしいという言葉なんかも？……」

ユングはその瞬間、ドキッとしたが、スギの視線を避けながら、隙《すき》を与えずにきっぱり言った。

「私にはそういうのもなかったですよ」

「ドンホさんは軍隊で南《ナム》先生やシン先生［ヒョンテの姓］のほかに親しくしていた方はいなかったんでしょう

か？」

「そうですね、特にいなかったと思うんですがね」

正午を過ぎてヒョンテはやっと起きた。頭がボーッとして腹具合もあまりよくなかった。お手伝いの子にコーヒーを入れてくれと命じた。

盆にコーヒーカップを載せてきたお手伝いの子が、

「ちょっと前に電話が来てましたけど」

と言う。

「どこからだい？」

「チャン・スクという方です。まだお休みだと言いましたら、また後でかけるとおっしゃってました」

スギという女が、今になるまでユングのところに訪ねて行けなくて、もう一度聞いてみようというのであろうか。

コーヒーを飲んでからヒョンテが顔を洗って自分の部屋に戻ってくると、居間から母親が呼んだ。運動不足なのか、最近、ますます太ってきた母親は、声をかける前から息を弾ませながら、

「お前、毎日毎日、そんななりでどうするの。顔もひどいじゃないか、全く。子供じゃないんだから、きっと何か考えがあってのことだろうと思って、見ているだけにしてたんだが、日増しにますますひどくなるじゃないの、一体どうするつもりなんだ？」

ヒョンテは無言で立ったまま、タオルで顔の水気を拭《ぬぐ》っていた。

「今回のことも、あれは何だね？　無謀にも証明書を見せずに捕まっては親を心配させてだよ。その上

に釈放されたのなら家に戻ってくるべきだろ。通行禁止時間を過ぎてまで酔いつぶれてお巡りさんに引っ張られて帰ってくるなんて。で、電話ででもちょっと知らせる気にはならなかったのかい？」

「いつも言ってあるじゃないですか？　私の心配はしないでくださいって」

「そりゃあお前の言い分だろ。母親はそうはいかないよ。私はお前の父親にも話してあるんだよ。あまり放任主義にしないで、少しは干渉してくださいと。だけど、お前の父親も家のことを気にかける余裕がないじゃないか。昼も夜もお仕事にばかり熱中しているんだから」

「私の心配はしないでくださいって。自分でちゃんとやりますから。お母さんはご自分の体を気遣ってくださいよ。お友達の家に行って気晴らしをするなりされたらどうですか」

「そんな心配なんかしていないで、自分のことをちゃんとやりなさい。お前に毎月お金がどれぐらいかかっているのか、わかっているのかい？　気兼ねしながらお前の父親からお金を出してもらうのももうご免だよ。それにお前の弟は兄を見て学ぶじゃないか」

「あいつは心配ないですよ。自ら行くべき道を行く奴ですから見守ってやってください」

ヒョンテがそれぐらいにして部屋から出ようとすると、母親がまた呼び止めた。

「自分のしでかしたことはわかってなくて、小言は嫌で……さあ、ここにお前のビザが出てるんだよ」

白い角封筒を鏡台の引出しから取り出して突き出した。

ヒョンテ自身が急いで文教部［文科省相当］の試験を受け、アメリカ大使館のテストを受け、健康診断の証明書をもらうなどして出た、アメリカ行きのビザだった。

「お母さんが保管しておいてくださいよ。私が持っていると、失くしてしまうかもしれませんから」

「もういい加減に正気に返って出発の準備でもしなさい」

「ええ、しますよ」

そう答えながらヒョンテは、本当にこの際、どこへでも遠いところへ行きたくもあった。このどうしようもない倦怠の中から抜け出すためにも。

ヒョンテは自分の部屋に戻った。朝昼兼用の食事が出てきたが、口内がざらつく感じで、一匙、二匙食べたかどうかで、膳を下げさせた。

ゆうべの約束どおり陽地《ひなた》喫茶店に行ってソッキに会った。二人は向き合ったまま、無言で茶を飲んだ。二人はいつも翌日に会うと、前の晩のことをまた話題にすることはほとんどなかった。

少しして二人は喫茶店を出て、和信デパートの横にある〈天宝堂《チョンボダン》〉メガネ店［鍾路二街にあった］に行った。検眼すると、ソッキの目はその間にさらに悪化していた。

「レンズは何になさいます？」

店員が尋ねた。

「どこ製とどこ製があるんです？」

「ドイツ製、アメリカ製、日本製、全部ありますよ」

「ドイツ製が一番いいんでしょ？」

「言うまでもないですよ、もう値段からして違いますから」

「ともかく、一番いいやつで作ってください」

ソッキはヒョンテがレンズの交渉をしている間、もう少し安いものではどうだろうとは一言も言わなかったが、不意に懐からフレームを取り出して店員に差し出した。レンズのないフレームながら大切に持っていたらしい。

メガネ屋を出た二人は、近くにあるビリヤード場に行った。

「おっ、急に目の前が明るくなって、ピントが合わせられないな」

ソッキはキューを握って、分厚いメガネのレンズを光らせながら何度も同じことを言った。事実、そのせいか点数を上げられなかった。

ヒョンテもうまく入れられなかった。肩がどうも重くて全身がだるかった。二ゲームやり終えてそこを出た。

さっき家を出た時から雲がかかり始めていたのだが、いつの間にか空一杯に雲が広がっていた。ヒョンテはなぜか胸の内まで重苦しく、すっきりしない感じだった。以前、戦場にいた時は、これしきのだるさなど、何でもなかったのにである。

「どこに行くかな？　一杯やるか？」

「家に帰ってちょっと横になりたいな」

「明日は出てくるんだろ？」

「何日か休みたいんだ。その間にメガネのピントでも調節しておけよ」

ソッキと別れたヒョンテは、家に帰る途中、散髪屋に立ち寄った。髪を半分ほど刈り上げる間にうとうとしていたのだが、横になって剃刀《かみそり》を当てる時には完全に寝入ってしまった。理髪師が、洗顔なさいませ、と言って起こしてくれるまで気がつかないほど深く眠っていた。

家に帰ると、お手伝いの子が、

「さっき、あの方からまた電話がありましたけど」

あれぐらいの地図を書いてやったらユングの家を探して行けると思うのだが、どうしたんだろう。ヒヨンテは面倒くさく感じた。

「またかかってきたら、体の具合が悪くて寝ていると伝えてくれ」

風呂を焚いて湯につかってから、布団に潜った。ヒョンテの母親が名付けたとおり〈熊の冬眠〉を始めようというわけだ。こんな生活もここまで来ると、一度横になったら何日も寝床で過ごした。食事も布団の上に身を起こして食べては、また布団に潜り込んだ。本を読むのも主にこの間にである。寝そべったまま読んで、眠くなると寝て、目覚めると枕元か布団の上に寝つく前に伏せておいた本をまた取り上げるのだった。

11

人間関係というものには、究極的な意味でいかなる形態であれ、傷というものを免れる道はあるのだろうか。大きい小さいだとか、酷いかそうでないかの違いや、外的なものか内的なもの、意識的なものと無意識なものの違いはあるにせよ、互いにある種の傷を受けるか与えるかということなしには、およそ人間関係というものは成立しないのではないかという気がする。それが友達どうしであれ、男女間であれ、はなはだしくは親子関係であっても、このことから逃れることはできないのである。我々がそんな傷の中でも何とか生を営むことができるのは、それらを忘れ去るように努めるか、あるいはそれに慣れてしまうためなのである。

ヒョンテが二度目にスギに会うことになったのは、彼が例の熊の冬眠から目覚めて、また無秩序な生活を始めたある日のことだった。午後一時頃、半島《バンド》ホテル［中（チュン）区在。現在のロッテホテル付近にあった］の前を通って乙支《ウルチ》路の入

口に差し掛かったところ、後ろから、

「先生じゃございません？」

という女の声がした。

振り返ると、スギが急いで駆け寄ってきたらしく、息を切らしていた。ヒョンテはこんなスギの姿を見て、ついに今日は捉《つか》まってしまったなという、困った気持ちになった。息を静めながら化粧気のない顔に上気した様子を見せている彼女の体全体が、何か懸命にこの機会を逃すまいという気迫に満ちているように思われた。そんな彼女が、忙しくなければちょっと喫茶店にでも、と言うのをヒョンテは仕方なく、ついて行かざるを得なかった。

「長らくお具合が悪かったようですけど、もうよくなられたんですか？」

近くの喫茶店に入って、注文してからスギが聞いた。

ヒョンテがまた外出を始めた日に、お手伝いの子からこれまで何度もスギから電話がかかってきていたと聞かされていた。その時ヒョンテは、お手伝いに今後は自分が家にいる時にかかってきても、いないと言えと言いつけておいたのだった。しばらくこうやって避けておけば、いつしか彼女の方で疲れて自然と引っ込むだろうと考えたのだった。

「私、職場がちょうどこの半島ホテルの中にあるんです」

半島ホテルの中にある、ある外国人商社のタイピストをしていると言う。

「今、昼ご飯を終えて何気なく窓の外を見ていましたら、先生が通り過ぎるじゃありませんか」

スギは偶然にヒョンテに出くわした興奮がまだ消えないかのような顔色と口ぶりだった。

しかし少しして、彼女は腕時計を見てもじもじしていたが、

「外国人の会社なので、時間にうるさいんです」

彼女は手で口を塞ぐようにしながら、静かにこう言って、

「申し訳ないんですけど、後でお時間をくださらないでしょうか？　五時以降ならいつでもいいんですけど」

「ええと、今日は人と約束があってですね」

もうすぐヒョンテはソッキと会って映画を観に行くことにしていたのだ。だから三時頃には映画館から出てくるはずだ。けれども彼女に会うために時間をつぶして待ったりするのが煩わしいのだった。

「明日ならどうでしょう？　土曜なので、私は一時には出られるんですけど」

「明日はまた集まりがあるんです」

「そうなんですか」

スギは軽く唇をかみながら、また腕時計を見て、

「それでしたら、今、ここでちょっと……」

何かに縋《すが》りつくかのような言い方だった。午後の勤務を休むしかないというのであろう。まっすぐヒョンテに向かってくる彼女の顔が、緊張でしばし固まった。

「それなら明日、一時に時間を空けましょう」

スギの顔がパッと明るくなって、

「大変に煩わせまして、すみません」

ほかの喫茶店にはせず、ここで会うことにして席を立った。

翌日は、このところ寒波が和らいで少し暖かくなっていた天気が、また寒くなって風まで吹いた。

ヒョンテが約束した一時から二十分ほど遅れて喫茶店に行くと、入り口近くに座っていたスギがさっと立ち上がって、自分の座っている所を指さした。

「用事がおありのところを、こうしてお出でいただいて恐縮です」

長時間待っていたらしく、もう注文した茶は飲み干した後で、テーブルの上の番茶も冷めてしまっているように見えた。

こんな時、ミランだったらどうだったろうか。一時期ミランと喫茶店でよく会っていた時のことを思い出した。約束の時間から少しでも遅れると、彼女は容赦しなかった。あれをごらんなさいよ。彼女が顎《あご》である方向を指し示すのだった。そこには若い女が一人、背中を丸めてテーブルの上に目を伏せて座っているのだった。どう思う？　私の後から入ってきて、今の今までああやって一人で座っているのよ。見るに忍びないでしょ？　こんなところで女の人を待たせるんじゃないのよね。約束時間に遅れたヒョンテをこのようにやり込めるのに止《とど》まらなかった。自分の方からとんでもないことをしたりもした。彼女を待ちくたびれて外に出てみると、向かい側の路地の日陰から現われて、十五分も待てないのね、と睨《にら》んでみせるのだった。ヒョンテが一言、悪趣味だな、と言ったところ、彼女は大声で笑って、淑女らしくないっていうんでしょ？　だって、しょっちゅう遅れてくるんだから罰を受けるべきでしょ。ヒョンテがミランに興味を失ってしまったのは、彼女がユングの恋人だったということだけからくるのではなかった。それよりもミランの大胆で快活な性格と、無謀ともいえる強い自立した気質に、ある種の負い目を感じるのが嫌だった。今、目の前にいる女は、その性格からしてミランとは全く違う、ただただ静かに流れる水のような感じを与えた。面倒くさくても今日は相手をしてやって、次からは彼女が自分の行くべき道へと自然に流れていくようにしてやりたいとヒョンテは思った。

土曜の午後なので、喫茶店はとても混んでいた。ヒョンテとスギが座っている席もほかの人と相席になっていた。

スギは何であれ自分から先に話を切り出さなければと思いつつも、なぜかこういう席ではためらわれた。今にヒョンテがお茶を飲み終えたら、席を移そうと言うつもりでいたところ、彼の方が先に口を開いた。

「今、おられる会社には入社してどれぐらいになるんです？」

「二年目ですの」

スギはヒョンテが口火を切ってくれたついでに、自分が働いている会社についての話をした。

「西ドイツの人が経営している会社なんですが、噂には聞いていましたけど、あの人たちの生活がほんとに実質的なのには驚きました。昼ご飯もやむを得ない場合以外は、自分たちの宿所に戻って食べてくるんです。それはまあそれとしてです。コーヒーも水筒に入れて持ってくるんですから。だからと言ってケチなのとはまた違うんです。部下の人たちに対する待遇もなかなかで、決められた時間に自分の仕事さえすれば、何の文句も言われないんです。その代わり、勤務時間だけは厳守なんです」

話し終えて彼女は、昨日も外国人たちの時間観念が大したものだという話をしたことに思い当たった。別に意図的に言ったわけではないのだが、もしやそれを相手方が聞いて曲解したのではないだろうかと。ヒョンテがこの日、約束の時間より二十分も遅れて来たことを皮肉った言い方とでも。

ここで対話が中断したまま続かなくなった。

ほどなくしてヒョンテがお茶を飲み干したのを見届けたスギは、出ましょうか、とすまないという笑みを口元に浮かべながら席を立った。ヒョンテもこんなところでは彼女が話したいことを話せないだろうと思い、後からついて席を立った。この日も先にスギがカウンターに行ってお茶代を払った。

乙支路入口の交差点の横断歩道でスギは、

「あの、先生、昼ご飯はお済みですか？」

ヒョンテはこの日も朝昼兼用の食事をしてから出かけて、ビリヤードをしていて約束時間に遅れてしまったのだった。しかし今は、食事をするのが目的ではなく、静かな所が必要だということは、そう言うスギも聞かれたヒョンテも同じだった。

二人は道の向かい側にある中華料理屋に入った。

練炭ストーブは焚いているのだが、スースーする寒い部屋で二人は料理にもほとんど手をつけなかった。

スギがお絞りで用心深く口元を拭ってから、

「おそらく先生は私を不快にお感じだと思うんです。ねちねちとしつこい女だと。でも私にとってはとても重大なことなので、こうして恥を忍んで先生にご迷惑をおかけしてるんです」

そしてしばし遠くの方に視線をやっていたが、また目を伏せて、

「今度、ある人と婚約しようかと思うんです」

低めの声だったが、長らく考えに考えた末であるかのようにその声には重みがあった。

「最初のうちは、ドンホさんとのことを心のうちに秘めながら一生を過ごそうと決心していたんです。両親や周りの人たちから縁談が出ても、何ということもなくやり過ごすことができたんです。自分がほかの人の妻になるということは、どうしても到底ありえないことだと思ったものですから」

しばし彼女は目を閉じて、頭をやや後ろにそらして静かに息を整える様子だったが、

「ところがですね……次第にそういう私の考えに疑問を抱くようになったんです。私はこうして生きているのに、どうして自殺した人のことが忘れられずにいるのかということなんです。それがどういう理由であれです。……こう問い質《ただ》すようになったこと自体、もう彼に対する思いが希薄になってきたせいなのかもしれないんですけど」

「で、ご自宅はどちらですか？」

ヒョンテがこう聞いた。彼女の家がどこなのかを知りたくて尋ねたのではなかった。こんなことでも聞いて、静かに流れていた水が早瀬に差し掛かったように激してくる彼女の感情をほかの方にちょっと逸《そ》らそうと思ったのだ。

しかし彼女は、

「仁川《インチョン》です。そこから毎日通勤しているんです。以前、ドンホさんとはいつも一緒に通学していたんです。最初の頃は独りで通っていたんですけど、時々同じ車両にドンホさんが乗っているような錯覚をしたりしてですね。そして列車から降りて人混みの中にいるドンホさんを探している自分に気がついたことも一度や二度ではなかったんです。……こんな話は親友にもしたことはありませんけど」

「ということは、あいつとは知り合って長いんですね」

「そうなんです。同じ小学校に通いましたから。ところが今は……」

スギは言葉尻を濁した。そして自分自身を落ち着かせようとするのだろう、目を伏せたまま肩で息を整えていた。そのショットコートに包まれた肩が、ひときわ華奢《きゃしゃ》に見えた。

しばらくして彼女は静かに顔を上げて、

「全部ばかばかしく聞こえますでしょ？　ともかく今回は親の言うことを聞いて、結婚する気になっているんです」

　ところがいざ結婚をする具体的な段階に入って、もう心の中で整理できていたはずのドンホのことで、どうしても彼の自殺した事実だけは自分を解き放ってくれないというのだった。彼の自殺の原因が何であれ、それを知ってからでないことには、決心できないような気がしてきたというのである。

「それで以前、ドンホさんからもらった手紙から辿って、先生がいらっしゃる所に訪ねて行ったんです。ドンホさんが先生と一番親しくしておられたということを知っていたんです。ところが先生も南《ナム》先生［ユングのこと］もまったく知らないとおっしゃるじゃありませんか。私、その時にわかったんです。何か私に隠していることがおありなんだと」

「事実、軍隊で付き合っていた中では一番親しかったですね」

「ですから、ドンホさんについてご存じのことがおありでしょ？」

「滅茶苦茶、真面目な奴でしたね。馬鹿かと思うぐらいに」

「先生はまだ私に話すのを憚《はばか》っておられますよ、極端な話かもしれませんけど、私と会わないために電話まで……」

　彼女の突き出た鼻先が軽い興奮と緊張でやや青白くなった。

「あったことをそのままおっしゃってください。どんなことでも我慢してお聞きしますから」

「人間というのは、得てしてこれと言った理由もなく人を殺したりもするし、自分の命を絶つこともあるんじゃないでしょうかね。はたから見ていたらとんでもないほどに」

「でも、本人にはそれなりの理由があるはずでしょ」

「そんなこと、第三者としては知りようがないですよね」

「でも、ある程度は見当がつくんじゃありませんの？　そんなに親しくしておられたんでしたら」

「見当だとか推測だとかいうものほど曖昧で危険なものはないと思うんですよ」

「あくまでお避けになられるんですね」

「避けるんでも何でもありませんよ。……ただ、これだけは言っておきます。我々が死んだ人間についてああだこうだと言うのは、単なる趣味に過ぎないということを。私もドンホの奴が死んだとき、惜しい奴を亡くしたと思いましたよ。そして心の片隅で、つまらぬ自殺などをしてひ弱な奴だなと罵りもしました。これは皆、結局自分の趣味に過ぎなかったんですよ。だから一生、あいつのことを思いながら一人で生きていこうと考えたことも、最近になってあいつの死因を知ることによってすっきりした気持ちで結婚しようというのも皆、結果的には一つの趣味に過ぎないことじゃないんですかね」

「わかりました。自分の趣味でもって他人を苦しめないでくれとおっしゃるのでしょう？」

彼女の鼻先だけでなく、顔全体から血の気が失せて黄色みを帯びてきた。

ヒョンテは、この女は今後、結婚して化粧をするようになるかもしれないと、わけもなくそう思った。

12

その日、ヒョンテは夕方ソッキと一緒に酒に酔って帰去来《クィゴレ》喫茶店に立ち寄った。もう少し飲みに行く途中で、ちょうど店の前を通ったので立ち寄ったのだった。混み合う夕方時分を過ぎていたので、店内は閑散としていた。無言でストーブの傍に座って今、飲んできた酒が全身にまわる酔い心地に身を任せていると、ウェイトレスがコーヒーを二杯置いていった。飲み物は頼んでいなかった。いつも行く店なので、時々はただ座っていてそのまま出ても何も言われないのだった。どうしたんだ、とこちらから聞こうとすると、ウェイトレスがある方向に顔を向けて、あちらの方が持っていくようにとおっしゃったんですと言う。彼女が指し示す方に視線を向けると、そこにスギが座っていて、座ったまま軽くお辞儀をしてみせた。

ソッキがコーヒーを掻き混ぜながら、

「誰だよ？」

「ちょっと知り合いの女さ」

前回ヒョンテがスギと会ったのは十日ほど前だった。その時別れぎわにスギが、よく行くのはどちらかと聞いたことがあったのを思い出した。そうでなくても、わざと自分を避けているということを知っている彼女に、またはぐらかすこともできなくて、この喫茶店のことを話したのだった。そしてヒョンテは、それはただお互い別れるときに交わす挨拶程度にしかみなしていなかった。前に会った時、彼女は少なからず激しい感情の起伏を見せてはいた。それでも一旦それで流れはまた静まって、ヒョンテの前からは去っていくものと考えていた。そんな彼女が今回はここにまで現れるとは。もちろん、彼女がそこにいようがいまいが、無関心のままでやり過ごせばそれっきりのことだ。しかしこの日ちょっと酔っていたヒョンテは、コーヒーを口にもしないで彼女のところに行った。何やら自分を取り巻いているある水流のようなものを追い出してしまおうとする気持ちで。

スギが居ずまいを正しながら、

「いい喫茶店ですわね。静かでイスも座り心地がよくて」

「婚約はまだだったんですか?」

口火を切ってこんなぶっきらぼうな聞き方をするのでスギは、返事ができずにしばしヒョンテを見やった。酒で赤くなった顔には散髪してからだいぶん経って髭が伸び放題に伸びていた。

「私が勝手にお茶を頼んで失礼したみたいですわね。申し訳ありません。ただ先生がどこか疲れておられるみたいでしたので。一緒に来られた方もいらっしゃるのに、ほんとに失礼しました」

「いや、そんなことは構わなくて……」

「このところ私がこの喫茶店に寄ったりしましたのは、ドンホさんのことで先生をこれ以上苦しめようとしてのことじゃございません。ただ……何と申したらいいのやら……ただ昔ドンホさんと親しくしておられた先生や南先生の生活の雰囲気を少しでも見てみたかっただけなんです」

ヒョンテは苦笑いを浮かべた。

「で、何を見たんです? 疲れた様子、それなんでしょ? それから酔っぱらってみっともない様子……多分、秩序整然たる生活をしている外国人を相手にされている目にはもっと酷いでしょうな……ともかく、私から昔のドンホの奴の姿を探し求めようというのだけは誤算だと思ってくださいよ」

「結局、私がこの喫茶店に来るのも、つまらない趣味にすぎないとおっしゃるんでしょ? いいですわ。そんな趣味を持っていけないということはないんじゃありませんの?」

スギの口元に冷たく寂しげな微笑が一瞬よぎった。

「それは私のあずかり知らぬことですね。でも、呑み助と言うのは、飲まない人に何かを見られたり干渉されたりするのを最も嫌がるということは知っておいてくださいよ」

ヒョンテは立ち上がってソッキのいる方に二、三歩歩きかけて、何を思ったかきびすを返してまた彼女の前に座った。そして彼女の前に上半身をやや前のめりにした。少し充血した目が光を放った。

「ここであまり時間をつぶしたら仁川行きの終電に乗り遅れるといけないんで、もう一言だけ付け加えておきますよ。前回、私がどんな話をしようと、我慢して聞くと言われましたよね。間違いありませんよね？　じゃあ話しましょうかね？　ドンホの奴がですね、ある女の人を銃で撃って殺したんです。男と女を撃ったんだけれども男の方は怪我しただけで、女だけが死んでしまったんです」

ヒョンテは今、酔いに任せて話してはいけないことを話しているということを意識しながらも、そのままずっとしゃべった。

「女は安い飲み屋の女でしたよ。これが彼が自殺するようになった原因です。それ以外は想像にお任せします。……それから実はあいつの遺書があります。明日にでも持ってきて差し上げますよ」

彼女は黄色みを帯びた肌が前面に浮き出るほど血の気の失せた顔をして、ヒョンテの方を見ながら身じろぎもせずにいた。しかしそれはヒョンテではなく、ほかの遠いところを眺める目付きだった。

ヒョンテは久しぶりにある種の残忍な快感のようなものを感じながら、

「どうですか？　明日六時にここに来られませんか？　手紙を持ってきてあげますよ」

スギは依然として黙ったまま身動きせずにいた。そうするうちに彼女の眼には遠くのものでも映ったかのように潤いが出てきて目の内が光った。

ヒョンテはソッキのいる席の方に戻って一緒に喫茶店を出た。

二人は飲み屋を何軒かはしごした。ヒョンテは思った。自分の話がおそらくスギの胸を刺して痛くさせただろうと。だったらどうだというのか。ではあるけれども、なぜか彼は自分の心ももやもやしているのを感じた。この日の晩、ヒョンテは不思議にも飲んだ割には酔いを感じなかった。でありながらも気分はスッキリしなかった。

十一時頃、ヒョンテはソッキと別れて帰る途中、平壌屋に立ち寄った。客のいないカウンターに小間使いの子が独り、ストーブの傍で居眠りしていた。

この日、居間には村長が来ていた。女将《おかみ》とやり取りするキンキン声が厨房裏のこっちの裏部屋にまで聞こえてきた。

ヒョンテは簡単な酒の膳を前にしてケヒャンが注いでくれる酒を飲んでいた。いつも同じように右の膝を立てて、その上に両手を重ねて置いた彼女の姿勢。酒を注ぐ時だけ膝の上の右手で酒のヤカンを持って左手は右手の袖を押さえるという機械的な動作。そして真っ白な肌の中にすべての感情を冷たく死蔵しているかのような顔。ヒョンテはやはり、この冷たい石のような彼女には、何の神経も使わなくてよいというところにある種の安らぎのようなものを味わっていた。

居間の方で女将が、もうこれ以上飲んじゃダメですよ、たくさん飲んだでしょ、という声がしたと思うと、村長がキンキン声で、ウォルソン［漢字では月仙など］、お前ももう大分老け込んだなあ、と言うのが聞こえた。この村長はいつも女将のことをウォルソンと呼ぶのだった。ヒョンテがケヒャンに、この名前からすると女将さん、昔は妓生［朝鮮の芸者］だったんだろう？　と聞いてみたが、彼女は返事の代わりに口元に微笑を浮かべるのだった。それはヒョンテの言うのが当たっているというのか当たっていないというのか、あるいは知らないという意味なのか、少しも意思のはっきりしない、ただ機械的に唇の上下を少し開けたかというぐらいの笑みだった。居間では内容までは聞き取れない話を一しきりヒソヒソやっていたのだが、また村長のキンキン声が聞こえてきた。多分、今、カルビを頬張っているのだろう、こりゃ何たるカルビだよ、肉が全然ついてないじゃないか、カルビというのは木枕ぐらいなきゃ食べた気がしないんだが、こりゃ全く、一切れ噛みちぎって飲み込んだら喉がヒリヒリするぐらいにだな。

　停電で灯が消えた。暗闇の中でケヒャンが不自然なほど慌てて身を起こして外に出て行ってしまった。ヒョンテはタバコに火をつけてくわえた。突然、居間の方から女将のケラケラ笑う声がして、お膳も片付けないのに何をなさるんです、という声が聞こえた。ヒョンテはこの女将のソウル言葉と平安《ピョンアン》道方言を混ぜた言い方をいつも面白がって聞いていた。しばしの後に居間の戸が開いて、誰かが出てくる気配がしたと思うと、女将の声で、嫌になっちまうねえ、またどうして停電になんか、と言いながらこっちの戸を開けるのだった。

　女将が部屋の隅からロウソクを探し出してお膳に明かりを灯すと、出て行っていたケヒャンが戻ってきて、さっき座っていたところに先ほどと同じ姿勢で座り直すのだった。停電になったら一旦、とにかくお客の部屋から出てくるようにと女将から言われているのが明らかだった。

　しかし今、女将はヒョンテに、

「あれをちょっとごらんなさいよ。どれほど臆病で純真なんだか、暗いところではちょっとの間でも男の人の前に座ってられないんですから」

　揺れるロウソクの明かりに映ったケヒャンの顔は、全く変わらず石膏のように何の表情もなく固まっていた。

　ヒョンテは女将に盃を返した。

「今日はたくさん飲みました」

　事実、いつもよりたくさん飲んだのか、彼女の赤みを差した瞼がむくんだように膨れ上がっていた。

それでもせっかくヒョンテが差し出した盃を断るわけにはいかないというように、

「じゃあ、少しだけ」

ケヒャンに盃の半分にもならないほど注がせて、チュルチュルと音を立てて飲み干して、ヒョンテに返しながら、

「先生は今日、酔ったようにも酔っていないようにもお見受けしますが、どうされたんです？　もう少しどんどんお飲みにならなきゃあ」

そうしてケヒャンから酒ヤカンを渡してもらって手に持ち、

「お前は居間の方に行って唄でも唄って差し上げなさい」

十一時半近くになっているのに、女将の方から唄を唄うように言いつけるのは、どうしたわけだろうか。

ケヒャンが居間の方に行ってしまうや、女将は、

「先生は最近どうされたんです？　日照り続きで大豆がまばらに生えるみたいに、たまにしかお寄りにならないんですから。おいでになってもこんなに遅い時間ですし。どんなことがあっても、ほかにいい所ができて、うちにはいらっしゃらないというのはダメですよ」

「これぐらいの時間だと客がいなくていいじゃないですか」

「でもお遊びになる時間がなくちゃ何もできませんでしょ。……ちょっと、ケヒャンや、早く唄いなさいよ」

女将が居間の方に向いて大きな声で言った。すぐにケヒャンの唄う声が聞こえてきた。

「まあ男の方たちは歳を取るほどいやらしくなるんですかね。あの村長がケヒャンに目をつけているじ

ゃありませんか」

女将がヒョンテの耳元でささやいた。ケヒャンに唄を唄えと言いつけたのも、こんなことを居間には聞こえないように言うためだったのか。村長が箸を叩いて音頭を取っているのに違いない音が聞こえてきた。

「よく見ていると、男の人は若い時にはむしろ少し年増の女が好きで、自分が歳を取ると、とてつもなく若い子に欲望を抱くんですよね」

ケヒャンの唄が終わると、女将はまた居間の方に向いて大声で言った。

「ちょっと、今度は漁郎打令《オランタリョン》［咸鏡北（ハムギョンプク）道民謡。打令は民謡の「〜節」ほどの意］を唄ってみなさい」

居間からまたケヒャンの朗朗と澄んだ歌声が聞こえてくるや、女将は、

「まあ、ひと月に三万ファンずつ出すというんですよ。一週間に一度来て泊まったりもしてですね。あのケチな人が一大決心をして言ったんでしょうけど。でもダメじゃないですか。あの子がどういう子なのかですよ。そう、それしきのお金が欲しくて、あの子をおぶって身の毛がよだつような三十八度線を越えてくる馬鹿な女はどこにもいませんよ。とんでもない話ですわね。まあ最初の回さえ済ませば、ひと月に四回来て三万ファンなら、まずまずでしょうけど。でも最初の晩の事始めというものがあるじゃないですか。最小限にしてもこれぐらいは出してもらわないとですね」

女将が左手の指五本全部をサッと開いて見せた。そしてもう一方の手で酒のヤカンを持ってヒョンテの盃に酒を注ぐのだった。

ケヒャンの唄が一曲終わるたびに女将は居間の方に向いて、次々に何を唄えと大声で言うのだった。ケヒャンの唄はレコードを入れ替えるように女将の言うとおりに途切れなく続いた。そして合間に時々、

村長の箸のリズムに混じって、よいやな《チョータ》、と言う興に乗った声が聞こえてきた。こんな声と音を聞いている間、ヒョンテは女将がケヒャンに切れ目なく何でも唄を唄わせているのは、こちらの話を聞かれなくするためというよりは、あちら側の様子を窺うためではないのかという気がした。ケヒャンの唄が途切れない限り、村長が彼女に何かほかのことを仕掛けることができないとわかるからである。ヒョンテは急にいたずらをしたくなった。

「ちょっと、女将さん」

女将が訝しげに顔を上げた。

「すぐ居間に行ってみてくださいよ」

「えっ、どうしてです？」

「村長が何をしでかしているかわかりませんよ。こんなふうにしていては、下手したら五万ファンの生娘をタダでやってしまいますよ」

「ご心配なく」

「人間の体というのは口だけじゃないんですよ。ケヒャンが唄を唄っている間に、村長が何をしでかしているかわかったものじゃないですよ。早く行ってみてくださいよ」

そしてヒョンテが酒代を払おうとするや、女将は、

「あら、もう少し召し上がりませんの？」

そう言いながらも、居間の様子が少し気になったのか、

「私が行って、あの子をこちらに連れてきますから」

ヒョンテはそのまま、酒代を払って店を出た。

13

ヒョンテが朝寝坊をするのは、何も昨日今日に始まったことではなかった。夜遅くまで飲み歩いているので、自然と朝寝坊をするようになるわけだが、たまにどうかして朝早く目覚めた日にも寝床から起き上がらないのだった。それで夕方は夕方で、また朝は朝で、父親と顔を合わせる時間はほとんどなかった。

大学に通っている弟とも顔を合わせる機会はほとんどなかった。中学時代から登山の好きな弟は、夏休みなどはもちろんのこと、日曜や休日には必ず山に行っていて、いつも家にはいなかった。

ただヒョンテは、常に家にいる母親とだけは仕方なく顔が合った。出くわすたびに母親は渡米しろという督促が激しかった。最初に母親からビザが下りたという話を聞いた時には、ヒョンテも本当にすぐ出発したい気持ちだった。自分の生活の周辺を取り巻いているうんざりする無為の惰性から逃れるためにも。そしてその後も、時々どこか遠くへ旅立ちたい気持ちにぶち当たったりした。しかしそのたびにヒョンテは、自分を取り巻いているこの惰性から逃れるというのは、戦場で敵の包囲網を突破するよりも、もっと難しいということをよく感じた。

その日もヒョンテは、真昼になってようやく起きた。ガラス窓から外を見ると、曇っていた。顔を洗って自分の部屋に戻ったのだが、食事を運んできたのだと思っていたお手伝いの子が、ドアの隙間から顔を出して、お電話ですという。

「前にも何度も電話してきた女の方です。それで、おられないと言ったのですが、今日こちらに電話することになっているとおっしゃるんです」

応接室に行って電話を取った。

受話器から流れるスギの声はいつもよりどこか、ちょっとしゃがれた感じがあった。

「ごめんなさい、先生。嘘を言ってまで先生にお会いしなければと思ってですね。ちょうど土曜日なので早く会社を出ることもできますし」

出て来られるときに、ドンホの手紙を持ってきてもらえたらありがたいと言うのだった。前回、帰去来喫茶店で会ってから一週間近く経っていた。会った次の日にヒョンテは、押入れの隅に突っ込んでおいた軍隊時代の背嚢を引っ張り出して、その中からドンホの手紙を探し出して喫茶店に行ったのだった。しかしその日は夕方だけでなく、その間に二、三度立ち寄ってみた喫茶店に彼女は現れなかった。その彼女が一週間近く経った今日、その手紙を持って出てきてくれというのは、またどうした風の吹きまわしだろうか。

いつものように、朝昼兼用の食事をして彼は外に出た。

スギが会おうと言った二時にはまだ時間があった。ヒョンテは目的地とは関係なく鍾路《チョンノ》二街を通って乙支路二街から中央劇場［中区明洞（ミョンドン）一街にある映画館。現・中央シネマ］の前を通り過ぎて、天主教会堂［明洞二街にあるカトリックの明洞聖堂］の坂を越えた。道の真ん中で乞食の子が通行人に施しをせがんでいたが、ヒョンテの顔を見るとペッと唾を吐いて見せた。

忠武《チュンム》路［明洞の南端の通り］の方に歩いた。中央郵便局［明洞二街在（現・小公路）］の裏、道の両側に本屋が並んでいるところを通り抜けながら、ふと長らく自分はこういう本屋から距離があったなと感じた。除隊直後には、それでも何か生きがいを感じてソウル市内の本屋を熱心に巡っていたのだが、毎日のように酒を飲むようになってからは自然と足が遠のいていたのだ。

ヒョンテは足の向くまま一軒の本屋に立ち寄った。もちろん買いたい本があってのことではなかった。その店で彼はあれこれ本をめくっていたが、〈熱帯魚〉という本が目に飛び込んできた。新文庫版で一〇〇ページにもならない薄っぺらな本だった。表紙には原色の写真ではなく図鑑と書かれているので、大したこともなかろうと思いながら開いてみると、果たしてちょっと見にも絵の様子と彩色が不自然だった。実物とは相当距離がありそうだが、ともかく輪郭だけではあるが、奇怪な外見と色をした魚たちを見ているうちに、これを一度、ケヒャンに見せたらどうだろうという気になり、金を払って本を懐に入れた。

本屋を出た彼は乙支路《ウルチロ》の入口まで来てそこにあるビリヤード場に上がっていった。時間をつぶすのにこれほど便利なものはなかった。ソッキと時々立ち寄る店なので、客の中に挨拶をしたことはないが、顔見知りの人が何人かいた。彼らと組んでゲームをした。

一ゲームだけでヒョンテはそこを出た。外は雲が低く垂れこめていた。

約束の二時にはまだ少し時間があったが、彼は以前、スギと入った喫茶店に行った。彼女が電話でその店に来てくれと言ったのだった。

店に入ると、またスギが先に来て座っていた。ヒョンテに少し上体を傾けてお辞儀をして見せる彼女の化粧気のない顔が以前より目立つほどやつれて見えた。

ヒョンテは早くコトを済ませたかった。お茶を一杯ずつ飲み干してから、一週間近く着歩いていたオーバーのポケットに突っ込んでおいたままだったドンホの手紙を取り出そうとすると、彼女が、

「ちょっとお待ちください」

と言って席を移そうと言うのだった。

店内は天候がよくないせいか、一しきり混みあう時間帯でもあったが、客はあまりいなかった。これぐらい静かなら話をできないことはないと思いながらも、ヒョンテは彼女の後から席を立った。前回、彼が話したことで、このようにやつれたのかもしれない彼女の顔が、こちらから嫌だとは言えないほど切実に見えたからである。面倒くさいことだが、今日が最後だと考えた。明洞《ミョンドン》まで出てスギが言うのに任せて、あるグリルに入った。

スギは魚のフライとライス、ヒョンテはサラダにウィスキーを頼んだ。スギが食べ終わるまでにヒョンテはウィスキーを三杯飲んだ。その間に二人は特には話をしなかった。

店に入ってくる一団の客たちが頭と肩の雪を払っていた。ヒョンテがガラス窓の方に目をやった。雪が降りしきっていた。

スギもガラス窓の方に目をやって、

「先生、雪はお嫌いですか？」

と言った。

ヒョンテは特に雪が嫌いだとか好きだとか考えたことがなかった。軍隊生活をしていた時、戦場で極寒が一週間も二週間も続くと、雪でもどっさり降ってくれないかなと思う時もあった。しかしいざ、雪が山のように降りそそいで激しい吹雪が荒れ狂ってみると、余計に大変だった記憶がある。

「中東部戦線では雪がすごいんですってね」

「そうですよ。一晩で軍靴がズボッとはまるほど降るのが普通ですから」

「じゃあ、その時分の雪にうんざりして、今じゃ雪が嫌になられたんでしょ」

「そうとばかりは言えませんね。大雪の降る所にいたことのある人じゃなければ、雪を嫌がったり好きになったりはできないんじゃないですか」

　スギは両手でカップを包み込んで、やや顔を赤らめながら、

「ところで先生、今日、私に時間を少しいただけませんか?」

　しかしそれは、こちらの意向を尋ねるというよりは、そうして欲しいという言い方だった。

　ヒョンテはこの女と過ごす時間が煩わしいことを思うと気が乗らなかったが、今日で本当に彼女と会うのも最後だろうから、向こうの言うとおりにしておこうと思って黙っていた。それがそのまま応じることになった。

「ありがとうございます。先生が嫌だとおっしゃるかと思ってビクビクしてたんです」

　外はそれほど大きくない雪片が静かに舞っていた。人の足や車輪に踏みしだかれない道の片隅にはもう雪がこんもりと積もっていた。ヒョンテはオーバーの襟を立てた。

　美都波《ミドパ》［中区小公（ソゴン）洞にあったデパート］の前でスギがタクシーを呼び止めた。そして仁川《インチョン》の松島《ソンド》［仁川郊外の行楽地］まで行ってくれないかと交渉するのだった。天候の悪い日に市外まで行くのが嫌なのか、そのまま通り過ぎてしまった。次に止めた車は、仁川までならいいが松島までは行けないというのだった。

「松島でしたら、仁川まで行って乗り換えられたらいいじゃないですか」

　運転手の言葉にスギは、そうするしかないと思ったのか、ヒョンテの方に振り向いて自分が先に乗り込んだ。

　乗ることは乗ったがヒョンテには、全くどういうつもりなのか、さっぱりわからなかった。彼女がさ

っき自分に時間を割いてくれないかと言ったのは、またほかの喫茶店にでも行こうという意味だと思っていたので、タクシーを止めるということからして意外だった。そしてタクシーを止めたのも、この夢多き女が雪の降る街路をドライブでもしようということかと思っていたのが、突拍子もなく仁川の松島にまで行こうと言うではないか。松島といえば、ヒョンテは仁川にある海水浴場の一つぐらいのことしか知らないでいた。時計を見ると三時を少し過ぎていた。

　車が混雑する市内で、それも走っている車の中に座って吹き付ける雪を見ている感覚は、それが静かに降っているという印象よりは、むしろザワザワとして何かに追われている感じを与えた。

　永登浦《ヨンドゥンポ》［永登浦区在］を過ぎて京仁《キョンイン》街道［ソウル・仁川間の大路］に入ると車はスピードを上げた。左右のガラス窓が白く霞《かす》んで外がよく見えなかった。雪がガラス窓の枠に少しずつ積もってきては車の振動で崩れ落ちたりした。フロントガラスにひっきりなしに当たって砕ける雪が限りなく積もっていく。ただワイパーで拭《ぬぐ》われた部分からははっきりと雪の降るさまが見えた。

　ヒョンテはクッションに頭を凭《もた》せかけて目をつぶった。雪の降る日なので気温は暖かい方だった。しかし酔いが醒め始めたのか、体が薄ら寒かった。

「お疲れのようで、いけませんわね」

　そしてスギは運転手に、

「ヒーターを入れてください」

　ヒョンテは目をつむったまま、スギがこの天気の悪い冬の日に、どうしても自分を連れて松島に行こうという心の内が理解できなかった。車がカーブを切ったはずみで、体が横に傾いた。スギがこちら側に傾くのを感じた。しかし二人の体が触れることはなかった。それだけ二人は離れて座っていたのである。ヒョンテはある思いを辿っていた。ドンホに関することであるのははっきりしているのだが、それが何なのかは思い出せなかった。車が今度は反対方向にカーブを切って、そちらの方に体が傾いた。ヒョンテは自分の体がスギに触れないようにと意識しながら、体をまっすぐに保とうと努めた。そして車が平坦な直線道路を走るように体をまっすぐに保った。ヒョンテはその時になって思い起こそうとしていたことが浮かんできた。ソトゴミでドンホが暴飲し始めたある夜のこと、寝言を言っていた頃のことだ。ヒョンテは目を開けた。

「あの、運転手さん、ソウルと仁川の間には何という峠がありましたっけ?」

運転手はだしぬけの質問に、バックミラーでこっちをチラリとみて、

「峠ですか?」

「名前のついた峠があるはずだと思うんだけど」

「さあねえ……」

若い運転手はソウル・仁川間の地理には詳しくないようだった。

スカーフで髪を覆ったままじっと前ばかりを見て座っていたスギが、こちらの方に顔を向けて、

「ウォンテイ峠のことでしょう?」

「あ、そうです、そのウォンテイ峠、その峠はどの辺なんですか?」

「もう少し先です。富平《プピョン》と朱安《チュアン》［富平とともに仁川近郊］の間ですから」

「その峠と言うのは険しいんですかね?」

「いえ、険しくはないんですけど、変に曲がりくねっていて、事故が多い所なんです。冬場なんかにはカーブを曲がり切れずに滑って坂の下に落ちることがあるんですよ」

ヒョンテはスギの顔を眺めやった。あの日の夜、ドンホはどんな夢をみていて、あんな寝言を言ったのだろうか。それは自分同様、スギも知りようがないのだった。ヒョンテはまた目を閉じた。

そのあとすぐスギが、

「ここが小ウォンテイ峠って所です」

ヒョンテは目を開けた。

車がそれほど急ではない坂道を右の方へと緩いカーブを折れて下りつつあった。数キロほど進んでから、車はもう少し険しい峠を越えながら、今度は曲がりくねった道を急カーブを描いて下って行った。

「ここがほんとの大ウォンテイ峠です。ここが事故が一番多いという所なんです」

カーブの曲がり角の先が崖になっているようだったが、ヒョンテは強いて見下ろそうとはしなかった。

仁川でもやはり同じように雪が降っていた。市内に入ってタクシーを乗り換えて、さっき来た道をバックして市街地から離れた。

舗装していない田舎の道なので、車はかなり揺れた。よく見えはしなかったが、右側に海を見ながら走っているということはわかった。

二十分ほど走っただろうか。ある山の角を回って下った所に、広場のような場所があり、そこに車は止まった。夏場に海水浴客たちを相手にしているので、うら寂しいことこの上なかった。短い冬の日がもう陰りかけていた。

右側の海の方向に軍が駐屯していた。カマボコ兵舎とテントが雪に覆われて、元々の立体感を失って平べったく伏せていた。

そのすぐ横には両側に人家が並んでいるのだが、そこには小さな雑貨屋、中華料理屋、クッパ飯屋などが何軒か混じっていた。その間を縫ってヒョンテは、無言で先を行くスギの後を追って歩いた。一〇〇メートルほど行くと、海辺へ続く堤防のところに出た。

「戦争前には海水浴場だったんですけど、そこに軍隊が入ったんですよ」

だとすると、さっき通り過ぎた飲食店や店屋も夏場の海水浴客ではなく、軍人相手のものだったのか。雪の中を先に立って堤防の上を歩くスギのほっそりした姿が、寒そうで寂しそうに見えた。

海辺まで行かないうちに湿った空気が吹きつけてきた。二人は上半身をやや前屈《かが》みにして歩かなければならなかった。

堤防の上から眺める海は引き潮なのか、黒い底を見せた干潟が海の方に広がっていて、雪交じりに薄暗くなった夕暮れの中で視野が塞がれた。黒い干潟のあちこちでは、大きな石と氷の塊が雪をかぶって何かの生き物のように白く突き出ていた。

左の方の遠くに灯台が灯《とも》し始めて、一定の間隔を置いてついたり消えたりした。その灯りが真っ黄色に見えた。

ヒョンテはふと、今頃ユングとソッキが週会のために喫茶店で自分を待っているだろうことを思った。

しばらくの間、海の方を眺めていたスギが、独り言のようにぼそぼそと呟いた。

「ちょうど今頃なんです。……私たち無言で座っていたんです。……その時は満ち潮で、この堤防の下まで潮が満ちてきてバシャン、バシャンと音を立てて……夏の終わりの頃でした」

ヒョンテはこの天候のよくない日に自分を連れ出してここまでやってきた理由が残念ながらよくはわからなかったが、ただそれが、ドンホと関係があるだろうということだけは漠然と推測していた。それが今、彼女の口から出たわけだ。しかしヒョンテは、彼女の話を聞きながらそれは彼女が自分にとってはある程度の真実であるにせよ、わざわざヒョンテをここにまで連れて来なければならない性質のものではないという気がした。彼は頭の雪を払った。

　スギはそのままあとしばらく海に向かって立っていて、それから引き返して歩き出した。日はとっぷり暮れていた。

　さっきタクシーを降りた空き地に戻ってきたヒョンテは、あの車を帰してしまったのはまずかったかなと思った。雪が先ほどより激しくなった。ライターに火をつけて時計を見ると、もう六時近くだった。彼はライターを取り出したついでにタバコに火をつけた。

「あのう、帰りの心配はなさらないでください。乗合バスがあるんです。……ところで先生、これからドンホさんの手紙を読むつもりです。それを私はどこか静かな部屋で読みたいんです。そして、そこで今夜一晩独りで過ごすつもりです」

　仕方なくヒョンテは彼女をホテルまで送り届けてやることにした。山の上にそのホテルはあった。かなり急な坂道を上り切ってホテルの前に辿り着いた。清響荘《チョンヒャンジャン》［漢字は音訳の一例］という看板が掛かっていた。二階の海が見える側の部屋に案内された。広くはない洋室の壁寄りの片隅に、ダブルベッドがあった。夏場の海水浴シーズンではない現在は、ただ遊びに訪れた外国人を相手にしているようだった。ストーブが焚《た》かれていて部屋の中は暖かかった。

　ヒョンテはボーイが持ってきたタオルで頭や顔にかかった雪の解けた水を拭った。

「ここは自家発電ですかね?」

　用命に備えてドアの脇に控えていたボーイに尋ねた。さっき坂を上がってきた時、相当遠くからもゴーゴーという音が聞こえたからである。

「ええ、そうでございます。……ご夕食はどうなさいますか?」

ヒョンテはスギの方に振り向いてみた。

「私はいりません」

「じゃあ、ウィスキーでも持ってきてくれるかな」

運ばれてきた酒をコップに注いで三、四口飲んだところ、それでやっと体中にまわっていた疲労感が少し和らぐようだった。ヒョンテはオーバーの内ポケットからドンホの手紙を取り出して、ベッド脇のサイドテーブルに持って行って置いてから、また酒をコップに注いで半分ほどを飲み干した。

スギは一方のカーテンを巻き上げた窓際に、こちらには背を向けて立っていた。彼女の立っている窓ガラスは寒さで白っぽく曇っており、外は真っ暗に見えた。その真ん中を彼女が拭ったのだろう、人の顔より大きな部分が拭われていた。

背を向けている彼女の後ろ姿は、まるで挨拶の言葉さえ忘れているかに見えた。ヒョンテも無言で酒瓶とコップをテーブルの上に置いたまま、その部屋を出て帰ろうとした。

「ちょっとお待ちください」

そう言いながらも、少し間をおいて彼女はこちらに振り向いた。スカーフを取った髪は櫛《くし》も入れないままだった。その前髪の端には雪の解けた水滴がついていた。

ヒョンテはもう一度コップを手に取り直した。

「今日は先生にご迷惑ばかりおかけして何ともお詫びのしようがありません。雪が降りそうなので先生にお電話したんです。事務室にいると、雨か雪が降りそうだというのがわかるんです。雨や雪が降る日には、ソウル駅の汽笛の音がとってもはっきり聞こえるんです」

ヒョンテは自分も今日中に必ず雪が降ると感じていたことを思い出した。さっきビリヤードをやっていた時、両腕の肘《ひじ》がムズムズ痺《しび》れるようだったのだ。雨か雪が降りそうな時はいつも、戦場で痛めた肘の傷跡が、先にムズムズして痺れてくるのだった。

「事実、最初はドンホさん関係のどんな話であれ、我慢して聞いていられると思っていたんです。ですが、いざお聞きしてみると、彼の手紙をもらいに喫茶店にどうしても行けなくなったんです。実のところ彼からは死ぬ少し前から手紙の返事が来なくなっていたんです。でも今日は決心しました。雪の降る日に彼からの手紙を読んで……そして彼とのすべての思い出を振り払うことにしたんです。……彼と最後に会った日も、このように雪が降っていました。……もうほんとに手紙を読まなきゃならないのに、また怖くなったんです。先生、もう少しだけいてくださいませんか」

彼女はやや言葉を切って、

「前回、私にまだ婚約はしなかったのかとお聞きになったでしょう？　この前、話の出ていた人とはやめることにしました。やはりこんな状態ではダメなんです」

そうしてヒョンテの酒を飲むさまを見つめるのだった。どうせこうなったからには、ヒョンテがある程度酔うのを彼女は待っていたのだ。少し前に帰去来喫茶店で、彼があれほど避けていたドンホの話を切り出したのも、酔ってからではなかったか。あの時よりももっと恐ろしい話が彼の口から出ようとも、ケリをつけねばならないと決心した。

ヒョンテが何度もコップを口にするのを見守っていた彼女は、

「ドンホさんもお酒を飲んだんですか？」

「もちろんですよ」

「以前はお酒は飲めなかったんですけどね」

「私が教えたんですよ」

酒の入ったヒョンテの目が光を放ち始めた。

「その日も彼はお酒を飲んだんですか?」

「少しはね。でも酔ってあんなことをやらかしたとは思いませんね」

「結局、人殺しをしたので自殺したわけですね」

「さあどうでしょうか、あいつは自分が撃った人間が死んだのかどうなったのかは知らないで自殺したんです。ただこれだけははっきりしています。あいつが自殺したのは、自分の撃った人間が死のうが生きていようが、そのことは問題ではなかったということで」

ヒョンテの口元に苦笑いが浮かんだ。口の両端に年齢以上に深く見える皺《しわ》が寄った。

「先生だったら何としてでも、彼が死ぬのを防げたんじゃないんですか?」

「どうして、私が誰かの死を防げたと言うんですか? 大体、人にそんな権利が与えられていましたっけ」

スギがヒョンテの顔を真正面から見ながら、

「その女の人というのはどんな人だったんです?」

「前に言ったじゃないですか。飲み屋の女だと」

「それで?」

「うーん、鼻がツンとしていて、顎が尖《とが》っていて……」

「そんなことをお聞きしたんじゃありません。でもいいです。わかりました。立派な女の人だったんでしょう。彼が好きになった女と言えばわかります。私みたいな者なんかとは比べ物にならない立派な女の人だったんでしょうね。……はい、もう今なら手紙を読めそうです」

彼女はやっと心を決めたかのようにベッドの方に行って座り、サイドテーブルの上に置いてあった封筒を取り上げた。五週間近くもオーバーの内ポケットに入れて歩いていた封筒なので、よじれて皺くちゃになっていた。

ヒョンテはまたコップに酒を注いだ。早くこの場から抜け出したかった。

封筒から中身を取り出して開いてみたスギの顔が、一瞬にして歪んだ。

「これ、何という手紙なんでしょう！」

小刻みに震える彼女の手から手紙がこぼれ落ちた。ヒョンテの目は反射的に落ちた手紙の方に行った。ベッドの下に落ちたドンホの手紙は、何も書かれていない白紙だった。

ヒョンテが歯を見せてフッと声を立てて笑った。だいぶ前の金上等兵の土くれの手紙のことを思い出したのだ。あのお手本と全く同じだな。

「読む人がいろいろ想像しながら読むんですね」

スギは何も聞こえない人間のように、虚空に目をやっていたが、そのままベッドに倒れ込んだ。

「これはあの人の手紙じゃありません。あの人の手紙じゃないです」

彼女の華奢な肩が上下に震え始めた。

ヒョンテが近寄った。

「さあ、これをちょっとお飲みなさい。気持ちが鎮まるでしょうから」

さらにもうしばらく肩を震わせていた彼女が、ガバッと上半身を起こして、ヒョンテの差し出すコップを払いのけた。酒がこぼれて、下にあった白紙の手紙に染みを作った。

「ドンホさんを殺したのはあなたですよ。以前はそんなじゃなかったドンホさんを、そんなにしたのはあなたです。だからあなたは私を避けていたんです。卑怯ですわ。お酒を飲まないと話すべきことも話せない酔っ払いです、酔っ払い……」

蒼白になった彼女の顔に、目だけが赤く充血していた。

ヒョンテは自分が冷然としていると感じた。またコップに酒を注いで飲んだ。

「私があいつをそんなにしたですって？　そんなら私はかえって強い人間かもしれないじゃないですか。ところが私は今、そちらで言うとおりの卑怯な男ですから。卑怯者で酔っ払いで……」

ヒョンテは突然、ある種の残忍な快感を感じて、

「強いてあいつをあんなにしてしまったもう一人がいるとしたら、それはそちらですよと私は言いたい。今にしてみると、そちらのその大したことのない夢の世界から抜け出せなくて、あいつはとうとう窒息してしまったんですよ」

「もうそれ以上、言わないでください。そして出て行ってください」

彼女は両手で耳を塞いだ。

「そういう意味では我々はお互い共犯者になったわけですよ」

彼女がまた耳を塞いだまま倒れ込んだ。

ヒョンテはふいにある種の殺意のようなものを感じた。サイドテーブルの上に酒瓶とコップを乱暴に置いた。そしてスギの傍に行って彼女にガバッと覆いかぶさり、ショートコートの裾を端の方からつか

んでバッと左右に押し開いた。ボタンがポロポロ外れ落ちた。

14

「今日がちょうどその日なんで、持ってきたんだ」

次の土曜日に週会が終わってから清渓川《チョンゲチョン》の入口まで来て、ソッキと別れるや、ユングはヒョンテに新聞紙に包んだ札束を取り出して渡した。こうやってユングは毎月三万ファンずつと決めてヒョンテに借りを返すようになってから、もう何カ月も経っていた。

　雛鳥が育って鶏から卵がそこそこ取れるようになって、ユングがひと月にいくらかずつでも借りを返したいと言った時、ヒョンテはそんなのはいいから、自分に小遣い銭が足りない時はこちらから言うからと話した。元々ヒョンテが困っているユングを助けてやろうとしたのは、必ず返してもらうためではなく、自分の方にそれだけの経済的な余裕があるということに過ぎなかったのだ。しかしユングとしては、一日でも早く借りを返すことによって養鶏場のすべてが自分のものになるという考えを持っていた。それもヒョンテの言うとおりに、自分の方で小遣い銭が不足したら言うからというような曖昧模糊《あいまいもこ》とした金銭関係は、いつでも後で嫌な感じになるものである。下手すると払うべきものはすべて払ったのに自分に不利になることもあるのではなかろうか。それでユングは以前、ミランとのことで銀行から追い出された後、ヒョンテが半年近く下宿費を払ってくれたのは別として、養鶏を始めてから鶏が卵を産むようになるまで出してくれた少なくない資金と費用を計算して、毎月いくらかずつでも返したいと言い張った。ヒョンテは、好きにしろ、とそのまま受け入れることにした。そうしなければ気持ちが落ち着かないというユングらしい意向に、ヒョンテは強いてまた反対する必要もないと考えたのだった。

「近頃は鶏の尻を眺めながら暮らす面白さが悪くはないみたいだな」

「何の何の、同業者がだんだん増えてきて、そうも言ってられないのさ。多分、この春にはもっと増えるんじゃないかな」

「それでもお前は大丈夫だろ。コツコツと真面目にやってるじゃないか」

「鶏の奴、ほんとに手がかかるんだぜ。たぶん鶏ほど手がかかって気難しい生き物もないんじゃないかな。ちょっとでも目を離したら自分で自分の尻をつついたり、ほかの奴の腸を引きずり出したりするんだからな」

「フン、そりゃ女みたいだな。扱いやすいようで女というのは扱いにくいからな。……実はだな、前の週会の日に、例のスギとかいう女に付き合わされて仁川の松島にまで行っていたんだ」

ユングは、こいつがまたスギという女と何やら事件を起こしたんだなと思った。

「どうも女というのはわからんな。男には予測もできなかったことをやらかすからな」

そう言ってヒョンテはふいに、

「まだお前、ミランのことを考えてるのか?」

ユングは一度ヒョンテをチラッと見ては、何か言いかけて黙ったまま歩き続けた。

「ミランが死んだ時、俺が言った言葉があるだろ? 結婚する気があったのなら何としてでも一緒に暮らさなければならなかったのだと。けどな、お前があの娘と結婚したとしても、家庭生活は決して順調ではなかったと思うんだ。とりわけ我慢強くて根性のあるお前のことだから、まあわからんけどな。ともかくスギだとか何だとかいうあの女みたいに、いつまでも過去にしがみついて生きる女も困るけど、ミランのようなタイプの女も俺は嫌いだよ。死んだ人間のことをこういうのも何だけど、お前とそんな関係だとは知らずに一時、しょっちゅう会ってたことがあるんだ。いや、率直に言うが、お前とどんな関係であろうと、そんなことは問題じゃないんだ。本当に自分が溺れることさえできたとしたらだ。でもいくらもしないうちに俺は興味を失ったんだ。何もほかの関係ではなくてだな。……俺の話を聞いてるのか？……ある日にだな……雨降りの日だと思うんだが……俺はこう言ったんだ。興味がなくなったから、もう会うのをやめようと。すると向こうも、そうなのかという態度だったな、口には出さなかったけどな。……そうして喫茶店を出たんだ。バス停まで歩いていてミランが水たまりを避けようとしてふらついて自分を捉まえてくれと言うじゃないか。で、言ってやったさ。転んでしまったら助け起こしてやるよとな。それでグッバイだ。何といっても女は金で買う方が気楽だな。負担に感じる必要がないからな」

鍾路《チョンノ》二街まで来て二人は別れた。［原文は三街だが、道順からすると、二街。ちなみに創又社版の全集（一九六四）では、二街］

この日の夜、ヒョンテは帰りの道すがら、楽園洞《ナグォン》の平壌屋に立ち寄った。前に、ケヒャンに見せてやろうと思って買った熱帯魚に関する本をポケットに入れて歩きながら、まだ一度も寄れなかったのである。

この日はそれほど遅い時間ではなかったからか、カウンターにはかなり多くの呑み助たちがいた。女将とケヒャンはお客たちの世話で忙しく立ち働いていた。そんな中でも女将はヒョンテを見つけるや近寄ってきて、厨房の裏の部屋に入るようにと言いながら、わざと小声になって、先生はもう家族のようなものじゃないですか、気遣いがいりますか？　と言ってニコッとするのだった。

しばらくしてケヒャンが酒の膳を運んできて盃を手渡してからまた出て行ってしまった。女将の言う通り、お互いに遠慮のいらない間柄だから、カウンターの客たちが減るまでは手酌でやっててくれというのであろう。

しばらくして、またケヒャンが入ってきた。

「失礼いたしました」

けれども彼女の顔には今、自分の言った言葉を反映させたような感情の色は少しも現れていなかった。ただ女将がカウンターの客が減ったから、こっちにちょっと行ってやりなさいと言われたから来ただけのようだった。

何杯か飲んでからヒョンテはオーバーのポケットから熱帯魚の本を取り出しながら、

「ケヒャン、これを見てごらん。俺が面白いものを一つ見せてやるから」

そして適当に開いたページをケヒャンに見せた。けれどもケヒャンは座っているその場で、白い首だけを突き出して絵を眺めるのだった。

「どうだ？　これが熱帯地方という、春夏秋冬いつでも暑い、夏ばかりの所で泳いでいる魚なんだ」

ケヒャンは本に目をやったまま、別に物珍しいという表情にもならずに、

「金魚」

と独り言のようにつぶやいた。

「金魚じゃないよ」

ヒョンテはその中の一匹の魚を指さして、

「これはバタフライ・フィッシュというやつなんだが、この尾びれもチマの幅みたいに変な感じなんだ

が、ここの胸びれをちょっと見ろよ。ちょうど翼みたいじゃないか？　それからこの腹びれはまた、髭《ひげ》みたいだし。どうだい？　面白い感じだろ？」

　それでもケヒャンの顔色は石のように動かなかった。

　ヒョンテはページをめくりながら、また別のところを指さして、

「ここの、こいつはもっと面白いぞ……互いにキスをしてるじゃないか」

　こう言っている間にもケヒャンの顔色には別段変化がなかった。ただ彼女は口元にいつもの白くてきれいに並んだ歯を少し見せて、微笑《ほほえ》むだけだった。何の感情も籠っていないそんな微笑だった。ヒョンテが絵を見せながら説明してやる熱帯魚に対して、疑問に思ったり、これまで見たり聞いたりしたことがないものに対する驚きの色を見せる微笑ではなかった。ヒョンテは自分と熱帯魚とケヒャンはお互い、どこか感情の交流というものが途絶していることを感じた。期待外れではあったが、むしろそんなところがヒョンテの心を安らかにしてくれた。

　さあ、もう帰ろうかと思っていると、女将が入ってきた。カウンターの客たちはみんな帰ったのか静かだった。

「今晩はそれでもお客さんがまあまあ、いた方ですよ」

　女将は満足したかのようにこう独り言を言ってからヒョンテに、

「あら、もうお帰りですか？　機嫌を悪くされたの？　今日はお客がたくさん入って気分がいいから、私と一杯やりましょう」

　盃が行き来した。女将は盃をもらうと、本当に気分よさげにゴクゴクと飲みほした。すぐに女将は酔っぱらってしまった。

「あのう、先生……」

何か言いかけてケヒャンに、

「あんた、居間に行って床も拭いて布団を敷いておきなさい。早めに温めておくんだよ」

ケヒャンが出ていくと、女将はタバコに火をつけて口の端にくわえ二、三服吸って、

「あのね、先生、ちょっとぶっちゃけて話しましょうよ。一体あの娘のどこが不満なんです？　鼻が欠けているんですか、女が持っているものがないんですか、それに正真正銘の生娘なんですよ、生娘。それだけじゃないですよ、あの娘が先生をどれほど好いているかってことですよ」

「そうですか？……じゃあ、値段交渉をしてみますかね」

オーバーのポケットからさっきユングにもらった札束を取り出して、女将の前に押しやった。彼は自分がなぜこんな真似をしているのかわからなかった。それでもそれが自然に出てきた動作だということだけは感じていた。

女将は女将で、自分の言ったことがすぐに効果を表したと思って札束を数えてみては、疑わし気な目をしてヒョンテを睨《にら》むように見て、

「ちょっと安すぎませんこと？」

前回、初夜だけは五万ファンだと話したのと比べると、二万ファン少なかった。

「もう一万ファンだけくださいな」

「今、持っておるのはこれだけですがな」

我知らず、語尾が平安道方言になった。

「普通の相場からすると、ケチですわね」

こう言いながらも女将は、三万ファンの札束を膳の上に重ねておいて出ていった。内心、これくらいの金額でもサッと出す人は、なかなかなかろうと思いながら。そしてこの男の言動はしっくりこないけれども、心の底では彼が金のある人間であることを感知して応対してきた自分の眼目に自然と満足しながら。

少しして女将が布団を抱えて入ってきた。その後ろに枕を脇に抱えたケヒャンが無表情のまま入ってきた。布団を敷いて出ていく女将はヒョンテに、チョゴリの結び紐とチマの紐は解《ほど》いてやるんですよと言い残して出て行った。初夜の新婚さんの気分になれということだろう。

それは冷たくてすべすべした肌だった。ケヒャンの肌は終始、そんな感触しかなかった。ヒョンテは自宅の応接室に置いてある李朝の白磁を思い浮かべた。それに触れるたびにヒョンテは、その淡々とした白色とその無心な曲線から女の人の肉体をよく連想した。ところが今、ケヒャンの体からは反対に、あの白磁の壺の冷たくてすべすべした感触を感じるだけで、女性としての感触を探るすべがなかった。それだけヒョンテの肌の下で彼女という女性は少しも反応を見せないのだった。こうして彼女との行為は拍子抜けするものだったが、いつも受けてきた彼女の印象が崩れないでそのまま残ったということに、ある種の安堵感のようなものを感じさせるのだった。

酒酔いと疲れが重なって、スーッと眠りの中に引き込まれてしまった。

部屋の外から女将の呼ぶ声が聞こえて目を覚ました。明かり窓がすっかり明るかった。お前、いつまで寝てるんだね、早く起きなさい。女将のとてもやさしく情のこもった囁《ささや》くような声がまた聞こえてきた。

ケヒャンがそそくさと衣服を拾い集めて着ると、こちらには目もくれずに出て行った。その顔はやはり白磁の壺のように冷たく見えた。ヒョンテは夜の街の女と一夜を過ごした翌朝には大体、気分がよくないのが普通だった。容貌がどうして一晩であんなにも変わってしまうのか。バサバサに乱れた髪だとか、化粧崩れしてやつれたみっともない顔、そして虚ろに開かれた目。ゆうべ、自分の抱いた女がこれだったのかと思うほど、嫌悪の情をいつも禁じえないのだった。もちろん、ゆうべのケヒャンとの行為は味気なかった。しかし、一夜明けて見る彼女のいつもと変らず冷たく固まっている顔。ヒョンテはそんな彼女からいつものように何の負担も感じなくてもよいという軽い気分を味わって、また眠りの中に引きずり込まれた。

15

最初、その女はシネマコリア［貞（チョン）洞のコリアナ・ホテルの場所にあった映画館］の前で正面に掛かっている看板を見上げていた。この日ヒョンテは、中学時代の担任の先生が就職関係で相談事があるということで会って帰る途中だった。路地から出て映画館の前を通り過ぎながら、何気なく目をやった時、その女は踵《きびす》を返して大通りの方へ歩き始めていた。大通りに出た彼女は立ち止まって、市庁《シチョン》［中区在の市役所］の方に行くか光化門《カンファムン》の方へ行くかと決めかねている様子だった。ヒョンテがタバコに火をつけようとちょっと立ち止まったのが、二人の行動を妙な方向に引っ張って行くきっかけになってしまった。ヒョンテがタバコに火をつけて顔を上げたところ、この女がチラリと振り返ってみたのだった。明らかにこちらを意識している様子だった。ヒョンテは自分がこの女と同時に歩みを止めたことに思い当たった。この偶然の一致で、彼女がこっちを自分の尾行者と思ってしまったに違いなかった。ヒョンテの荒れた顔に独りでに苦笑いが浮かんだ。

どうせこうなったのだったら、ちょっとこの女の後をつけてみるかと考えた。

女は光化門方向に歩き始めた。ヒョンテは五、六歩ほど間を空けてついて行き始めた。光化門交差点まで来て、女は東亜日報社《トンアイルボ》［鍾路一街在］の方に渡って鍾路に向かった。女はもう後ろを振り返らなかった。けれどもこちらを意識しながら歩いていることはわかっていた。女の歩き方がどこか硬かったのだ。

和信《ファシン》百貨店が向こうに見えるところまで来た時、女が突然、右の路地に入った。ヒョンテもそれについて曲がった。一見して行き止まりの路地であることがわかった。当然のこと、先に歩いていた女が引き返してくるのだった。かなり厚化粧をした顔を上げたままヒョンテとすれ違って路地の外に出て行った。ヒョンテはまたいくらか間を空けて女の後から路地を出た。そうしながら彼は、元々、女の方ではそれが行き止まりの路地だということを知りながら、そのまま入って行ったのではないかと思った。そうすることによって、自分が尾行されているということを再確認するために。

鍾路交差点まで来て女は新新《シンシン》百貨店［和信百貨店の道向かいにあった］の方に渡った。そしてまた和信の方に渡り直して中に入っていった。彼もついて入った。女は三階の洋品部に上がって表向きは、ショーケースの間を見て回っていた。そうしながら時々、物を見るふりをしながらヒョンテの尾行を確認する様子だった。次には六階に上がり、そこの映画館に貼ってあるスチール写真を一枚一枚眺めるのだった。ヒョンテも興味のない映画の一場面のスチールを眺めやった。少ししてそこを離れた彼女は道向こうのバス停に行って、ちょうど停車していたバスの後扉から乗りこんだ。ヒョンテは前扉から乗った。バスが鍾路二街のバス停に止まった時だった。止まっていたバスが動き出そうとした瞬間、女がバタバタと飛び降りてしまった。何人か離れた所に立っていたヒョンテが後扉まで行った時、バスはもうスピードを上げ始めていて、車掌が出口を塞いで立ったまま、首を横に振るのだった。

三街で降りた。別に考えはないが、団成社《タンソンサ》［鍾路三街近くの映画館］まで行った。上映時間の途中なんだろう、映画館の前には次の回のチケットを買う人が二、三人いるだけで閑散としていた。ヒョンテは正面に掛かっている看板を見上げた。映画を観に来てもこんな看板には目もくれない性格だった。その看板には半裸体で長々と横たわっている女と、その背後にやはりこちら側に向いてその傍にぴったりと身を寄せて横になっている男が大きく描かれていた。映画の題目はラナ・ターナー主演の〈プロディガル〉［一九五五年のアメリカ映画］。ヒョンテはこの映画の前後の筋とは切り離された一カットを描いた看板を意味もなく見上げていたが、チケット売り場の横にあるガラス張りの広告ショーケースの中のスチールを一枚一枚見て回った。時代劇なのだろうが、裸に近い女が昔風の舞踊をしているカットと、昔の衣装をした男たちの戦いの場面、そして次の上映のスチールとして、二人の男女がテラスの上で互いの頬の筋肉が歪むほどにキスをしているシーンと、海辺のビーチパラソルの下でまっすぐ身を横たえている女の肢体を撮り下ろした場面などなど。画面としては食傷するほど見飽きた場面でありながらも、やはり距離が遠い風景たち。ふと、ヒョンテは自分が決心さえして飛行機に乗れば、こういう生活の中に飛び込むこともできるということが頭をかすめていった。先ほどの担任の先生の話は強烈なものだった。ちょうど社会生活科目の担当者のイスが空いたので母校で仕事をしてみる気はないかというのだった。我も我もと候補者が大勢押しかけているらしいのだが、校長先生にも前もって承諾を得ているという。元々、学校時代の成績はいい方だったが、ヒョンテをとりわけ可愛がってくれた恩師だった。このイスを大切にしてくれている恩師の話に乗りたかった。けれども思わず恩師にこう言った。私、もうすぐアメリカに行くんです。ヒョンテのこの素早い返事は、飛行機に乗りさえすればこの無為の惰性から抜け出せるかもしれないという思いからというよりは、さっき校門を入って見かけた生徒たちの澄んで輝いている目が、ヒョンテに躊躇《ちゅうちょ》なくこんな返事をさせたのだった。

ヒョンテがガラスのショーケースから離れて行こうとしていると、背後から人の気配がして振り向いてみると、さっきのあの女だった。独りでに笑みがこぼれた。また女の挙動を追った。

女はしばらくスチール写真を見てから映画館の前から立ち去り、電車道を渡って乙支《ウルチ》路［鍾路のすぐ南にある中区の大道］の方へ歩いていくのだった。俺はどうしてこんなふざけた真似をしているのだろうと思いながらも、さっきのようにまたある程度の間隔を保ってつけて行った。乙支路三街まで来て、この女が国都《ククト》劇場［乙支路四街にあった映画館］の方か、でなければ首都《スド》劇場［中区草（チョ）洞にあった映画館。後のスカラ劇場］の方に行くだろうと思っていたところ、驚いたことに右側の横断歩道の方に曲がった。そして道を渡り切ったところで、迷わずそこにある交番に駆け込んだ。ヒョンテの歩みがハタと止まった。彼女が自分が尾行されていることを訴えに行ったに違いないと思われた。だからといって、ここで引き返すのはみっともないことだった。それまでと変わらない歩調で交番の前を通り過ぎながら中を覗くと、女が電話のダイヤルを回しているところだった。ヒョンテは交番をやり過ごしたところで歩みを止めて、一緒に歩いていた人間がどこかにちょっと用ができて入ったのを待っているかのように、その女が出てくるのを待ち受けた。

交番を出た女が乙支路二街の方に向かうと、ヒョンテはその後を同じように少しの間隔を保って追いかけた。今度は中央《チュンアン》劇場［明洞一街（乙支路二街）在］の方へ行くのだと思ったところ、その前を通り過ぎて天主教会堂［明洞聖堂］の坂道の方へ折れた。ヒョンテは明洞劇場［明洞一街にあった映画館］というのがあったのを思い出した。天主教会堂の近くまで来た時、女のハイヒールの片方が紙を巻き込んだ。道端に落ちていた手のひらほどの古新聞の紙切れがヒールの踵《かかと》の方に巻き込まれたのだ。女は気にしないらしくそのまま足を運んだ。しかし踵に挟まった新聞紙がどうにも気になるようで、歩みのバランスを欠いていた。新聞紙の挟まった側の足を運ぶたびに、目立つほどに体が揺らいだ。坂道を上がり切ったところで、乞食の子が走り寄って足で新聞紙を踏みつけて引き剝がしてやって、金をくれと手を突き出した。女は知らぬふりをしてそのまま通り過ぎた。乞食の子が新聞紙を拾って女の背中に向けて投げつけた。泥だらけで穴の開いた汚い新聞紙片には、〈政府米放出〉という見出しが見えた。

女が明洞劇場の手前で、ある喫茶店に入った。彼も後からついて入った。女がある若い男の前に行って向かい合わせに座った。そうして腕時計を見た。ヒョンテはその時になってすべてのことを理解した。この女はデートの時間までをこうしてやり過ごしていたのに過ぎなかったということだ。ヒョンテは自分も同じだった。違う点があるとすれば、自分はこの女のように時間の約束もなく、そのあり余る時間の一部を、彼女とのどうでもいいふざけ事でやり過ごしたということだけである。要するにお互い無害なおふざけだった。ヒョンテはコーヒー一杯を頼んでゆっくり飲んでからそこから出た。

その日もソッキと会ったヒョンテは、夕方の早い時間から酒を飲んだ。ソッキの言うままに、時たま立ち寄る茶屋洞《タオク》［中区在。現在の茶洞］の焼き雀という店に入った。夏場は国産のウィスキーの試飲をやり、冬場には雀の焼き鳥と日本酒を売り物にしている店だった。

三杯目の盃を受けながらソッキが、分厚いメガネの玉越しに目をしばたたかせながら思い出したかのように、

「さっき昼間、ジョンスに出会ったぞ……中学の時に一番前の席に座っていたおっちょこちょいの野郎がいたろ?……これまで大田《テジョン》にいたんだってさ。あいつが言うにはジェミンとヨンウンが動乱で戦死したんだそうだぜ」

中学の同窓生のうち誰それが戦争中に死んだという話は大抵、噂で聞いて知ってはいたが、今、ソッキの言う二人の話は初めてだった。

「元々あの二人は親友だったじゃないか。ジェミンは六・二五の時に越南［韓国側に南下すること］してすぐに入隊して中尉にまでなったんだってさ。ところがだな、ヨンウンが休戦前に入隊してきて最前線に配置されたのをみて、ジェミンが自分のいる大隊本部に連れてきたんだとか。ちょっとでも安全な所に友達を置いておくためだよ。周りからあれこれ言われたけど、無理やりそうしたらしいんだよ。ところがヨンウンが大隊本部に来た日の晩に、二人がいる幕舎に敵の直撃弾が飛び込んできたっていうんだ」

　安全と危険が常に共存している戦場。その予測できない戦場のメカニズムによって死に、負傷し、そして生き残ったとしても、何か目に見えない傷跡を残さねばならなかった数多くの若者たち。ヒョンテはあらためて以前、ドンホが自殺するまさに直前に言った言葉をまた噛みしめてみた。そもそも俺たちは被害者なのか、加害者なのか？　俺がみるには、今回の動乱に駆り出された若者たちは皆、被害者でしかありえないという気がするんだ。しかしヒョンテは、このドンホの言葉に答えるかのように、

「本当にそうだろうか？　俺は加害者でもあり得ると思うんだがな」

　独りでブツブツ言うヒョンテを見やりながらソッキが、

「もう怖気《おじけ》づいたのかよ？」

と、ニヤリとした。

　そして向こうの席の方に目をやって、

「あいつ、何が面白くてああして独りでこの店に来るのかな？　それも、いつも笑顔でだな」

　ヒョンテたちがこの日、焼き雀に入った時、ほとんど毎回と言っていいほどこの飲み屋で見かける、

ハリーというオーストラリア人が来ていた。彼はいつものように、今も上下の歯が全部見えるほどに口を大きく開けて笑顔を作っていた。彼は自分を相手にしてくれる人がいようがいまいが、いつもこうして声も立てずにニコニコしているのだった。そしていつも、つまみもなしに酒を二、三杯独りでゆっくり時間をかけてゴクゴクと飲んだ。そして飲み屋の女が酒を注いでくれる時には、カムサハムニダ［感謝です］、と西洋人特有のアクセントの韓国語を一言忘れずに言うのである。その時に飲み屋の女が冗談でも言おうものなら、大張り切りでこれに応じるのだった。

この日も飲み屋の女が暇なのか、ヒョンテがもう何度も聞いた冗談をこの西洋人に話しかけていた。ミスター・ハリー、今年何歳でいらっしゃるの？　ハリーはいつものように両指を片一方は三本、もう一方は一本立てて見せて、例のアクセントで、三十一です、と言う。そして一本指を自分の額に向けて、独身、独身と言うのだった。ほんのり赤みのさした顔に、この額にだけは三、四本のかなり太い皺が寄っていた。飲み屋の女がさらにもう一言投げかける。ミスター・ハリーはおじいさんですよ。と、すぐに応酬する。あなたデブですね、あなた子供を五人産みました。最初は自分が老けたと言われたので、西洋人の本性からしてそれが嫌で、こっちよりもっと歳を取っているという意味のようだったが、最近はただ単にこっちの冗談を冗談で返すようにしか見えなかった。

「たぶん西洋人の中でも、あいつほどのお人よしもいないだろうな」

しばらくそっちの方を見ていたソッキが、盃を口に持っていきながらそう言った。

「さあな」

「さあって？　人が好くなくっちゃ、あんなにはできんさ」

「寂しいんだよ」

この日に限ってヒョンテにはこの飲み屋に座っているハリーの存在が余計に居心地が悪かった。その大きく口を開けて見せる笑みや、飲み屋の女とやり取りする口ぶりが、自分ではこの飲み屋の雰囲気に合わせようとするつもりなのだろうが、彼の異国的な青い目には依然としてどうも寂しげな色が漂っているように見えた。ヒョンテは自分が外国に行ったならと思い、ハリーのような自分の姿を想像してみた。さっき昼間に、自分が飛行機にさえ乗れば彼らの生活の中に飛び込むことができるし、今のこの無為の生活から抜け出せるかもしれないと考えていた思いとはまた違う気持ちだった。

　焼き雀を出た二人はもう一軒、焼き鳥屋に入った。
肴《さかな》を頼んでおきはしたが、それには箸もつけずに酒ばかり飲んでいたヒョンテがふと、
「おい、お前、こんなこと考えてみたことがあるかよ？　自由の過剰状態というやつを」

　そして相手の受け答えは初めから期待しないかのように続けて、

「自由があまりに多いところからくる過剰状態じゃなくて、自分に与えられた自律処理できずに生じる過剰状態だよ。……こんな状態に一度はまってしまったらどうなるかわかるか？　泥沼にはまった場合のことだよ。……最初はちょっと足さえ抜いたらそこから抜け出せるみたいだろ。だがダメなんだ。体を動かせば動かすほど、もっと深みにはまるんだぜ。……ところが、沼にはまった時とはまた違うことがあるんだ。……沼にはまったら自分がはまった状況が一つ一つわかるじゃないか。今は膝まで浸かった、今は腰まで浸かった、今は胸だ、首だ、となる。……そうしている間に叫び声をあげて助けを求めることもできるだろ。しかしだな、この自由の過剰状態には一旦、はまったら終わりだ。自分がそこにはまったと自覚した時には、すでに首まで浸かってしまった後だからな」

　酔いで赤くなった目をソッキの方に向けたまま、

「大体、こんな状態にはまらせたのは何なんだろうな？……自分に与えられた自律処理ができないほど無能力にしたのは何だというんだ……大体だな、どこで誰のためにこんな無能力者にならなけりゃならなかったかってんだ、ええ？」

　しかし今度もヒョンテは、ソッキの返事を期待しないかのように、彼から目を離して盃を手に取るのだった。そしてこう呟いた。

「もう一度戦場に出てみたいな。そうして死と向き合った瞬間、瞬間に、失われた自分自身を取り戻したいんだ。あの時はほんとに自信があったんだ」

　ソッキがまじまじとヒョンテの方を見て、

「お前、確かに酒が弱くなったぞ」

　そうして二人は無言で盃だけを口に運ぶのだった。酒にある程度酔うと、ああだこうだとしゃべり散らして、そのしゃべくり度数が高まると、そのまま黙り込んで酒ばかり飲むというのが習慣のようになっていた。

　彼らの横の席に青年が二人やってきて座った。この二人もすでに酔っていた。

　何かの話の続きのように、この店で時折見かける紺色のオーバーを着た青年が言った。

「だからお前の態度は消極的だというんだ」

「そうやってでも抜けて来なきゃ、ほかにやりようがないじゃないか」

　初めて目にするグレーのオーバーの青年は、こう言いながらヒョンテたちの方を横目でチラッと見た。

　紺色オーバーの青年は、

「どうせ便法を使うんだったら……これを見たことないのか？」

テーブルの上に右手を開いて見せるのだった。その二番目の指は第二関節から先がなかった。彼は笑みを浮かべながら、

「一瞬でいいんだぜ。ただ目をつぶってグサッとやっちまえばいいんだ。六・二五動乱の時に切断してしまったんだが、それ以後もこいつのおかげで得をしてるぜ」

グレーのオーバーの青年はかなり顔面蒼白で、目だけ瞬《しばたた》かせて、相手の手を見下ろしていた。

紺色オーバーの青年はちぎれた指の手を大仰に動かして盃を手にして飲み干すと、ゲラゲラと一しきり笑ってから、

「何でそうなんだ？　六・二五の時に義勇軍に取られるのが嫌で切断したのではないってのか？　いつ切ったっていいじゃないか。結局、切り落とす勇気があるかないかの問題だろ。一度やっちまったら万事オーケーだぜ。証明書なんぞは全く必要ないからな。お前のように身体検査のたびに飯を食わずに肺病やみのふりをしなくてもいいんだし。それに事実、除隊証よりもいいんだぞ。除隊証は持ち歩くのが嫌になることもあるだろうが、こいつは俺が生きている限り、俺を保証してくれるんだから。それにだな、またもしや戦争になってもだな……」

「このくず野郎ども！　口を慎め！」

上体をやや前かがみにして黙々と酒を飲んでいたソッキが、その姿勢のままで怒鳴った。

二人の青年の会話がピタリと止まった。

ソッキが低い声で吐き出すように言った。

「このくず野郎ども、子々孫々、指が一本ない子供と肺病やみの奴だけを産みやがれ！」

少ししてこの二人が勘定をして店を出ようとするようだったが、紺色オーバーの男が振り返って、

「おい、この野郎、こっちに来い！」

ソッキがゆっくりと体を起こしてそっちの方に行った。すると、紺色オーバーの青年の手に握られた湯呑み茶碗がこっちに飛んできた。酔ってはいたが、ソッキはうまくそれをかわした。ソッキの左耳の下をかすめた茶碗が後ろの壁にぶつかって割れる音がした。後からソッキが追いかける前に、紺色オーバーの青年は、先に出口の外で戸を開けて待っていたグレーのオーバーの青年の後を追って素早く立ち去ってしまった。

「さあ、座り直して飲もうぜ。俺はこんないざこざは嫌だな」

「誰が好き好んでこうするかってんだ。あいつらの喋っているのが聞こえたろ？」

ソッキがメガネをはずして拭いた。茶碗の水がメガネにかかっていたのだ。

「あんな奴らはどうしたらいいんだ！」

また少し酒を飲んだ。その間にさっきの二人の青年がヤクザ者を連れてきて、出口の外で待ち受けているとは知る由もなかった。もうここはこれまでにして、女のいる店にでも行くことにしてソッキが先に表に出た。ヒョンテがトイレに行ってから出てみると、表ではすでに喧嘩が始まっていた。ソッキがボクシングの姿勢を取って立っているその前には、すでに一人が倒れており、その後ろには薄暗い街灯の下に黒い影を作ってこちらを攻撃しようと構えている四、五人の男たちの中に、さっきの紺とグレーのオーバーの二人も混じっていた。

ヒョンテは一瞬にして酔いが醒める感じだった。飲み屋の方に駆け戻って外套を脱ぎ捨てて、たまたまあった一升瓶の空き瓶をつかんで表に飛び出した。そして手当たり次第に一人の男の頭に振り下ろした。瓶の割れる音がして、あ痛っ、と叫びながらドスンと一人が倒れ込んだ。ヒョンテは割れてギザギザになった瓶を紺のオーバーの青年の首を狙って振り回した。しかし目標物に達しないうちに誰かに蹴られ、腰の中ほどを強くやられてつんのめった。態勢を整えて立ち上がろうとした時、さらに顎を蹴られた。目の前が真っ暗になり、気を失ってしまった。

　ヒョンテは何やら自分を呼んでいるような声で意識を取り戻した。まず口の中が唾ではなく、べたべたした液体でいっぱいなのに気がついて吐き出した。今しがた自分を呼んでいると思ったのだが、そうではなかった。刺しちまえ、刺しちまえ！　それは薄暗い街灯のもとでひとしお蒼白に見える顔に、目だけをしきりに瞬かせているグレーの青年の叫び声だった。刺しちまえ、刺しちまえ！　と言いながら一人の男がナイフを抜き持って少しずつ少しずつ近づいてきていた。その前にソッキが、さっきからのボクシングの姿勢で立ちはだかっていた。そのソッキの顔にはメガネがなかった。薄暗い街灯のもとで、目を細く開けて相手方を睨んでいた。そうしている彼の口元には一種の笑みのようなものが浮かんでいた。ヒョンテは身を起こさねばと思った。身を起こしながらナイフの男の下半身に抱きついて倒さねばと思った。そして距離から見て充分に可能だと考えた。それでもヒョンテはソッキの方ばかりを見ていた。薄暗い街灯の中で、動かずにずっと同じ姿勢をしたまま、口元に笑みを浮かべて何かを待っているソッキには、他人の干渉を一切許さない姿が見て取れた。刺しちまえ、刺しちまえ！　少しずつ近づいてきたナイフの男が、残りの数歩を素早く踏み込んできてソッキの脇腹を刺した。ソッキの拳骨《げんこつ》が動いたのだが、空を切っただけだった。ソッキの片手が自分の脇腹を押さえた。ナイフの男がさらに素早くソッキの脇腹を何度も突き刺した。ソッキの拳骨は何回か空を切って、ウームと腹の中から突き上げる呻《うめ》き声とともにその場にうずくまった。

　ヒョンテはその時になって起き上がってソッキの倒れたところに近寄った。一味がどこかに行ってしまうと、どこからともなく野次馬が集まってきた。早く車を呼んで病院に運ばねばと騒いだ。何人かがソッキを助け起こそうとした。

「みんな、放っといてください！　この人間に手を触れないで！」

ヒョンテが倒れ伏しているソッキをおぶって人々の間を掻き分けて出た。


松島《ソンド》の清響荘ホテルでのことがあってから二週間して、スギから電話が掛かってきた。

会う時間と場所を決めて受話器を置いたヒョンテは、とうとう来るべきものが来たという気がした。そうしてみると自分はこの間、気にしないでいようと思いながらも、彼女のことが自分を圧迫していたということを悟った。

帰去来喫茶店で彼女の憔悴《しょうすい》した姿に接した時、ヒョンテはまずもって、そこに何か憎悪の色のようなものを見た。その憎悪がどのような形で現われようとも、自分はそれをそのまま受け入れねばならないと考えた。

スギは元々よりもっと大きく見える目を、今までになくヒョンテに正面から注いでいた。ヒョンテはスギから何か言い出されるのを待ち受けながら、彼女の背後にあるガラス窓の方に目をやっていた。

外には少し和らいでいた風が、また激しく吹いていた。大通りの街路樹の葉の落ちた枝が絶え間なく揺れ、その下を行き来する人たちは、はためく服の裾を押さえながら身をかがめて足早に歩いていた。店のガラス窓がひっきりなしにガタガタ音を立てた。ヒョンテはさっき病院の病室のベッドの上で、ソッキが風の吹く窓の外を見下ろしながら呟いていた言葉を思い出した。同じ姿勢で寝ていなきゃならないのはこりゃ我慢ならんな、早く風の中を歩けたらいいんだが、そしたら出て行ってあのくず野郎どもを手当たり次第にぶちのめしてやらなきゃ。刺された左の脇腹が心臓と肺から外れていたので、幸い致命的な傷ではなかった。ソッキはその傷さえ治れば、それでよしと思っていた。それで左肘《ひじ》の刺し傷が彼に不具をもたらしたということには気づいていなかった。ナイフの刃先で橈骨《とうこつ》〔腕の骨の一つ〕の神経が切れていて、現在の韓国の医術ではそれをつなぐ手術は不可能であるということを、医者がヒョンテだけに告げていた。これを本人に言わないのは、脇腹の治療に今後まだかなりの時間がかかるので、患者にショックを与えないためだということを理解することができた。しかしいずれ肘の包帯を外した日に、そちら側の手首が使えないことを知った時の打撃はいかなるものだろうか。ヒョンテは医者に言った。もし脇腹の治療期間に影響が出るとしても、患者に事実どおり伝えてくれと。いつ頃ソッキがそれを知ることになるのだろうか？

「どう考えてもそのままにはしておけなかったんです。一度はお会いしなけりゃと。こうした明るいところで一度は……もちろん、何か言いたいわけじゃありません」

蒼白な顔をしてスギは下唇をグッと噛《か》んでいたが、

「何も書いてないドンホさんの手紙をつらつら読めと言われたんですが、私の目には白紙の紙切れのままでした。あの人も結局、私に言い残すことはなかったんだし、私も彼から聞き出すことはなくなっていたんです」

ヒョンテが窓から目を離した。スギを見ながら、

「それも私の責任ですかね？」

「責任ですって？」

スギの口元に冷笑するような笑みがかすめた。

「大体、責任という言葉からして、あなた方とは関係のない言葉なんじゃないですか？　自分自身からも逃れようとする人たちが……」

　激してくる感情をどうにもできないかのように、彼女は顔を真横に反らした。その剣幕で鼻先と小鼻の周りに白っぽい暈《かさ》が掛かった。

　ヒョンテは再び彼女の背後のガラス窓の方に視線をやった。外は依然として強風が街路樹を揺らしていた。このように木の枝が風に揺すられ、ガラス窓がガタガタいう喫茶店で、多くの人がぺちゃくちゃしゃべっており、目の前には怒りに満ちたスギが座っているのだが、ヒョンテはある無人地帯の静まり返った山の斜面を下っていた。夏場の昼の日差しが絶え間なく降り注いでいた。視野はどこまでも透明だった。そんな中、藁ぶき屋根の家が七、八軒、重たそうな屋根につぶされそうな感じで伏していた。ヒョンテは、前に構えた銃床をしっかりと脇に抱えて、一足ずつ用心しながら前に踏み出していた。ところがこの静まり返って遮るものもなく澄み切った空間が、なぜこんなに息が詰まりそうで前を阻むのであろうか。ヒョンテは横を見た。二メートルほど間を置いてドンホがやはり銃床を脇に抱えて、前方に注意を払いながら一足、一足、用心深く足を運んでいるのだった。ヒョンテはドンホに一言言葉を掛けたかった。おい、詩人よ、こんな時の感じをどう表現したらいいんだよ？　むしろ敵兵でも目の前に現れた方がいいんじゃないか？　依然として外では街路樹の枝が揺れ、ガラス窓はガタつき、店内はがやがやと話し声がしており、真ん前には怒りに満ちたスギが顔を反らしたまま座っており、おい、詩人、どうしてそんな目で見るんだ、何やら汚いものでも見るような目付きで？　俺が下っていったらあの女は別に抵抗する様子もなかったさ、出てこようとすると俺の手を握ってすがるじゃないか。その手が何を意味するかはわかったさ、だけども、やってしまったんだ、それだけだ、なのに、なのに……。

続いてスギが顔を正面に向けた。その目が、内側から噴き出すような炎に燃えていた。

「あなたたちは……ドンホさんもあなたも、二人とも救いようのない人間なんですよ」

言い終えて閉ざした唇が痙攣《けいれん》した。彼女は席を立った。

「もう二度と会うことはないと思います」

16

とうとうソッキの左手首は動かなくなってしまった。手首を動かせないのはもちろん、指も小指は普通に動くのだが、薬指は半分ぐらい、そして残りの指は全く動かせなかった。あれほどサバサバした性格だったソッキも、自分のこの障害を思い知ってから何日かは、ヒョンテが見舞いに行っても沈鬱《ちんうつ》な表情で憮然《ぶぜん》として体を横たえたまま、口を開こうともしなかった。

脇腹の傷もある程度治って、体を少し動かせるようになったある日、ソッキはメガネをかけずに細長に開けた目でヒョンテを見やりながら、手首は動かせなくても親指と人差し指だけでも動かせたらいいんだが、そしたらビリヤードもできるじゃないか、最近は天井がビリヤードの台みたいに見えてな、でもこれぐらいでも感謝しなきゃな、片手だけでもまともなんだから盃は持てるじゃないか、だろ？　こんなことを言って口元には微笑さえ浮かべた。ヒョンテはこの諦めたような笑みを浮かべた顔をそれ以上、見るに忍びない気がした。彼が自分の障害のことを沈鬱な表情をして黙々とベッドに横たわっている時よりも、このように笑みさえ浮かべて自分自身の不幸を是認する姿が、より一層わびしく見えるのだった。しかし、飲み屋の前で喧嘩していたあの日の晩、第三者の関わりを許さなかった彼の姿勢。ヒヨンテはその時、彼の怪我を防ぐこともできたはずの自分だったが、なぜかそのことを悔やむ気持ちはなかった。

メガネ屋で前回に検眼した度数に合わせてヒョンテが新たにメガネをあつらえてやった日、ソッキはそれをかけて、しばしヒョンテを見つめていたが、ちょっと明るすぎていかんな、と言いながら外して、こいつをかけてお袋に会うのは嫌だぜと。

ヒョンテは病院に見舞いに来たソッキの母親に会ったことがあった。息子の体格に比べるとあまりにも小柄な母親は、そっと息子のベッド脇に寄り添ってシートをつかんだまま、少しも体を動かさなかった。その顔は大きな皺《しわ》と小皺に覆われていた。そのたくさんの皺の一部にも見える両目から涙がポロポロこぼれた。ヒョンテはこんなソッキの母親から、息子と夫の間に挟まれて独りで心を痛めてきた母親を見る思いだった。

いつだったかソッキの話すところによれば、三十年余り司法書士をやってきた父親は、息子を裁判官にまで出世させるのが唯一の夢だったとのことだった。法服を着て法廷の上座に着席し、槌《つち》を叩いて水を撒《ま》いたように場内を静まらせてから、厳かに刑を言い渡す裁判長のあの厳然たる姿を息子に実現させるというのだった。しかしソッキはとんでもなく、ボクシング狂いになってしまった。父親は息子に腹を立てつつ、どうかすると妻に向かって息子一人をちゃんと育てられずにあんなざまにしてしまったと、言い立てるのだった。けれども母親はソッキに一言も怒ることができなかった。ソッキが一人息子ということもあったが、元々母親の心が弱かったのだ。戦場で目に怪我をして戻ってきた後には、息子をとても正面から見られない母親だった。こんな家庭の事情を話しながらソッキは、お袋も親父のように俺を叱ってくれたらかえって気が楽だったんだが、お袋は小言どころかむしろ俺の方から何か言われるんじゃないかと、こっちの顔色ばかりを見るから、たまらんのだよ。

そんなソッキの母親が息子の病室にやってきても、ベッドのシートをつかんだまま無言で涙を流すだけだったが、小声で、お父さんは近頃忙しくて見舞いに来られないということを言い訳のように呟くのだった。ソッキは横になったまま、母親の方には見向きもせずに、もう帰ってよ、とぶっきらぼうに言い放つのだった。だがその言い方にはどこか母親に対して抱いている、まだ幼子のような混じりけのない感情が漂っていた。ヒョンテはこの荒々しいソッキのどこにそんな面があったのかなと思った。こんなソッキが母親の皺だらけの顔をまじまじと見るのを遠慮する気持ちを、ヒョンテは理解できるような気がした。

ソッキは右手だけでメガネを不器用にメガネ入れにしまいながら、これを掛けなくても酒が鼻に入ることはあるまいよ、と言いながらその場を繕ってしまった。

この日、ヒョンテが病院から出て、どこども行先も決めずに乙支路の入口近くに来た時だった。誰かが後ろから、もしもし、と呼び止めるので振り向くと、すぐに人違いではないかと思ったのだが、見知らぬ男がいた。

その男は柔らかな微笑を浮かべながら、

「失礼ですが、以前、ソトゴミ部隊にいらしたことがおありでしょう？」

それでもヒョンテは彼が誰なのか思い出せないでいた。

「私が誰だかおわかりにならないかもしれませんが、鮮于《ソヌ》軍曹って人いたでしょ。思い出されませんか？　酒保で出くわしましたよね？　酔って変なまねをしていた人間がいたでしょ。」

この鮮于軍曹と一緒に、酒を飲まないように引き留めていた安《アン》兵長が自分だというのである。ヒョンテは遠い記憶の中で、そんなことがあったことを思い起こしはしたが、その時の安兵長が今、目の前にいる人とはなかなか合致しなかった。

　彼が忙しくなければちょっとどこかに入って座ろうと言うので、近くのパン屋「パンだけでなく、飲物も頼めた」に入った。

「実はいつやらも街でお見かけしたんですが、あまりにもお姿が違っていたので、ちょっとお声掛けできなかったんです」

「よく人をお見分けですね。で、今は何をされているんです？」

「神学校に通っております」

　ヒョンテは先ほど自分を呼び止めた声と印象が非常に柔らかかったことを思い出した。

安はドンホが死んだことまで知っているようで、

「あのおとなしく見えた方が自殺したということを聞いて、どれほど心を痛めたことでしょうか。ともかくあの当時は皆、正気じゃなかったですからね」

　彼は運ばれてきたドーナツにフォークを刺しながら、

「もう一人おられたでしょう？　顔がちょっと浅黒く日焼けしておられた方ですけど」

　ヒョンテが、ユングなら今は清涼里郊外で養鶏をやっていると話したところ、

「そうですか。ほんとにいい仕事をやっておられますね。私は一時、あの方のためにお祈りをしていたことがあるんです。酒保でお会いしたあの日にですね、あの時、鮮于軍曹が酔っぱらって倒れた際に、あの方がこんなことを言ったんです。演技がえらくうまいなって。率直に言ってその言葉を聞いてほんとにがっかりしました。あの人間は辛いからそうしているのにって……」

信仰生活をしている人らしく、始終、柔らかな口調でこう言って、

「あの方が養鶏をしておられるということでしたら、そこから何か真理のようなものを見つけられるといいと思いますね。一粒の小さな種が土の中から芽を出すのを見ても、宇宙の神秘さを見つけ出すことができるんですから。卵だってそうでしょ。科学的に、その中に水分が何%、脂分が何%、蛋白質と、無機質がいくら、こう分析をすることはできます。けれどもそれだけでは説明できない部分があるじゃないですか。生命の神秘のようなものです。あの方がそんなことにまで心が向くといいと思います」

神学部にまで通っているという人間が、こんな幼稚で常識的な話を繰り広げることをヒョンテは可笑しく思った。しかし、それを批判したくはなかった。それほど彼の言葉の中には素朴ではあるが、まともな心根が入っていたのである。

「鮮于軍曹もソウルに来ているんですか？」

「ええ。ですが、その間にいろいろありまして、今は病院に入院しているんです」

飲み過ぎによる病ではないかと思って、

「今でも大酒を飲んでるんでしょうね」

「いいえ。お酒はやめていたんです。……心が不安定で入院したんです。でも今は大体よくなってもうすぐ退院できると思います。今もあいつの見舞いに行く途中なんですが、多分、今日ぐらいにはいつ退院できるかはっきりしたことがわかると思うんです」

安は穏やかな笑みを浮かべて、

「ところでですね、あの……もしお忙しくなければ、ご一緒に面会に行きませんか？　一緒に行ったら、あいつ随分喜ぶと思うんですよ。何日か前にも教会の牧師様と伝道師の方をお連れして行ったら、その

喜びようと言ったらですね」

今日、安が道端で自分を呼び止めた動機というのも、自分を連れて面会に行ったら、患者を喜ばせられるんじゃないか、というところにあるのではないかと推測された。

しかしヒョンテは鮮于軍曹がどんな人間だったのか、その面影の記憶さえ残っていなかった。それは安の場合も同じだった。ただ軍隊時代に、ある日の夕方偶然、酒を飲む場で出会って別れた人間に過ぎなかったのである。多分、鮮于軍曹の方も同じじゃなかろうか。

自分が彼の面会に行くというのは、どうも気恥ずかしい気がした。訪ねていった自分を見て鮮于軍曹が、喜ぶどころか思い出してくれるのかも疑わしかった。そんなヒョンテは頭の奥の方でかすかに思い出した。軍服姿の一人の男が、フラフラと歩きながら立ち止まったかと思うと、ゆっくりと非常にゆっくりと上半身をひねってこちらに向いた。そして、そうする男の顔にニヤッと笑みが浮かんだことを。

ヒョンテは急に鮮于軍曹に会いに行ってみたい気になった。それがどういう種類のものであれ、自分なりの苦悩を支えきれずに精神に異常をきたした後に、再び回復した男の姿を一度、見てみたかったのだ。

二人は安国洞《アンクク》［鍾路区在］を通り過ぎて首都陸軍病院［鍾路区三清（サムチョン）洞にあった首都国軍病院］に行った。

その途中、安は鮮于軍曹が入院することになった経緯を次のように語った。

一昨年の秋、安は除隊して神学校に通うようになったが、鮮于軍曹の方は不思議なことに、どうしてもこのまま軍に残りたいと言い張って、ソウルに移動になった部隊にそのままいた時分のことだ。

そのころ鮮于軍曹は安の説得で酒も断ち、日曜ごとに教会にも通うようになった。そんなある日曜日、二人が教会から帰る時のバスの中でのことだ。鮮于軍曹がある中学生を穴のあくほど見つめていて、降りる所でもないのに後から追いかけて降りたのだ。安が知り合いの子かと聞くのにも答えず、深刻な表情をして中学生の後をつけた。中学生が路地の方に入った。すると鮮于軍曹も路地に入り込んで突然、中学生に駆け寄ってズボンの腰のポケットに手を突っ込んで引っ張り出すではないか。ギョッと驚いて振り向いた中学生に、引っ張り出したポケットの古切れを突き出して見せる手がブルブル震えていた。

「あいつが言うには、ポケットの口がちょっと綻《ほころ》びていたのを見て、そいつを全部引き剝がしたくなって我慢できなかったと。その時はちょっと神経過敏になってのことだろうと軽く見ていたんです。ところがそのことがあってからひと月ほどしてのことです」

　その日も日曜だったので、二人は教会に行っていた。

　礼拝の途中で鮮于軍曹がひどく焦ってどうしようもない感じになった。牧師の説教も耳に入ってこないようだった。努めて何かを抑えているようで、こめかみに青筋が立っていた。

　とうとう彼はそれ以上我慢できないかのように、前に座っている人の肩に手をやった。そこには小さな糸くずがついていた。彼は用心深くそれを取って、サッと聖書にそれを挟むのだった。すぐさま彼の顔は穏やかになって、安堵《あんど》の笑みが浮かんだ。

　礼拝が終わって外に出た鮮于軍曹は、安にマッチを持っているかと尋ねた。持ってないと言うと、彼は聖書に挟んでいた糸くずを取り出して、ギュッと丸めて教会の庭の片隅に埋めて踏み固めることまでした。

「そんなことがあってから、あいつは部隊から外出もしないし日曜に教会にも来ないので、心配になって訪ねて行ったんです。すると、少し前に精神状態がちょっとおかしいので首都陸軍病院に入院させたというじゃありませんか」

その足で病院に駆け付けた。安が患者と幼いころからの友達だということを知ると、担当の軍医官は鮮于軍曹の過去の経歴をあれこれ根掘り葉掘り尋ねた。治療に必要だとのことで、安は六・二五事変の際に鮮于軍曹の両親が北部朝鮮で虐殺されたということと、その後、親の復讐をするということで、ある反逆者［ここでは韓国の国是に対する裏切り者のこと］を射殺したということ、そして酒に酔うと、その幻影に苦しめられることがよくあるということまで洗いざらい話した。

この時、鮮于軍曹は一部屋にほかの三人の患者と一緒にいた。

安の顔を見ると彼は、久しぶりだな、と普通の挨拶をした。しかし安が、具合の悪いところはないのかと聞くと、彼はそれには、さあな、と何かもう少し言うようにも見えたが、顔を反《そ》らしてしまうのだった。そして面前に置いてある聖書をしきりに置き直しては、全く汚れていない表紙をしきりに手で拭うのだった。医師の言葉どおり、意識の底に深く潜在している神に対する懐疑や罪の意識からくる不安や強迫観念を、懸命に消してしまおうとする表象がそんな動作として現れるのであろうか。

安が見舞いに行くたびに鮮于軍曹の病状は悪くなっていった。こっちを認識はするのだろうが、一言もなく顔を反らしてしまうのが普通になった。こうする間に神経疾患から精神分裂［統合失調症］の症状へと悪化したのである。

「一番酷《ひど》かった時はほんとに大変でした。医者がご飯を食べたかと言うと、はい、散歩しました、電灯を見てこれは何だと聞くと、神様です。こんな突拍子もない答え方をして、何の意味もない薄笑いをするんですよ。あんなに大事にしていた聖書もビリビリ破ってしまって、ほんとに無茶苦茶でした。傍から見ていても胸が痛くて見ていられなかったです」

安はその時のことを思い出したようにしばし言葉を切って、

「そんなだったんですが、何日か前から奇跡のように次第に病状がよくなってき始めたんです。まずは、いい医者にかかったお蔭ですね。あんなに誠実な医者は初めてです。一年以上になるのに、ずっと変わりなく電気療法だとか精神療法だとか、ありったけの最善を尽くしてくれましたから。私は私なりに朝晩、彼のために祈ることを欠かしませんでしたけど。何にせよ、神様の恩寵《おんちょう》だと思います。最近あいつは聖書を読むのに熱中しているんです。そうそう、あの時、あいつが言っていた言葉を覚えておられますか？　神様というのは、いるのでもいないのでもない、いると思う人間にはいるのだし、いないと思う人間にはいない、そして自分はいないと思うから気持ちが楽だと言っていたことですよ。けれども結局、神様はいらっしゃるということを改めて悟ることになったんです。……ともかく、すべてが一段落したわけです」


精神科の病室は病院の前の棟の左端にあった。

低い階段を上って入り口のドアから入ると、両側に病室があるかなり広い廊下が目の前に現れた。真昼だが、電灯があったらと思うほど薄暗かった。

安はしょっちゅう来ていて顔見知りなのだろう、受付に座っている兵士に、こんにちは、と軽く挨拶をしてその前を通り過ぎた。

「もしもし」

後ろから兵士が呼んだ。

立ち止まって振り向いた安に、

「一〇三号室の鮮于軍曹に面会に来られたんでしょう？」

「はい」

「じゃあ、先に朴《パク》大尉にお会いになってください」

「科長先生のことですか？」

「はい」

安がヒョンテの方に振り向いて、

「退院手続き関係で相談があるのでしょう。ちょっとここで待っていてください」

左から二つ目の部屋の前に行ってノックした。中から返事する声が聞こえた。安が入っていった。

しばらくして小柄で丸顔の軍医官と一緒に安が出てきた。安の顔が薄暗い廊下の中でもわかるほど引き攣《っ》れていた。

「どうしてまた……」

「そうなんですよ」

「面会は絶対ダメなんですか？」

「会ってみてもどうしようもないですよ。誰だということも見わけられないんですから。今朝から凶暴な症状は少し収まりましたけどね」

「またそんなになった原因は何ですか？」

「さあ、今のところこれという原因はつかめていないんです。その前の日なんかには、私に生まれて初めて頭がすっきりして気分がいいと言っていましたから。ところがさっきも言いましたけど、昨日の午後に鉛筆を削るというので看護将校が果物ナイフを持って行ってやったんです。いつも聖書を読む時に、鉛筆で線を引きながら読んでいましたから。それで何のことはないと思って果物ナイフを渡して引き返す時に、突然走り寄って看護将校の背中を刺したらしいんです。切っ先が尖ってないナイフだったからよかったものの、下手すると大ごとになるところでした。ところが背中を刺しながら変なことを口走ったらしいんです。死ぬ時、後ろ向きに倒れるか見てみよう、と言ったんだそうです。それをゆうべ遅くまで大声で叫んでいたんです」

こう順序だって話す軍医官の言葉つきからは、長らく苦労して診《み》てきたやりがいが崩れたことに対する失望の色が漂っていた。

「発作が少し収まってきたら、ちょっと会ってみたいんですが」

安の顔には辛さともどかしさが入り混じっていた。

「そうですね、今も何やらしきりに呟いていますが。……どうしても、ということでしたら、ドアの前にでも行ってみられますか」

軍医官が先に立った。

ヒョンテは、さっきからこちらの顔をまともに見られないでいる安の後ろからついて行った。

一番端の隅の部屋の前まで行って軍医官が立ち止まった。そして取っ手を回して鍵が掛かっているかどうかを確かめてから横に一歩避《よ》けて立った。ドアに掛かっている部屋番号は一〇八号室だった。今回、一人部屋に移されたのだろう。部屋の中からしゃがれ声でブツブツ呟く男の声が聞こえてきた。よく耳をすまして聞くと、何を言っているのか聞き取れた。

「……俺がお前を植えた時は、まともな種できれいなブドウの木だったのに、どうして変わってしまって、俺の前にほかのブドウの木の悪い枝で出てくるんだ……」

安が戸の前に身を斜《はす》にしてぴったりつけて、部屋の中に神経を集中させるかのように目を閉じた。

「……すべてこの地は荒野とならん、されど我ことごとくはこれを滅ぼさじ、故に地は皆、哀しみ、上なる天は暗くならん、……」［エレミヤ書、四章二十七－二十八節］

安がその姿勢で部屋の中に注意を向けたまま目を開けてみると、やや明るい顔をして軍医官に小声で、

「エレミヤ書［旧約聖書の中の三大預言書の一書］です。元々、エレミヤ書が好きだったんです。でも今、聖書を読んでいるんでしょうか、それとも暗記して唱えているんですかね？」

「独り、呟いているんです。聖書は昨日あの事があった後で、患者さん自身がいつかのように破り捨てて、今はないんです」

「どうなんでしょう？　また回復する可能性がありますかね？」

「さあてですね、ちょっと経過を見ないとですね」

軍医官の言い方は、傍で聞いているヒョンテにも絶望的なものに聞こえた。

部屋の中からはずっと、男のしわがれた呟き声が続いていた。

「……我、痛みを受く、ああ我は禍《わざわい》なるかな、我が傷は重し、我言う、これ誠に我が患難《なやみ》なり、我これを忍ぶべし……」［エレミヤ書、十章十九節］

ヒョンテはもうしばらく病院にいて様子をみるという安と別れて出てきた。わけもなく怒りがこみ上げた。行先も決めずに、ただ足を運んだ。彼はふと、腹を立てている自分に呆《あき》れた。鮮于軍曹がふたたびおかしくなったことと、自分とが何の関係があるというのか。

ヒョンテは全身が疲れ果てているように感じた。横になりたかった。

この日、家に帰った彼は、例の熊の冬眠に入った。

17

「飛行機のチケットも買っておいたよ。火曜日だからね、覚えておきなさい」

何日も経って、久しぶりに外出しようとするヒョンテに、母親が居間に呼んで、念を押すように強くこう言った。

ヒョンテが安と一緒に首都陸軍病院に行ってきてから、熊の冬眠に入った間、母親はいつということなく、ヒョンテの部屋に入ってきてはあれこれと言い聞かせるのだった。ビザが下りてからもうふた月になるのに、このようにダラダラと時をやり過ごしていて、どうするつもりだね、これまでに三度も出発を延期したんだから、もうこれ以上大きな顔で事情を言うこともできないんだよ、今度こそはあれこれ言わずにサッサと出発しなさい。そう言いながら母親は、先に現地に行っている人たちに皆、連絡をしてあると話して、誰と誰などと指折り数えて名前まで挙げるのだった。そのたびにヒョンテは、行きますよ、と軽く答えてきていた。

それでも母親は、どう考えても自分が急《せ》かさないと、ヒョンテが自発的には出発しそうにないと思ったのか、飛行機のチケットまで買って握らせたのだった。

「ほかの準備は全部できているんだから、予防注射を打って、お前が持っていくものを前もって思いつくまま揃《そろ》えておきなさいよ。出発日が近づいてからバタバタしないようにだね。それから、ちょっと散髪もしておきなさい……」

こう言いながら、これだけはそんなに急がなくてもいいと思い直したのか、

「散髪は出発の前日でいいだろうね」

母親というものは誰しも、子供が大きくなっても幼子のように見えるものなのだろう。時にはこの母性愛が、息子にはかえって煩わしく腹立たしいことが多いものだ。ところでこの日、ヒョンテは母親の小言をただ聞き流して部屋から出ようとして、何を思ったか一言言いたくなった。

「あの、お母さんはその日には空港に来ないでくださいよ」

「それはまた、どうして？」

母親が訝《いぶか》し気《げ》な目でヒョンテを見やった。

「いや、ただ」

その日、母はヒョンテが止めても空港に来るはずだ。そして涙を流すだろう。母はしばし、自分が急《せ》かして息子をこうやって遠くに送り出してしまうということに、母親らしい後悔をするであろう。けれどもヒョンテは少しも悲しげな顔をしないと思うのだ。むしろ自分は、笑顔で家族たちの顔を見回すと思う。息子を送り出すこの場になっても、事業計画のことで頭がいっぱいで、後ろ手に組んで虚《うつ》ろな目をしてこちらを見ているかもしれない父親、そして兄が飛行機で遠くに旅立つということに軽く興奮はしながらも、次の休日に征服しようと考えている登山コースのことを、より一層興奮しながら思い浮かべているかもしれない弟。そしてこの息子が、旅立つというのに少しも悲し気な顔をしないのは、むしろ母親のためを思ってこちらが努めて悲しみを堪《こら》えていると気づいたら、より一層悲しみに沈むかもしれない母親を、もう一度見回すのだろう。しかしヒョンテは最後まで別れの寂しい表情などは顔に出さないと思う。ただ自分は母親の健康をちょっと気にするだけだ。しかしそれも、最近の薬の効き目からすると、日々よくなっているので、自分が気にするほどのことはないのだ。結局彼は、自分がこれら家族の中で自分が関与すべきことは一つもないということを感じるであろう。心も軽く飛行機に搭乗すると思う。後ろは振り返らずに。それだけのことなのだ。

ヒョンテは母親の部屋から出てきてしまった。

随分久しぶりに出てきた街がひときわ明るく見えた。そして三月に入った気候としては暖かかった。オーバーが肩に重く感じられた。

彼はソッキが入院している茶屋《タオク》洞の病院に向かった。よく通る道である。それでも道端の店屋をみると、前にはこんな店があったかな、と店の中と周りをよく見てみたりした。けれどもそれが以前、どんな店だったのか思い出せるものは一つもなかった。

彼はさっきからある一つのことだけを繰り返してつらつら考えていた。それは今、自分は何としても決断を下さなければならない瀬戸際に追い込まれているということだった。飛行機に乗りさえすればいいではないかと自分に言い聞かせながら、努めてこの思いを他《ほか》のところにそらそうとした。ソッキの奴、この間にかなりよくなっただろうな。あの大雑把な奴が、片手で何かやるのに慣れるまでには、しばらく苦労するだろうな。メガネをかけては到底、皺だらけの母親の顔をしげしげと見られないだと？　あれほど図体《ずうたい》のでかい奴が、母親に、帰ってくれ、帰ってくれ、と言っていたあのざまは。この野郎、お前という男は、あまりにおとなしくなっちまったな。

病室に入ると、ソッキはベッドから起き上がって外を眺めていたが、細目をあけてヒョンテの方に目をやって、

「こりゃ、くたばったと思ってたら……」

とても嬉《うれ》しがる言葉つきだった。

「ちょうどいい時に来たな」

「どうした？」

「明日、退院なんだ」

「医者が退院しろってか？」

「医者はあさってぐらいにしろって言うんだが、明日でもあさってでも同じじゃないか。で、明日、退院すると言い張ったんだ。明日が何の日か知ってるだろ？」

「明日って？」

「土曜日じゃないか、土曜日。週会の日も忘れたのかよ？」

週会の日だったらどうしたというのか。ヒョンテは呆れてソッキの顔ばかり眺めていた。

「一杯飲んだだけですぐ、クラッと酔いがまわるんじゃないか」

こう言いながらソッキは、右手で顎を軽く撫《な》でた。髭が伸び放題の顔がやつれ果てていた。

「バカなこと言うなよ。退院しても家でジッと閉じ籠ってなきゃ、しばらくはな」

「いや、これまでも何度か抜け出しかけたんだ。少し動かなきゃ、かえって悪いんだ。医者が、俺のように筋肉の再生が早い患者は初めてだと言ったぜ。もう何をしても大丈夫なんだ。ともかく、明日から開始しなくちゃ。問題ないさ」

ヒョンテが話題を変えて、

「俺、今度出発することにしたぞ」

そして来週の火曜日に出発する飛行機のチケットまで買ってあるという話をした。ソッキはしばし、細目でヒョンテを見ていたが、

「確かに。お前のビザが出てからだいぶん経ったよな」

こう力なく言いながら、しばし暗い顔になったが、

「この野郎！」

突然、誰にともなくこう一言吐き出して、また元気のいい声で、

「じゃあ、明日は週会兼、緊急送別会をしなくちゃな。ユングの奴にも出発のことは話してあるんだろ？　どっちにしても退院を急がなくっちゃな。だからだな、これをうちの親父に持って行ってくれないか？　お袋に託そうかと思ったんだが、ちょうどよかったよ。お袋が持って行ったら、また俺のことで親父に怒られるだろうからな。前に、ここの入院契約金を出す時もひとしきり揉《も》めたらしいからな」

枕元から手紙の封筒を引っ張り出してヒョンテに渡すのだった。

「退院するって手紙が、何でこんなに分厚いんだよ？」

ソッキが急に大声で笑いだした。

「こうするほかないんだ。これを読んで親父が六万五千ファンにもなる入院費の残りを何も言わずに送ってくれるだろうからな」

「ほう、名文の手紙を書いたんだな」

ソッキはただ声を立てて笑いながら、

「そりゃ、もちろんさ。で、手紙の趣旨というのは簡単なんだ。俺を親父の助手として雇ってくれというものさ。だからこの手紙が就職試験の論文というわけだ」

ヒョンテもつられて笑った。

「そりゃいいな。判事検事になろうかというお方が司法書士の助手になるんだな？」

「それさえも合格するかどうかわからんのだよ。三十年余りもやってきた親父の目に適《かな》うのはたやすいことじゃあないじゃないか？　お客の話の一部をちょっと聞いただけで、長い告訴状を一字も間違えずにそのまま美濃紙《みのがみ》にどんどん書き下していく親父だからな」

「助手失格だったら、まさか見習いで雇うことはないよな」

二人は声を立てて笑った。別に可笑《おか》しいことではなかったけれども笑った。

ヒョンテが椅子から立ち上がった。

「帰るのか？　じゃあ頼んだぞ。それからお前は火曜に……さっき火曜日と言ったよな？　その日は何時出発なんだ？」

「十一時だ」

ヒョンテは出発時間を知らなかったが、こう答えてしまった。

「ああ、明日、週会があるから、詳しいことはその時に聞くよ」

ヒョンテはそこを出て、乙支路入口近くの内務部［部は省の意］前から回基《フェギ》洞［東大門区在］行きのバスに乗った。清涼里《チョンニャンニ》を過ぎて終点の回基洞で降りた。

ユングの養鶏場の方に行く道の周辺には、以前にはなかった厚生住宅と人家が相当たくさん建ち並んでいた。店屋もちらほら見えた。

いつだったか、スギにここの略図を描いてやったことを思い出した。ヒョンテはスギのことを振り払うようにあちこちを見回して、あの時に目印にしたタバコ屋を探した。その店はほかの多くの店の間に埋もれていた。

潜《くぐ》り戸から中に入ると、ユングは新しく建てた鶏舎に扉を取り付けていた。大工と一緒に仕事をしている彼の体の動きは、少し離れたところから見ても随分と、元気一杯に見えた。

ヒョンテは中庭に入ってもすぐには彼を呼び出さずに、しばし鶏舎の方を見て回った。たくさんの鶏が皆、せわし気に餌《えさ》をついばんでいた。ある鶏舎の中では、少年が餌をやっている最中で、餌の入った手桶を提げた彼のまわりを鶏が一羽残らず取り囲んでひと塊になっていた。

ユングがその時、ヒョンテを見つけて、

「あれ、いつ来たんだ？」

「うん、今だよ」

ユングが仕事の手を止めてこちらにやってきた。

いつも外気に当たっている人らしく、真っ黒に日焼けしていて、それでいてつやつやしてしっかりした顔つきだった。鋸《のこ》屑と枯草の付いている黒い縮れ毛も、彼の根気強い性格の一面を窺《うかが》わせるようでもあった。

「かなり大きくしたんだな」

「いや何、養鶏というのをやってみるとだな、チマチマとやっててはどうしようもないんだよ。勢いづくかダメになるかわからんが、ちょっと大きくしてみようと思うんだ」

口ではどうなるかわからないというのだが、計算した上で自信があって言う口調だった。

鶏舎の中からお年寄りが卵が入った笊《ざる》を持って出てきて、ヒョンテたちが立っている傍を通り過ぎて物置の方に行く。今回新たにヒヨコを買い入れたので、人手が足りなくて雇い入れた老人だった。

「卵をちょっと食べてみるかい？」

「いや」

「自分ちで養鶏してるんだから、好き勝手に卵を食べられるみたいなんだが、そうはいかないんだよ」

それが事業をしている人間の気持ちであろう。

「どうする？　ちょっと部屋に入って座ってもらうといいんだが……。今、こっちの大部屋の方には今度買い入れたヒヨコを入れてあって……向かいの部屋の方で三人が寝てるんで、部屋の中が滅茶苦茶なんだ」

「すぐ帰るさ」

「でも久しぶりに来たんだから、ちょっと話でもしていけよ」

そしてユングは物置から出てきた老人に、

「お爺さん、ちょっと踏み台にしている腰掛けを持ってきてくれませんか」

老人が鶏舎を建てている所から腰掛けを持ってきた。今回、鶏舎を建てるついでに作ったに違いなくて、あらかた鉋《かんな》がけをしてあるが、まだ生の木肌がそのままのものだった。

ユングが腰掛けの表面にフーフーと息を吹きかけて埃《ほこり》を払ってから二人で座った。

ユングは養鶏場の経営についての苦労話をあれこれしていたが、

「ソッキの奴、その後の経過はどうなんだ？　行ってみよう、行ってみようとは思いながらだな……。入院してから一カ月近くになるだろ？」

「二、三日以内に退院だろうな」

ヒョンテは、ソッキが明日退院したいと言っていたことや、退院次第、週会をまたやろうと言っていたことは話さなかった。そして自分が火曜日に出発する飛行機のチケットまで買ってあるということも言わなかった。

「あいつもちょっと酒が過ぎるよなあ。それに……」

「もう仕事に戻れよ。俺は帰るから。金があったらちょっと貸してくれよ」

ユングは、ヒョンテがここまで散歩がてらとか遊びに来るとかするはずがないから、何か目的があってのことだろうと、最初から予測してはいた。しかし今月分の三万ファンはまさに一昨昨日《さきおととい》、少年に持たせてやったではないか。

「小僧に持たせた金は受け取ったんだろ？」

「うん」

「あとどれぐらいいるんだ？」

「あるだけくれよ。六、七万ファンぐらい」

最近また女でもできたんだろうと思いながら、ユングは以前、金が足りなくなったらいつでも来て融通してくれと言うから、と話していたヒョンテの言葉どおりにしなくてよかったと思った。毎月決まった額を渡しているにもかかわらず、こういうふうにふいに現れて金をくれと言うのだから、彼の言うとおりにしていたら、金のやり取りが一層、滅茶苦茶になるではないか。

「そりゃ困ったな、金という金は全部掻《か》き集めて、あの鶏舎の建設費に入れてしまっていてだな……」

「そうか、じゃ仕方ないな」

ヒョンテが腰掛けから立ち上がろうとした。

「ちょっと待てよ」

ユングはそれでもヒョンテをそのまま帰すわけにはいかなくて、

「小僧の奴が持っている金がいくらかあるはずだ。使わないでずっと貯めているからな。ちょっと待ってくれ」

ユングが少年を呼んで、一緒に部屋に入ったと思うと、しばらくして金を持って出てきた。

「五万ファンには五千ファン足りないがな。これでもいいか？」

きれいなお札だった。

「借りるんだと思わなくていいよ。月ごとのやつを先払いすることにするから」

ヒョンテはユングのところを出て、またバスで市内に入った。

内務部前で降りた彼は、その足でソッキのいる病院に行った。

正面玄関のすぐ右にある診察室に入っていった。医者が読んでいた夕刊から目を離して顔を上げた。ソッキの言うとおり、退院は可能だった。診察室を出てヒョンテは、ユングからもらった金に自分の持っていた金を足してソッキの退院の手続きを終えた。

支払いを終えたヒョンテは、オーバーのポケットからソッキが彼の父親に渡してくれと言っていた手紙を取り出した。そしてその封筒の真横に次のように書いた。

《この手紙なしでも就職試験は無事通過。後は父親との面接だけ》

それを横にいた看護員に渡してソッキに伝えてくれと言いかけて、しばし何やら考えては何文字かを書き足した。

《明日の集会は休会》

外は夕暮れが迫っていた。

通りの喫茶店に立ち寄った。コーヒーを頼んで飲んだ。

喫茶店を出た彼は、足の向くままシネマコリアの方に行った。そして何の映画が掛かっているのか、看板も見ずにチケットを買った。

カラー映画の画面が一面に展開されているところだった。見てみると、サーカスを背景にした映画らしかったが、大した内容ではないようだった。常に口の一方の側が吊《つ》り上がった女優だけは有名な俳優だったが、男優の方は知らない男だった。色彩も不自然に粗くて濃すぎた。それでもヒョンテは、映画の筋をつかもうと、画面に神経を集中させていた。最初からもう一度見る気はなかった。階段を降りながら、タバコに火をつけた。その時になってハタと女優の名を思い出した。アン・バクスター〔一九二三－一九八五〕。広橋《クァンギョ》〔鐘閣（チョンガク）付近の清渓川にかかる橋一帯〕の帰去来《クィゴレ》喫茶店に行った。ウェイトレスが、あら、お珍しい、と言う。こんな時間に酒も飲まずに一人で来るのは初めてだったのだ。ウィスキーティーを頼んだ。彼はスプーンでカップの底に溜まっている砂糖を掻き出してから紅茶を半分余り注いでウィスキーを入れた。そしてスプーンで掻き混ぜて少しずつ何回かに分けて飲んだ。ウィスキーティーをこんなふうにして飲むのも初めてだった。

またタバコに火をつけた。自分の体がもう少し酒を、と呼んでいるのを感じた。コーヒーを頼んだ。ミルクは入れないでくれと言いつけた。なるべくゆっくり飲んだ。今、自分は何としても決断を下さなければならない瀬戸際に来ているという思いだけが繰り返ししきりに浮かんできた。

レコードに耳を澄ました。ジャズだった。軽快なリズムがやたら彼の集中力の邪魔をした。それでも耳を澄まそうと頑張ってみた。立て続けにタバコを吸った。続けざまのタバコで舌がザラザラするどころではなく、ほかの分厚い肉を被せたような感じだった。それでも引き続きタバコを吸った。ビリビリ痺《しび》れながらも頭の方は澄み切ってきた。

レジに行って勘定を済ませて振り返ると、電話に目が留まった。受話器を取り上げてダイヤルを回した。ベルが鳴った。夜になっている上に、電話機を置いてある所が広い空き部屋なので、ベルの音がやけに鳴り響いた。それは何か命のある者の泣き声にも似ていた。受話器を取る音がした。もしもし、お手伝いの子のはっきりした声だった。家族の誰かもこのベルの音を聞いたはずである。もしもし、もしもし、お手伝いのはきはきした声がまた聞こえてきた。ヒョンテは相手方が電話を取らないかのように、受話器を置いた。

昼間とは違って夜の空気がひんやりした。

彼はどこへともなく足を運んだ。大通りから路地へ、路地からまた大通りへ、滅多やたらに歩き回った。ある狭い路地の角を曲がろうとすると、電灯の消えた真っ暗な家の中から幼子の咳《せき》が聞こえてきた。その声は路地の角を曲がって通りに出るまで続いていた。今、自分は何を求めてこうして歩いているのだろうか。

道端に、並べておいた金物を片付けようとしている露店が目に入った。何気なくその前を通り過ぎようとした彼の体の中に、ふいに蘇《よみがえ》ってくる叫びがあった。刺し殺しちまえ！　刺しちまえ！　その瞬間、彼の口元には笑みが浮かんだ。とりあえず自分がなすべきことが一つあるという思いだった。ナイフを買って外套のポケットに入れた。

以前、戦場で白兵戦になった時よりも、たやすく相手をやっつけられる気がした。まずは前に乱闘になった焼き鳥屋に行った。四、五組の客が騒ぎながら酒を飲んでいた。ヒョンテは客の顔を一人一人覗《のぞ》き込みながら、店の主人にこの間、グレーのオーバーと紺のオーバーの青年たちが立ち寄らなかったかと尋ねた。あの事があって以来、全く姿が見えないとのことだった。その付近の飲み屋をことごとく当たってみた。そうしていると、彼は久しぶりに戦闘態勢に入った時のように動作が敏捷になり、目は光彩を帯びてきていた。

明洞《ミョンドン》の方も探した。そうしているうちになぜか彼は、次第に自分があの男たちを探し出して、ナイフで刺さねばということは二の次に思われてきて、ただ彼らに会いたいということだけに思い至るようになった。夜間通行禁止の予備サイレンが鳴った。店じまいする飲み屋と、先を急ぐ車のヘッドライトを眺めながら、彼は完全に自分は独りだという孤独感に押しつぶされていた。そうすればそうするほど、何でも一つ、自分の手でやり遂げたいと思った。自分にできることは何なのか？

この状態で家に帰りたくはなかった。

平壌屋では走り使いの子が暖炉の近くに腰掛けを集めて、寝床を作っていた。

奥の方に入ろうとしたヒョンテが、ピタリと足を止めた。居間の方から女の泣き声が聞こえてきたのだ。ウウッ、ウウッと喉の奥にかかった泣き声だった。その泣き声に混じって、バシッ、バシッ、バシッ、と三、四回、鈍い鞭打ちの音が聞こえた。拳《こぶし》で背中でも叩いているかのようだ。それに続いて女将が荒々しく、お前の分際で何が不満で村長さんが嫌だというんだね、嫌だとは、ええっ？　この死にぞこないめが。

ヒョンテがそうやってそこで立ち聞きしているのはまずいと思ったか、走り使いの子が部屋の方に大きな声をかけた。

「女将さん、お客様です」

戸が開いた。

「あら、先生じゃありませんの」

一瞬、女将は慌てた様子を見せたが、すぐに笑顔になって、履物を履いて出てきて、

「もう、こんなにいらっしゃらなかったら、本当にお顔まで忘れてしまいそうですよ」

と言いながら、厨房の奥の部屋の方に案内した。

ヒョンテはオーバーを脱ぐ前に、懐に残っている金を全部引っ張り出して女将に渡した。百ファン札で六、七千ファンにはなった。

女将が指に唾《つば》をつけて金を数えてから、

「ほんとにケチでいらっしゃること。ひと月分もお出しにならないなんて」

と、ヒョンテを睨んでみせた。これぐらいでも別に嫌ではないという愛嬌なのだ。

「酒の膳はいりませんよ」

「あら、今日はお酒をまったく召し上がってないみたいですこと、どうされたんです？　でもたまには上品な新郎におなりにならなきゃ」

女将は出て行ったと思うと、少しして布団を抱えて戻ってきた。その後ろには、いつものようにケヒャンが枕を小脇に抱えてついて入ってきた。さっき泣いていたとは到底思えない冷たい顔だった。

「この子を朝、どうかちょっと早く起こしてくださいまし」

女将は口元にいやらしげな笑みを浮かべて部屋の外に出て行った。

ケヒャンと二人きりになるや、ヒョンテは一言、

「村長が今日、来たのかい？」

と聞いてみた。

彼女は何も言わなかった。

「時々、女将があんなふうにお仕置きをするのかい？」

この言葉にも石のように黙りこくっていた。

いつものように磁器の甕《かめ》のように冷たくてすべすべした触感。ところがこの夜、ヒョンテは意外なことにぶち当たった。彼の一物が言うことを聞かないのだ。ケヒャンは身じろぎ一つせずに、まっすぐに横たわっていた。焦れば焦るほど、彼の一物はますます縮んでしまうのだった。仕方なく彼は自分の身を起こした。そして彼女の体をゆっくりと撫で始めた。そうすることによって、自分の一物を挑発できる時間の余裕を作ろうとしたのだ。彼の手のひらの下で彼女はただただ磁器の甕だった。撫でさすっていた手が乳房のところで止まった。手のひらにピタリと密着する皮膚の下で、ふにゃふにゃしていながらも真ん中に核のある塊。それを口に入るところまで含んで、歯で噛んだ。アッ、と彼女は短く声を上げるだけで、それまでの姿勢を全く変えずに横たわっていた。彼はこの女とのその行為は、してもしなくても同じだという思いに、やっと気持ちが落ち着いてくるのを感じた。彼女の体から離れた。

頭の中がすっきりしてきた。またしても瀬戸際まで来たという思いが頭をもたげてきた。もうただ飛行機に乗ろう。しかし、このまま飛行機に乗ったとて、何が変わるというのか。ただ現在の生活を延長するに過ぎないのではないか。無意味な生活の連続。それは自分自身に対する罪ではないのか。けれども罪でもよかった。ただ、それさえも持ちこたえていける力が自分にあるかどうかが問題だった。

頭の中はすっきりしたのだが、体が疲れていることを感じた。何時間もうろついていたせいだろう。そうだとしても、何日も冬眠していた後ではないか。以前、戦場ではこの程度のことは、何でもなかったのに。

すっきりした頭の中とは違って体が疲れているので、ついウトウトしていると、何やら泣いている声がして目が覚めた。

ケヒャンが泣いていた。

「どうしたんだ?」

彼女はしばらく答えなかったが、独り言のように、

「死にたいんです」

初めて聞く感情のこもった言葉だった。あれほど石のようだった彼女の口からこんな言葉が出るとは意外だった。

ヒョンテが彼女の方を見た。さっきと同じく、まっすぐに横たわっているだけだった。しかしもう、ここも自分が休息できる場ではないという気がした。そうしてふと、自分にはナイフがあったということに思いが至り、すぐ立ち上がってオーバーのポケットから引っ張りだして彼女の前に突き出した。

横になったままナイフに目をやる彼女に、

「さあ、ここにあるぞ……おい、切っ先をつかんでどうするんだ、柄の方を握るんだよ」

そして彼は彼女に背を向けて横になった。

彼女はすすり泣くのをやめて静かになった。

ヒョンテは何ということもなく待った。随分と長い時間を待ち続けた。

彼はとてつもなく大きな木の根元にいた。枝と葉が空を覆いつくしていた。前触れもなくジェット機の編隊が現れて、機銃掃射を始めた。しかし彼は木の後ろに身を隠すことなく、そのまま飛行機の飛んでくる方向に正面を向いて立っていた。豆が弾けるように銃弾がまき散らされた。木の枝と葉に当たっ

て落ちた。飛行機の編隊が日の光を銀色の翼に反射させながら旋回して、機首をこちらに向けた。彼は改めて飛行機と正面から向き合った。豆が弾けるように銃弾がまき散らされた。またしても木の枝と葉に当たって落ちた。このようにして飛行機の編隊が通り過ぎるたびに、木の枝と葉は銃弾に当たって落ち、彼は飛行機と正面から向き合った。木の枝と葉はすべて落ちてしまった。彼は思った。今後この木は剪定した果樹のように、実をたくさんつけるだろうと。そう思いながら飄然《ひょうぜん》として近づいてくる飛行機に向かって立ち尽くした。ついに彼に向って一斉に火を吐くと思われた瞬間、飛行機編隊がその場にピタリと止まった。えいくそ！　彼は目を開けた。

彼の背後で呻《うめ》き声がした。身を翻した。暗闇の中で白い顔の輪郭だけ見えるケヒャンが、苦しそうな呻き声を立てていた。そこの敷布団と掛布団の両方ともに血で赤黒い染みができていた。ヒョンテはそのまま放っておけばいいと思った。ところが、呻き声に混じって彼女が何やらブツブツ言っていた。ヒョンテはその声が、どうも自分に向かって言っているのだと思われた。近づいて彼女の口に耳を当てた。すると彼女は顔を横に向けてしまった。ふいにヒョンテはまたしても自分はこの世で完全に独りだという思いに打ちのめされた。頭はスッキリしてきた。今、自分は瀬戸際にまで達したのだという意識が、またはっきりと蘇ってきた。何であれ、自分の手で一つぐらいはやり遂げねばならんのに。彼はケヒャンの右手の傍に落ちているナイフを手に持った。今度こそは簡単に実践に移すことができる。この手に力さえ籠《こ》めればいいのだ。しかし次の瞬間、それさえも物足りないという気持ちが全身を巡った。白痴のように見えたケヒャンに先を越された今になって、やってみるということが。ナイフを握ったまま、彼の口元にはひとりでに自嘲の笑みがこぼれ、暗闇の中に広がっていった。

何日か経ってぐずついていた雨模様が晴れ上がった六月初旬のある日の朝方、ユングは前から飼っている鶏の中で、生育期から元気がなく、産卵率の芳しくないものを選んで業者に渡していた。

今年はこれまでの一年の経験を生かして、より一層細心の注意を払ってヒヨコを育てた甲斐があって、昨年に比べて成績が顕著によかった。前の年には一割五分近くが死んだのだが、今年はその半分ぐらいしか衰弱させずに育て上げたのだ。中ほど育ったヒヨコが、やたらと啄《ついば》む癖も相当減らすことができた。仕入れてきたその日から、小屋の明かりの調節に格別注意して、餌を食べさせている間だけ明るくしてやって、後はいつでも暗いままにしておいたのが功を奏したようだった。

「こうやって雌鶏《めんどり》だけ買ってくるのに、中に雄鶏《おんどり》がけっこう混じっているんですってね」

ユングが引き渡す鶏をもらい受けて、自転車に載せてある鳥籠に入れていた鶏業者がこんなことを言った。

「少なくとも一割にはなりますね」

孵化《ふか》場で数多くのヒヨコの尻を持ち上げてチラッと見て、オスかメスかを識別するのだから、自然と間違うこともあるだろう。しかし、ある程度はわざとそのぐらいの数の雄鶏を混ぜて売っているとしか考えられなかった。それは食用の若鶏として売るために意識して雄鶏の雛だけ買う時には、メスは一羽も混じっていないということだけ見てもわかることだ。

「卵を見たらオスかメスかわかるってのは、ほんとなんですかね？　細長い奴が雄鶏になって、まん丸いのが雌鶏になるっていうんですが」

バカバカしいので、ユングが返事をせずにいると、

「ほんとに卵でそれを区別できる才さえあったら、泥まみれになって働かなくても暮らせると思うんで

すよ」

酒のせいでか鼻先が赤くなった鶏業者は、自分の言ったことに自ら答えるかのようにこう呟くのだった。

ユングはあらかじめ別にしておいた不良の鶏を一羽、一羽、鶏業者に引き渡しながら、来年、こちらで種卵を渡して雛をかえすという計画さえ実現したら、現在の廃鶏の数を相当減らせるだろうと考えた。孵化場から買い入れるヒヨコの中によくない種があれこれ混じっていて、それを質のいい鶏だけに代えてみようというわけだ。そのために、鶏冠《とさか》が大きくて分厚い、そして脚と嘴《くちばし》が黄色くて脂気の乗った種雌鶏と種雄鶏を選《え》り出して種卵をもらい受けることにした。

「あれ、こいつは肛門がないのに、大したもんですな……」

ユングがつかんで引き渡す鶏をもらい受けて、持ち上げてみた鶏業者が声を上げた。鶏の尻に真っ赤な直腸がはみ出ていた。

「すぐには死なないでしょうね、まったく」

「大丈夫です。黄身が二つある卵を産み続けたんで、こんなになったんです。黄身が二つだからといって、二個分をもらうわけじゃないですから」

「私の知っている人の奥さんが、三度も続けて双子を産んだら、最後の時には便を垂れ流してしまったってことがあったんですよ」

ユングは、鶏業者のどうでもいい話を聞き流しながら、もう二羽ほどを選んで数合わせをしようと思って鶏舎の中に入っていった。

その時、入口の門の方に目をやっていた鶏業者が、お客さんですよ、と言うので鶏舎から出てきたが、それがスギだということは、ちょっと見にはわからなかった。空色のオーバーの下にトンチマ［韓服の筒（トン）状のスカート］とチョゴリ姿で、白い平靴を履いている彼女が、昨冬、初めてここを訪ねて来た時のスギとは思えなかった。身なりが違うということだけではなかった。

「お久しぶりです」

提《さ》げていたハンドバッグを体の前に持ってきて、両手を揃《そろ》えて元気のない笑みを浮かべる彼女の化粧気のない顔が、見違えるほどにやつれていて、本来の印象とは全く違って見えるのだった。

ユングはこの女が何の用で自分を訪ねてきたのかがまず気になって、挨拶もできずにいたところ、

「いつもお忙しいんですね。私のことはお構いにならないで、やりかけのお仕事をお済ませになってください」

ユングは物置に行って腰掛を持って出てきた。

「じゃあ、ちょっとこれに腰掛けていてもらえますか」

「ええ、どうぞ。鶏の見物をしていますから」

スギはハンドバッグを腰掛に置いて、鶏舎の一つに向かった。突然、目の前がパッと開ける感じだった。明るい日差しを浴びて艶々した真っ白な羽毛と、それとは鮮明な対照をなして浮き上がる鮮血色の鶏冠たち。スギは目を大きく見開いてこの色模様を受け止めた。

一分ほどもそうして立っていただろうか。それがとても長い時間のように思われた。ちょっと前にソウル駅からバスに乗って来たことが、そしてバスを降りてここまで歩いてきたことが、まるで大昔のことのように思われた。その瞬間、目の前の白色と赤色が次第に入り混じって揺れ始めたかと思うと、それがすべて黒色に変わった。倒れてはならないと思った。両手で鶏舎の金網をつかんで目を閉じた。

しばらくして彼女は、腰掛のところに戻って適当に座った。そして両手で額を支え込んだ。耳にワンワン響いていたユングと鶏業者とのやり取りが次第にはっきり聞こえてきた。

その話し声が止まって、まわりが静かになったと思った時、

「どこかお具合が悪いんですか？」

と言うユングの声が聞こえた。

スギが顔を上げた。額に汗がベッタリついていた。

「お顔の色が悪いですよ」

「いえ、大丈夫です。……飲み水はありますか？」

ユングが台所に行って丼に水を入れて戻ってきた。この日、家にはユングしかいなかった。走り使いの子と爺やは、鶏にやるアカシアの葉を摘みに行っていていなかった。

水を飲んでからスギは、

「鶏の羽毛があまりにも眩《まばゆ》くてですね……これまでに随分と拡張されたんですね」

バッグからハンカチを取り出して口と額の汗を拭《ぬぐ》った。

ユングはまたしても、この女が自分を訪ねてきた用件は何だろうかと考えてみた。しかしヒョンテが例の飲み屋の女との事件で刑務所に入ってからもう三《み》月も経った今になって、彼女がここにやって来たわけを推し量ることはできなかった。もしかして、その間のヒョンテのことがわかるのではないかと思って来たのだろうか。公判の時に傍聴席から見やったヒョンテはこれまでになく、さっぱりと散髪もして顔色も収監前よりむしろ元気な様子が見てとれた。そして検事の公訴事実を、彼は一つ一つ認めた。

その後、検事は被告の心理状態から見て、他人の自殺行為に対する幇助《ほうじょ》や教唆《きょうさ》を超えて、不作為による

ある種の殺人行為とみなされるとしながら、とりわけ今後、青少年の間に蔓延《まんえん》しつつあるこのような社会の毒素を厳重に防止する意味でも重刑に処するべきだという論告をして、無期懲役を求刑したのである。

「周りが静かでほんとにいいですね」

「そうでもないんです。最近は周りにたくさん家が建つようになってですね」

こんな表面的なやり取りばかりが続いた。

この日、ユングを訪ねてくるまでに彼女は実に長い間、いろいろな考えと戦った挙句にやっと決心をしたのだった。そしてもうこれ以上、家や職場にはいられないことになって訪ねてきたのではあったが、しかしいざ来てみると、心に決めていた言葉がどうしても出てこないのだった。

スギはまたハンカチで顔の汗をグッと押さえてから、決意したように、

「実は先生にお願いがあって来たんです」

そして目を伏せて、

「しばらくここに居させてもらうことはできませんでしょうか?」

ユングはスギの言うことが全く理解できなかった。

目を伏せたスギの顔に少し血の気が差したようだったが、両手でハンドバッグをギュッとつかんで、

「私、今、妊娠中なんです」

それでやっとユングはすべてのことがわかった。無意識ながら、スギの体を見回してみた。そうしてみると、どこか座っている姿勢が不自由なようにも見えた。

ユングの視線を感じたスギはハンドバッグを抱え込むようにして前を隠しながら、低いけれどもはっ

きりした声で、

「最初のうちは何度、堕ろそうと思ったかわからないんです」

ユングはスギが抱え込んでいるバッグに目をやりながら、

「わかりました。でも、ここはお暮しになるほどのところじゃありませんけどね」

「無理なお願いだとはわかっています。ただ出産する時まで居させてもらえれば、それ以上ご迷惑はおかけしません。ここに居させてもらっている間、お手伝いできることは何でもしますから。ご飯を炊くことなんかでも……空いている部屋がないのでしたら、納屋の片隅にでも、どんなにしてでも置いていただけるようにしていただけませんか？　模様替えのお金でしたら持っていますので」

ユングはポケットからタバコを取り出して、キセルに詰めた。

「どうしてあいつに黙っておられたんです？」

「あの時は彼を呪っていたんです。だからと言って、今になって彼と妥協しようという意味じゃないんです」

「はあ……」

ユングは考えた。そしてこう言った。

「じゃあ、どうせこうなったんですから、あいつの家に知らせたらどうですかね？　そうしておいて対策を講じてもらうのが」

「いいえ」

スギが顔を上げた。

「そんなふうにする気は全くないんです。どうやってでも自分の力でできるところまでやってみるつもりです」

「ええ、それはわかります。でもやはり、知らせる方がよくはないですか？　事情を知ってもらえれば、あちらも知らないとは言わないはずですよ」

「そのことはもうおっしゃらないでください。すでに自分の心に決めたことですから」

　ユングはタバコに火をつけた。

「さあ、そのお気持ちもわからないではありませんが……でも万一、このことをあいつの家が知ったならば、ここにおられることが、かえってお互いに困ることになりませんか。率直に申したらですね……この間、私は人知れず被害を被ってきた人間なんです。これ以上、誰かのことで悶着《もんちゃく》を起こしたくないんです」

　これまでもユングは心の片隅で、ミランとのことがヒョンテと全く関係がないとは考えないできたのだった。

「だから、この際、あいつの家に直接……」

「わかりました」

　しばしスギは息を整えてから静かに立ち上がった。そして初めてユングを正面から見つめて、

「先生が受けられた被害というのがどのような種類のものかは存じません。でも大きく言うと、今度の戦争で若者たちのうち何らかの意味で傷つかなかった人がいたでしょうか。ヒョンテさんもその中の一人だと思います。そして私もその中の一人かもしれません」

「はい……そういうお考えで、あいつの子を産んで育てるというわけですか？」

　彼女はユングの方に注いでいた視線を反らしながら、

「わかりませんわ……ともかく私がこのことを最後まで引き受けねばならないということ以外には。……じゃ、失礼します」

スギは静かに表門の方に身を翻した。

一九六〇年五月

解説

「木々、坂に立つ」解説

白川　豊

一．作家・黄順元の生涯と活動

黄順元《ファン・スノン》（一九一五～二〇〇〇）は日本による旧韓国（大韓帝国）併合の五年後に生まれた。後に黄と共にノーベル文学賞受賞に期待がかかったこともある詩人の徐廷柱《ソ・ジョンジュ》と生没年が共に同じなのは偶然の一致だが、不思議な気もする。

その黄《ファン》は、平壌近郊の平安南道大同郡の小村（現・平壌市）で生まれた。平壌生まれの文人としては朝鮮近代文学草創期の代表的な詩人・朱耀翰《チュ・ヨハン》や小説家・金東仁《キム・ドンイン》という十五年年長の先輩がおり、また日本語作家としても有名な一年年上の金史良《キム・サリャン》もおり、有名文人を何人も輩出した黄の生育環境がまず注目される。黄の父親は高校教師だったが、一九一九年の独立運動に加担したとして収監されている。黄が六歳の時、一家は平壌市内に引っ越して二九年にはミッション系の崇実《スンシル》学校（高校）に通い、満十五歳だった三〇年にはもう、新聞に童謡と詩を発表し始めている。その早熟ぶりには驚かされる。三四年に卒業した彼は日本に留学し、早稲田第二高等学院に入学、三六年には卒業して早稲田大学の文学部英文科に進学した。その間に東京で留学生仲間と劇芸術研究グループである「東京学生芸術座」の創立に加わり、ここから最初の詩集『放歌』を出し、小説も発表し始めている。また三五年には同い年の楊正吉《ヤン・ジョンギル》と二十歳にして結婚もしている。三九年に早稲田大学を卒業し、帰郷。四〇年には黄順元短編集『沼』を刊行するなど、若くして順風満帆の出発をしたように見える。しかし翌年末、日本が戦争に突入、朝鮮語作品の発表機関が減少したため、書いた作品を引き出しの中にしまい込んでおくという苦衷を経験する。

一九四五年の植民地からの解放で自由闊達な創作

活動ができるかと思いきや、祖国は南北に分断された。彼は四六年五月に南朝鮮へと越南し、ソウル中高等学校で国語教師になる。いち早く行動を起こす彼の生き方をここでも確認することができる。その後、数多くの長・短編小説の発表が続いていく。短編は一〇〇篇以上あり、長編だけでも七篇ある。その中で本書の〈木々、坂に立つ〉は一九六〇年、四番目に発表された長編である（『思想界』に一月から七月まで連載され、同年九月に思想界社から刊行）。この作品は翌六一年に芸術院賞を受賞し、六八年には映画化もされている。これらのうち代表作については後述したい。黄はまた、五〇年に勃発した朝鮮戦争（六・二五動乱）で一時、大邱・釜山に避難を余儀なくされ、五三年にソウルにやっと戻っている。その後は順調な活躍を見せ、五七年には四二歳にして芸術院会員に選ばれ、この年から八〇年まで慶熙《キョンヒ》大学校文理大学（学部）教授を務めた。その後も八〇年代中盤まで執筆活動は続いている。

　この間に文学関係では、上述した芸術院賞のほか、亜細亜《アジア》自由文学賞（五五年）、三・一文化賞（六六年）、大韓民国文学賞本賞（八三年）など受賞も多い。興深いのは、彼が無条件で何でも受賞したわけではないことである。一九九六年、八一歳の時、政府が銀冠文化勲章を授けようとすると、これを拒否しているのである。（二〇〇〇年の死去に際して金冠文化勲章が追贈されている。）ちなみに黄は植民地期に日本語での創作はしなかったし、その後も一貫して雑文をほとんど書いていない。また、発表後に作品が気に入らなくなった場合にはよく改作をしている。彼の頑固さが窺い知れるのではなかろうか。

　なお、黄の文学全集としては次の三種類がある。『黄順元全集』（全六巻、創又社、六四～六五年）、『黄順元文学全集』（全七巻、三中堂、七三～七六年）、『黄順元全集』（全十二巻、文学と知性社、初版：八〇～八五年、再版：八九～九三年）

　最後に付言したいのは、上述のごとく黄が作品発表後にも再録時などにしばしば添削していることである。これについては朴ヨンギュ「黄順元小説の改作過程研究」（ソウル大、二〇〇五年）なる博士論文があるほどである。ただ本作に関しては、雑誌連載後、単行本化される際に改稿されたが、その後は一部添削程度にとどまるので、黄本人が最終的に確認可能な、文学と知性社版『黄順元全集7』(一九九〇年再版、二〇一四年十四刷)を定本として翻訳に使用した。

二.〈木々、坂に立つ〉作品概略とその特徴

まず粗筋について見ておく。この作品は二部構成になっている。

第一部は朝鮮戦争の休戦協定が結ばれる直前である一九五三年の七月中旬、江原道華川《ファチョン》郡近くの中東部戦線に動員された学徒兵である三人の兵士の話が中心である。三人とも大学生活を中断して入隊させられたわけだが、性格は皆違う。その中でヒョンテが最も外向的で三人のリーダー的な言動をする。七月十四日の最後の熾烈な戦闘で彼は腕に負傷するが、野戦病院から戻って三人は司令部のあるソトゴミ部落で再会する。その直後、休戦となり、日曜に外出許可が出るようになると三人は近くの飲み屋に繰り出して飲んだ後、娼婦としけ込むという日常になった。ユングは何でもヒョンテの後について行動し、金も払ってもらう。ドンホは入隊前の恋人・スギが忘れがたく、また生真面目な青年でもあったので、飲み屋にもあまり行かなかった。しかし、ヒョンテに詩人、詩人とからかわれ、しぶしぶ同行して飲み屋の女・オクチュを抱いてしまう。十一月末、彼らの部隊は最前線に配置換えとなり、交代で巡回に出させられる。非番の日にドンホはどうしてもオクチュに会いたくなり、なんとか外泊証をもらってソトゴミに下った。オクチュは先客(青年団長)を取っていた。ドンホは部屋に押し入って発砲し、オクチュは死んだ。その足で最前線に戻ったドンホは巡察に出て手首の動脈を切って自殺してしまう。翌五四年の四月になると学徒兵から除隊が始まり、入隊順にユングらは帰郷していった。

第二部はそれから三年後の一九五七年の話である。ここからヒョンテの中学時代の同窓生・ソッキが登場する。彼は軍隊生活で片目を怪我している。ヒョンテ、ユングと三人で土曜日ごとにソウル市内の喫茶店に週会と称して集まって飲みに行ったりして

た。ソッキは飲み屋で隣に座った若者たちが指を一本切り落とせば入隊しなくてもいいし、身分証明の代わりにもなるなどと言っているのに腹を立てて殴りかかって乱闘となり、左手が動かなくなってしまう。三人はそれぞれの生活をしてはいたが、戦争後遺症的な心理から抜け出せず、順調とは言えない毎日を送っていた。両親に死別しているユングは家庭教師宅に住み込んでいたが、教え子のミランとできてしまっていた。そこへヒョンテが現れて横取りしてしまう。ユングはこの家を追い出され、ヒョンテの資金援助を得てソウル郊外で養鶏業を始めるのだった。これから後は着実な人生を送るべく頑張り始めた彼のもとへ、死んだドンホの元恋人・スギが訪ねてくる。ドンホの最期のことを知りたいというのである。ユングはもう過去に関わりたくなかったので適当な返事しかしない。スギはヒョンテにも真相を教えてくれとしつこく付きまとい、逆上したヒョンテはスギを犯してしまう。ヒョンテの家は裕福で、金はあるので自堕落な生活をやめられず、無為の倦怠感から娼婦・ケヒャンのもとにも通っていた。彼女が死にたいというのでナイフを渡したところ本当に自殺してしまい、彼は収監される。六月初旬、ヒョンテの子を宿したスギがまた養鶏場にやって来た。出産するまでここに置いてくれというのをユングは断った。スギは、「この戦争によって若者の中で傷つかなった人がいたでしょうか」と言い残して去っていった。

　これ以外の登場人物に関する話もこの作品にはところどころに組み込まれているが、煩瑣になりすぎるので主要な四人関連の話に限定して紹介したが、これら男性登場人物はすべて元々大学生だった。当時の進学率からして相当なエリート予備軍なわけである。しかも両親がすでに死亡しているユング以外の三人は、父親がそれぞれ会社社長、教師、司法書士なので、彼らの社会的ステータスも相当なものである。ところが従軍によって一人は自殺し、二人は除隊後、収監されたり負傷したりで平穏な人生を送れていない。ただ一人、ユングだけが養鶏業で生計を立てることに成功しかかっているという設定である。叔父に育てられ、ヒョンテに資金援助を頼んだ彼だけが何とか逆境の青年期を生き抜いているわけである。

一方、四人の女性はどうなのか。娼婦にならざるを得なかったオクチュは殺され、ケヒャンは自殺している。ユングの教え子・ミランは堕胎失敗で死亡、自殺したドンホの元恋人・スギだけがヒョンテの子を宿しながら生きていく決意をする。彼女もすさまじい体験をしているわけだが、唯一生き残った女性なのである。そうするとこの作品で主要な登場人物である男女各四人のうち、生きていくのはユングとスギだけと言うことになる。しかもこの二人はこの後の人生で交わることはないことが示されている。つまり、物語の末尾でスギがいみじくも語ったように、この戦争で被害を受けなかった青年はいないわけである。自殺したドンホも同じようなことを言っている。この長編で作者が最も強調したかったのはこのことではなかろうか。

この作品の特徴は他にもいろいろあるが、掲載雑誌についてみておくと、雑誌『思想界』に一九六〇年一月から七月にかけて連載されている。この雑誌は知識人を主な読者とした月刊誌で、この読者層だと、知識人の卵である学徒兵を主要登場人物とした話は関心を持たれやすい人物設定だと言える。次に、発表の時期であるが、休戦からすでに七年経っているが、第二部は五七年の話なので、発表当時にまで連続した現代物的な感覚で読まれたことだろう。読者にも従軍体験のある人が多かったことも考えられる。黄自身は戦争中、五一年に結成された空軍従軍文人団（蒼空倶楽部）に一年後に加入はしたが、実質活動はあまりしていないようで、そもそも陸軍に関係していたわけでもないので、特に第一部は相当念入りに取材・調査を重ねて書いたのであろう。またこの作品は軍人関係の話でもあり徹底して男性目線で書かれているので、昨今のフェミニズム的な観点からすると不満があるかもしれないが、女性四人の苦悩もよく描き込んではいる。またこれと関連するが、性描写がかなり露骨であるのも当時の韓国小説としては異色である。黄はほかの作品でもそうであるが、タブーのようなものを極力排して、書くべきことは書こうとした作家だと言える。

　さて、ここで一九六〇年と言えば当然、李承晩《イ・スンマン》長期政権を倒した四・一九学生革命が思い浮かぶ。この小説はまさに連載途中で四月十九日を迎えているのである。この作品の書評で、有名な先輩評論家の白鐵《ペク・チョル》が、四・一九に全く触れずに終えているのは残念だと言ったところ、あまり雑文を書かない黄順元が珍しく激高して、作品の構成に影響するのに最新の政治情勢を反映させろとは何事かと嚙みついている。（黄順元「批評の前に理解を――白鐵氏の「転換期の作品姿勢」を読んで」、韓国日報、一九六〇、十二・十五）やはり彼は剛直な作家だなあと感心するのである。

　次に、題名の〈木々、坂に立つ〉とはどういう意味なのだろうか。〈樹々斜面《ピタル》に立つ〉（長璋吉の訳語）の方が正確かもしれない。原語の「ピタル」は坂と崖の中間的な語なので「斜面」が最適だが語呂の関係で「坂」にしたが、坂道の意ではない。「木々」は若者一人一人を表しているとすぐわかるが、「坂」は傾斜があるので不安定で転がりやすいことを示しているのだろう。しかし、木は地下に根を張っているので、なぎ倒されても動くことはできない。ソウル大国文科名誉教授の曺南鉉《チョ・ナムヒョン》は「〝坂〟は死・破局・再生などがなされる場所で、でありながらも死と破局を常に濃く暗示する所になっている」（〈『木々、坂に立つ』、その外面と内包〉、文学精神、一九八九、四‐五）とやや難解に述べているが、除隊後も不安定な生き方をするしかなかった元学徒兵たちの姿を象徴的に示す語を題名に使ったことは明らかである。

三．黄順元の長編と代表的短編

　まず、〈木々、坂に立つ〉以外の六長編を発表時代順に簡略に紹介する。

　①〈星と共に生きる〉（一九四七）：植民地期、慶尚北道の大邱近くの村に小作人の娘として生まれたコムニョ（熊女ほどの通名）は貧しさから翻弄されどうしの人生を送る。十二歳で地主に強姦され、三月《サモル》と改名させられる。その後もソウル、平壌と働き先が変わるたびに六月《ユウォル》→福実《ポクシル》→福子などと改名させられながら下働きから娼婦にまでならされる。彼女はそ

れでも常に前向きに歩もうと努力する。まさに星と共に生きるのだった。

②〈カインの後裔〉（一九五三～五四）：植民地から解放直後の平壌北方の村で地主一家の青年・朴《パク》フンは、ソウルで大学にまで通った知識青年で、故郷で夜学まで始めて真面目に暮らしていた。そこへ元・小作人だったドソプ爺さんが農民委員長になり、立場が逆転する。農民たちは「土地改革」に熱狂してフンの立場はさらに弱くなる。救いはドソプの娘・烏鵲女《オジャンニョ》が献身的に尽くしてくれることだった。地主の粛清から逃れるべく越南まで考えたフンだったが、その前に憎いドソプを刺し殺そうとするのだった。[亜細亜自由文学賞]

③〈人間接ぎ木〉（一九五五～五六）：一九五四年、ソウル近郊の貞陵《チョンヌン》にある更生少年院が舞台である。医務学校を出て入隊し、戦闘で右腕を失って除隊した崔《チェ》ジョンホはこの少年院に就職した。ここは戦災孤児を収容する施設で、かわいそうな身の上の子もいたが、かなりの悪ガキもいた。教会の長老・韓《ハン》院長はほとんど顔を見せず、執事の洪《ホン》と実質二人で運営に奔走する。洪はリアリストで、米軍の援助物資の増配目的で市内で少年を捉まえて連れ込んだりもする。脱走事件もあったりして心労の絶えないジョンホだったが、彼は理想主義者で、終始一貫、誠意をもって少年たちに接していく。

④〈日月〉（一九六二～六五）：金仁哲《キム・インチョル》は建築設計専門の若者である。彼はソウルで家が近所だった池《ジ》教授の娘・多恵《タヘ》と付き合っていた。仁哲は、自分が白丁《ペクチョン》（被差別民）出身だという自覚もなく、白丁の習俗に関心がある池教授の現地調査にも同行する。そこで出会った本乭《ボンドル》老人の弟こそが仁哲の父・次乭《チャドル》であることを知る。父は相振《サンジン》と改名して商事会社を経営し、取引先の趙《チョ》銀行長と親しくしており、その娘・奈美《ナミ》は仁哲にも好意を寄せていた。一方、本乭《ボンドル》の次男はソウル郊外で牛の屠殺業を営んでいた。仁哲はこの従兄のもとにも訪ねていく。父・相振は必死に出自を隠して生きてきたのに息子がこんな行動をすることに腹を立てた。仁哲はとにかく自分を偽って生きたくはなかった。二人の女性からもとりあえず距離を置こうと思うのだった。[三・一文化賞] ※日本語訳あり

（金素雲訳、現代韓国文学選集3、冬樹社、一九七三）

⑤〈動く城〉（一九六八〜七二）：この作品には登場人物があまりにも多く、簡単にストーリーの紹介をすることが難しい。主要な人物は次の三人である。ソンホは真面目過ぎて途中で投げ出すが、もともとは牧師である。彼と大学国文科の同期生で、軍の除隊も同時だった友人のミングは民俗学者で、ムーダン（巫女）研究をしながら大学の非常勤講師をしている。一方、ジュンテはミングと軍隊同期で今はソウル南方の水原《スウオン》の農事試験場に勤務している。彼はもともと貧窮などから自殺未遂も起こすほど孤独な男で、離婚も経験している。農業技師として山奥にまで入るが持病で死んでしまう。これら三人を巡る話がそれぞれ展開しているが、メインはソンホのキリスト教的価値観とミングのシャーマニズム（巫俗的信仰）に重きを置く価値観の対比にある。またミングが男性シャーマンであるピョン氏と同性愛関係にあることが詳しく描かれているのも、当時としては特異である。※日本語訳あり（芹川哲世訳、日本キリスト教団出版局、二〇一〇）

⑥〈神々のサイコロ〉（一九七八〜八二）：舞台は一九七六〜七七年頃のソウルから遠くない田舎町である。この町を仕切ってきた富豪の崔《チェ》ドゥシク老人一家では時代が変わりつつあるのに崔老人の厳格すぎる家父長意識から家族が抜け出せないで苦労している。特に息子のハニョンの父は父親の言いなりで、自分の人生を犠牲にして生きてきた。孫は二人で、長男・ハニョンは小学校時代に「神童」とまで言われたのに家を継ぐため高校にも行かせてもらえず、荒れることがあった。次男・ハンスだけが祖父の覚えめでたく、大学の法科を卒業し、司法試験の一次試験まで合格したことで町内初と騒がれる。二次試験めざして田舎町に戻ったハンスは客間を与えられて受験準備をしていたのだが、昔から付き合っていた朴《パク》セミと、この町の中学の国語教師として着任した洪《ホン》チニを知ることになって二人の間で翻弄される。町に染色工場ができることになり、崔老人の土地の売却問題に公害問題も絡んでドタバタが繰り広げられる。［大韓民国文学賞本賞］

以上によって黄順元長編のテーマが驚くほど多岐に亘っていることがわかると思う。
　しかも執筆当時の避けては通れない重要な問題をあえて取り上げて物語にしているのは、作家の確固たる信念がなくては貫き通せないことである。また、〈星と共に生きる〉や〈人間接ぎ木〉などで端的に示されているように、苦闘の人生を送りながら、あくまで真面目に真剣に生き抜いていく主人公を描いたことは作家自身の人生観の発露という感じがする。リアリズムの視点からすると、よく出来過ぎた設定で、実人生においてはこうはいかないという感想もあるだろう。黄順元はそういう意味では理想主義的な作家だとも言えそうである。

　次に最もよく知られている短編の代表作二篇について述べる。

〈鶴〉（一九五三年五月、新天地）：三十八度線のすぐ北の村で育ったソンサムとトクチェは幼馴染だった。朝鮮戦争が始まり、韓国軍がこの村を占領した時、北朝鮮の統治下にあった時に農民同盟の副委員長に祭り上げられていたトクチェは、このことで韓国側の捕虜となり、後送されることになった。その護送役にソンサムが当てられた。トクチェは途中で殺されるのではと警戒していたが、ソンサムは昔二人で鶴狩りをしていたことを思い出させて、トクチェに鶴を追わせるよう命じておいて、実はそのまま逃がしてやるのだった。

〈にわか雨〉（一九五三年五月、新文学／五九年四月、新太陽）：ある秋、田舎の村の少年が、ソウルから来た尹《ユン》爺さんのひ孫にあたる少女と小川のほとりで知り合う。初めは恥ずかしがっていた少年だが次第に打ち解けて小川や野原で遊ぶ。ある日、山の方に行った時、突然のにわか雨で、近くの番小屋に雨を避ける。増水した川を少年は少女を負ぶって渡った。その時に病を得たのか、少女はその後、死んでしまう。少女は死に際に、負ぶさった時に少年の服から自分のセーターに染みついた彼の背中の汚れをそのまま

にして、着たまま葬ってくれと頼んでいた。（原題は〈少女〉）

この二篇は休戦協定の締結前で、作者がまだ釜山で避難生活をしていた時の作品である。一九六六年、〈にわか雨〉は中学三年の国語教科書に、〈鶴〉は実業系の高校三年の国語教科書にそれぞれ採用され、その後〈鶴〉は、八五年にすべての高校二年で学ぶことになった。南北分断と朝鮮戦争が現在の韓国でもいかに重いテーマであるかということがわかるのである。それと同時にこの二篇ともほのぼのとした人情を基本としているわけで、殺伐とした戦時中の作品であるということにも注意すべきであろう。また、詩情に近い読後感からは、黄が元々叙情詩人であったことも窺えるのである。

四．黄順元創作をめぐる若干の論点

まず第一に、〈木々、坂に立つ〉が現代韓国文学の中で置かれている位置についてである。

この作品は言うまでもなく、南北分断と朝鮮戦争を巡る話なので、ほかの作家の作品との対比が気になるところであろう。一九四五年の植民地からの解放以後の朝鮮現代史は、このことがまさに日本とは全く違う展開になっていることをまず認識すべきである。したがってこれをテーマとする作品は当初から数多く書かれ、今も書き継がれているのである。到底紹介しきれないので、そのごく一部について言及すると、李清俊《イ・チョンジュン》の中編〈噂の壁〉（七一年）は、精神障害に悩まされる男の原体験が、戦争中に韓国側の警察隊と共産側のパルチザンが村に入れ代わり立ち代わり現れては、夜中に懐中電灯で顔を照らして、「お前はどちらの側か」と聞かれる恐怖にあったことを書いている。また尹興吉《ユン・フンギル》の中編〈長雨〉（八〇年）は戦争中の全羅北道の農村で、母方の祖母の息子が韓国軍少尉だったが戦死し、同居していた父方の祖母の息子がパルチザンになっていたことから祖母二人に不和が生じたが、梅雨の長雨のある日、木に蛇がいるのを見つけた母方の祖母が、死んだ息子が帰って来たとして供養する姿に二人は和解するという話である。さらに大物の女性作家で二〇一一年に亡くなった朴婉緒《パク・ワンソ》は一九七〇年の登壇以来、一貫して自伝的な手法で分断に関わる小説を世に問い続けてきた。例えば戦争下のソウルで人民軍支配下では隠れ住み、その後、国連軍が奪回するや一家を支えるため米軍PX（売店）で働く女主人公を巡る話を綴ったこの〈あの山は本当にそこにあったのだろうか〉（九五年）は作者六十四歳の時の作品である。つまり、七〇年代以降もこの大テーマに関して書き続けている作家がいるわけである。

　もちろん、朝鮮戦争のさ中に書かれた作品もある。筆者が翻訳した廉想渉《ヨム・サンソプ》の長編〈驟雨〉（五二～五三年）もその一つである。この作品は戦火をかい潜りながら恋愛も続けるソウルの会社員の姿が描かれており、〈木々、坂に立つ〉とは異次元の物語である。ただ、廉は黄順元とは違って、海軍従軍作家団に加わり、実際に入隊までしているのに、逆にリアルな戦場の話は書いていない。

　一方、〈木々、坂に立つ〉と同じ一九六〇年に発表された崔仁勲の中編〈広場〉では、主人公が、父の越北した北朝鮮を知りたくて密航するが失望する。時あたかも朝鮮戦争が始まり、人民軍兵士として駆り出されて南下する。ところが彼は韓国側の捕虜となり収容されてしまう。後日、捕虜交換の際に第三国行きを選択した彼は、何とインド行きの船から海に投身自殺をするといういわゆる「分断小説」である。南にも北にも安住の地はないという判断は当時としては異色であった。また、この作品が発表された十一月にはすでに四・一九学生革命が起こっていたのに韓国の未来にも期待していないかのような結末には驚かされる。

　これと比較すると、〈木々、坂に立つ〉は第一部で戦場での学徒兵たちのリアルな毎日が描かれ、第二部では戦後の彼らの苦闘ぶりが書き留められているわけで、長編の分量を生かして上述した諸作品の二、三篇分の内容を含むことができたとも言えそうである。

　ではその黄順元の作家としての資質について若干考えてみたい。まず何よりも彼は詩人としてスタートしたということである。早熟な黄は上述したように十五歳にしてもう叙情詩的な作品を書くようになっていた。このことはほかの作家にもよくあることで、同じ平壌出身の金史良（上述）は童謡・童詩から出発して小説家になっている。後の文豪・廉想渉でさえ最初は〈法衣〉なる詩で出発している。詩の方が分量が少なく、発表紙誌の都合もあったのだろうが、青少年期の心情を表現するにはやはり、詩が最適だったのだろう。ただ黄順元の場合は文人としての資質自体に叙情的な面があり、詩を書き続けるとともに、小説にもその気質が反映しているとみられる。即ち、いくら厳しい状況の中でも純情、理想等を「若気の至り」などと排斥せずに持ち続けたことが上に紹介したほかの作品からも窺えるのではなかろうか。

ここで思い浮かぶのは日本の文豪・島崎藤村（一八七二〜一九四三）のことである。ミッション系の明治学院普通学部に通って、卒業後、教師になっているという経歴も似ているが、何といっても『若菜集』（一八九七）など詩集で出発しながら小説家として大成した点もそうである。また有名な長編「破戒」（一九〇六）が被差別民を主人公にしていることからは、当然、黄の長編〈日月〉が想起される。ただ藤村の場合は、詩における浪漫主義的な姿勢から小説家としては自然主義の代表作家と言われるようにシフトしているので、気質と創作姿勢が全く同じとまでは言えないであろう。

このように黄順元とその文学は、本書〈木々、坂に立つ〉に限って論じれば韓国現代文学上で最も重要なテーマである分断と朝鮮戦争に関わる点がその位置付け上、重要であり、黄順元文学全体としてみると、日本近代文学との対比なども興味深い観点かもしれない。

五．おわりに

最後に私事で恐縮だが、私（筆者）は二〇二〇年三月に七十歳で勤務先を退職した。折からのコロナ渦でそれこそ巣籠状態となり、これが幸いしてか四カ月ほどで一応の翻訳を終えることができた。筆者は元々、上にも述べた文豪・廉想渉を中心に研究を進め、長編代表作も三篇翻訳したのだが、それぞれ数年かかってしまっていた。自然主義の大家とされる廉は一九六三年に亡くなったのだが、彼は〈家〉の問題などを中心に朝鮮近代文学を大成させた元老だった。その後を担って韓国の現代文学へと橋渡しをした大物作家の一人が黄順元だった。ソウル出身の廉よりも十八歳の年下で、平壌近郊出身で南朝鮮に越南してきた黄順元は創作の質と量から見ても廉想渉に匹敵する大作家と言って差し支えない。長編だけでも実質三十五年間で七篇なので、平均五年に一篇の長大作を発表していることになる。いずれ日本でも誰かが研究に手をつけなければならないだろう。これらのうち日本語訳があるのは〈日月〉と〈動く城〉だけなので、私としては朝鮮戦争に関わる作品として廉想渉の〈驟雨〉と対比が可能な〈木々、坂に立つ〉をまずは翻訳することにしたのである。

　実は黄順元先生には慶熙《キョンヒ》大教授を退任された直後の一九八〇年十一月二日に、朝鮮文学専攻の日本からの留学生ら数人でご自宅に伺って話をお聞きしたことがある。（二八三頁写真参照）まずはやはりキリッとしたお人柄が印象的だった。その時はほとんど何も勉強していなくて、持参した《黄順元選集》（新韓国文学全集第14巻、語文閣、一九七八）にサインをいただいて帰ってからこれを読み始める始末だった。この本の最初の一〇〇頁余りがまさに〈木々、坂に立つ〉だった。読み終えたのはその後かなり経ってからだったが、きれいごとではないどぎつい臨場感に圧倒された記憶がある。日本文学ではほとんど注目されないテーマでもあり、外国文学を読む意義と醍醐味を再認識したのもこの作品だった。

　しかし意義は分かっていても外国文学はやはり翻訳がないとなかなか取っつきにくいということは痛感している。そんな中で最近、隣国の作品の翻訳がかなり進んできている現状は非常に頼もしく感じている。その際、二十一世紀に入っての最近の作品と合わせて過去百年余りの近現代文学の名作を一冊でも多く翻訳で読めるようにすることも非常に重要であると思う。書肆侃侃房の〈韓国文学の源流〉シリーズは、それゆえに時宜にかなった企画である。その中の長編として拙訳を加えていただけたことは大変にありがたい。代表の田島安江様以下、制作担当の黒木留実様ほかスタッフの皆様方のご尽力に改めて感謝する次第である。

なお、本解説には『動く城』の訳者である芹川哲世氏（下段写真の右より二人目）の解説を参考にさせていただいたほか、以前、筆者が書いた紹介文「黄順元」（《韓国文化》二〇七号、一九九七、二）を一部、下敷きにしたことを付言しておきたい。

黄順元作家（左より 2 人目）、訳者（右端）（1980 年 11 月 2 日、作家の自宅にて）

■著者プロフィール

黄順元（ファン・スノン）

1915年、平壌近郊で生まれ、15歳ごろから詩などを発表し始める。1934年、日本に留学し1939年、早稲田大学英文科を卒業して帰国。1946年、南朝鮮に越南し、ソウルで国語教師。その後、短編100余篇と長編7篇を発表した。中でも短編「鶴」（1953年）は韓国の高校国語の教科書に、「にわか雨」（1953年）は中学の国語教科書にそれぞれ掲載されている。1957年、芸術院会員、慶熙大学校文理大学教授（〜80年）。1983年、大韓民国文学賞本賞を受賞。2000年、死去。（金冠文化勲章を追贈）

■訳者プロフィール

白川豊（しらかわ・ゆたか）

1950年、香川県生まれ。1975年、東京大学文学部卒業。1979年、韓国に留学し、東国大学校大学院国語国文学科博士課程修了。九州大学文学部助手（朝鮮史学研究室）などを経て、1994年、九州産業大学国際文化学部教授（朝鮮近現代文学などを担当）、2020年、同大学名誉教授。著書『植民地期朝鮮の作家と日本』（1995年）、『朝鮮近代の知日派作家、苦闘の軌跡』（2008年）、『張赫宙研究』（2010年）、訳書『三代』（廉想渉作、2012年）、『驟雨』（廉想渉作、2019年）など。